誰能說自己看見天空

・戰後篇・

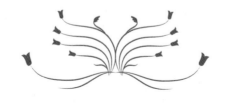

韓國小說大家經典代表作

崔末順——主編　游芯歆——譯

目錄

導論

戰後韓國文學的發展與小說焦點

崔末順（國立政治大學臺灣文學研究所副教授）

韓國與臺灣不僅是地理上的近鄰，歷史上也同屬漢字文化圈，近代以來共同度過日本帝國的殖民統治，也歷經冷戰時期由美國主導的資本主義現代化過程。除此之外，兩國都經由長時間的威權對抗，至一九八〇年代後期才嘗到了政治民主化的果實。從這幾點來看，兩國可說是有著許多相似的歷史經驗，如果說文學能忠實而又真實地反映歷史與社會中的人類，那麼臺韓兩國之間彼此互相認識對方的文學，是有其必要性。畢竟互相了解對方擁有相似經驗的文學，不僅可以讓彼此反省走過來的路，也可以藉此展望未來要走的文學之路。戰後整個韓國文學的發展面貌，可說是非常廣泛又複雜，有系統地介紹將近一個世紀的韓國文學全貌並不容易。因此，在此將按照時間順序分為五個階段來概略介紹韓國文壇狀況，接著針對小說的發展情形，擇要提出說明。

光復及民族文學的確立時期（一九四五－一九五〇）

第一個階段是從光復後到韓國戰爭爆發前，也就是一九四五年到一九五〇年的這五年期間。一九四五年的光復，雖然擺脫了三十六年的殖民支配，獲得解放，但帶給韓國人民的是一時性民族力量的空白與無助，在殖民統治下，被抑壓的矛盾與衝突，一時間紛紛湧現出來，造成極度的混亂狀態。更且，美蘇兩大強權國家進入韓半島，從此造成南和北、左和右的極端分邊狀態，急速失去了民族的自主力量。從一九四五年光復、一九四八年成立南北單獨政府，到一九五〇年韓戰爆發，在此迅速的歷史遽變當中，南和北面臨了對立和分裂局面。而韓戰結束後，南與北彼此為了重建戰後廢墟，各自走上不同路線，掌權階層為了政權的接替與鞏固，更是分道揚鑣各走各的路線。

光復後的韓國文壇，為了建立文學活動的社會基礎，開始進行文壇整備作業。這個作業以肅清殖民文化和要求文人自我反省為目標，但是在推動的過程中，卻掉進文學理念的對立與衝突漩渦當中，文壇分裂成旗幟鮮明的左右陣營。左翼團體以清除日本帝國主義遺毒、掃蕩封建社會殘渣、反對國粹主義、建設進步的民族文學、提攜朝鮮文學與國際文學的相互合作等五個綱領作為指導理念，而右翼團體則主要採取擁護文學本位精神的立場。不過，他們也有共同主張，即都強調必須清算殖民殘存文化，重新建設新的民族文學，而清算日帝文化作業的具體目標，則放在淨化國語和親日、附日人士的懲處作業上面。不過，民族文學建設問題，在其具體的實踐方法上，受到當時支配文壇的左右不同意識形態的影響，呈現出不同的指向。在左翼文壇方面，他們高舉著「植基於人民的新的民族文學建設」以及「植基於階級的普羅文學建設」的旗幟，來定出文學運動的方向。右翼文壇則擁護純粹文學，強調文學的自律性和純粹性。這種以普遍人性為基礎的純文學主張，受到左翼文壇強烈的抨擊，他們指責純文學偏離了歷史與現實，是一種反歷史的文學至上主義，逃避現實的怯懦行為。如此的攻防過程中，爆發了「階級文學論」和「純粹文學論」的論爭，隨即文壇宣告左右分裂，推崇階級理念的文人開始往北出走，右翼的純文學主張，無法避免地愈走愈顯狹隘。

光復初期的韓國小說，為了擺脫殖民地時代精神上的萎縮狀態，許多作家用心地努力投入創作行列，一時開啟了創作燦爛蓬勃的局面。這時殖民地時代的所有束縛獲得解脫，小說創作手法本身的果敢革新也深受期許與要求，因此作家必須透過反省傳統的文學習慣和民族的自我認識，重新認知文學的社會要件。但是，當時確立民族文學這一課題，從建立概念開始，即逐漸擴大到階級文學和純文學兩種主張論爭的形態，因此難以定出具體的理念方向。在此情況下，光復後小說文壇明顯地產生了新舊世代交替現象，新文學第一世代淡出文壇，一九三〇年代小說文壇的中心人物「九人會」成員，以及比他們更年輕的作家開始登場活動。他們的小說作品，大體上呈現出兩種傾向：其一是把文學當作社會行為的牽制手段，而把其手段直接與社會理念的指標連結，換句話說，把生活現實的問題直接對應到階級意識，大部分的左翼作家就屬於這種傾向，金南天（一九一一—一九五三）所強調的現實主義方法即是他們的創作理論；

另一則是透過對文學和人生多角度的眺望，追求人的生活面貌以及其存在意義的傾向，這種傾向對於理念是持超越態度的，大部分的民族文壇作家屬於這種傾向。當然，這兩種傾向毫無疑問跟當時文壇的左右對立情況有直接關係，我們透過這段文學史的發展軌跡，可以知道光復後小說在經過痛苦的自我定位過程中成長的面貌。

韓戰後現實與文學界的分裂（一九五〇—一九七〇）

第二個階段為從韓戰爆發到一九六〇年代之間的文學。一九五〇年六月爆發的韓戰是同族相殘的民族性大悲劇，韓戰不僅暴露出戰爭的殘酷本質，同時也加重了因意識形態的衝動所引起的狂暴性。再加上戰後民族的理念分裂更趨深化，對立和衝突愈來愈嚴重，韓國社會在世界冷戰體制的建立過程中，民族分裂變成既定事實。在北韓，為了鞏固獨裁體制，將南北分裂的狀況視為危機，而南韓的情況也相差無幾，「安保」一語成為超越民主和自由，發揮無上威力的尚方寶劍。像這樣，韓戰造成南北分裂成局，理念對立持續，民族的同質性遭到毀損，民族文學的理想也遭到破壞。在南韓，社會主義思想問題被排除於文學的素材範圍之外，作家開始有意無意地逃避這個議題。雖然戰後的作家，能將戰後現實的破敗以及生活的痛苦，從作家個人的內部意識裡，拉出來刻畫並體現在文學作品中，卻無法從正面剖析理念形態的虛無，也無法擺脫精神上的萎縮狀態，這種情況，在韓國稱為「民族分裂時代的分裂文學」。韓國現代文學的相當部分屬於這樣的狀況。

韓戰後的小說，由戰爭期從軍作家描寫戰時體驗以及後方民間生活疾苦，以至一九五〇年代中期，漸漸跳脫戰爭衝擊和社會混亂的題材，重新均衡地展現新的觀點和寫作技巧。戰後世代作家的大量登壇和既有作家在創作上的求新求變，開啟了文壇上新的可能性。元老作家金東里（一九一三—一九九五）在〈等身佛〉、〈巫女圖〉、〈喜鵲聲〉等小說裡，剖析了人類命運和人生的本質；黃順元（一九一五—二〇〇〇）透過從短篇到長篇寫作的跳躍發展，在〈嘉印的後裔〉、〈長在陡坡的樹木〉、〈人間接木〉等小說中，試圖把歷史意識和現實認識連結起來；安壽吉（一九一一—一九七七）透過〈第三人間型〉、〈背信〉、〈北間島〉等小說，把戰後現實中生活的人物形象以及韓國農民對於土地的執著，昇華為民族意識。

另外，在一切價值尺度和倫理意識受到破壞的戰爭影響，卻無法獲得解脫的戰後世代，在自我存在的終極追求上，持著兩種對應邏輯。其中一個是對現實狀況和條件的抵抗，另一個是對現實本身進行積極的批判和告發。他們的作品，大部分呈現出對既成世代的倫理意識和社會道德觀的反抗意識，但這些概念主要還是引自沙特、卡繆的存在意識。張龍鶴（一九二一—一九九九）主要是把戰後黑暗的現實狀況，鋪設成小說背景；金聲翰（一九一九—二〇一〇）排除了消極性的、順從的人物形象，創造出積極爭取尊嚴和正義的行動型人物形象；鮮于煇（一九二二—一九八六）在人文主義的基礎上，挑戰歷史與現實對決，展現出知識分子的責任和積極參與現實的意志。這些作家都表現出對現實的反抗意識，不過，在深刻追求人生本質和其存在意義的過程中，卻也比較容易掉進偏向觀念性主題的窠臼裡。此外，孫昌涉（一九二二—二〇一〇）把在現實生活中的失敗者，定義為無用的剩餘人物，反倒是以逆說的方式更有力地批判不包容這些人的現實世界；李範宣（一九二〇—一九八一）透過喪失自我存在意義的主角的內面意識，刻畫出其悲劇性；全光鏞（一九一九—一九八八）則集中火力批判上流階層中權力指向型人物的卑躬屈膝嘴臉；朴景利（一九二六—二〇〇八）在描繪戰爭時，同時以生活中平凡人物的角度和伴隨戰爭而來的意識形態的角度訴說，讓人看到她想直接面對歷史的努力。

戰後小說中，除了像這樣對戰後現實的抵抗和批判意識以外，還有許多作家以多種角度描寫傳統的倫理意識和價值觀的變化。吳永壽（一九〇九—一九七九）以土俗的空間為背景，追求淳樸的人情味；鄭漢淑（一九二二—一九九七）試圖探究傳統意識的嶄新意義；河瑾燦（一九三一—二〇〇七）以濃厚鄉土性的農村為背景，很寫實地描繪他們的民族受難經歷。還有，孫素熙（一九一七—一九八七）、康信哉（一九二四—二〇〇一）、韓末淑（一九三一—）、朴景利等女性作家的文學活動，在小說的創作手法和感覺、文體層面上，對確立新的小說美學做出了貢獻。她們追求的是生活在戰後混亂社會的世人的存在意義，犀利地描寫其內心世界，因而創造出新的人物形態。例如，孫素熙的小說，主要特徵為細膩地觀察和正確地捕捉人物微妙的心理矛盾和性格；康信哉主要是以細膩而又感覺性豐富的文體，來描寫受到傳統道德規範束縛的女性命運以及女性的愛情心理；韓末淑也以纖細的手法，刻畫出人物心理的樣態。

一九五〇年代韓戰後的文學，雖然呈現出多樣的傾向，但最重要的特徵乃是對戰後黑暗狀況的批判與抗拒，不過，韓戰後文學所呈現抵抗意識的本質，雖然有它應該受到肯定的意義，實際上卻無法藏起自我邏輯的跛腳性。那是因為他們所呈現的精神，似乎並非取自於對自我認識和現實狀況的自覺，他們眼裡的戰後現實，只是廢墟的黑暗，因此很難以多樣而具體的角度來掌握實際的狀況。就因如此，戰後世代作家雖然重視對廢墟現實的抵抗，但其表現在外的姿態，大體都傾向追隨西歐的厭世主義或存在主義。他們的作品，相當部分離不開敗北感、虛無意識、無奈以及無意志的屬性。

戰後文學的這種性格，到了一九六〇年代初，開始有了轉換的契機，這與「四一九革命」有著密切的關聯。四一九革命帶給一直無法從戰爭被害意識裡脫身的韓國社會，不僅是對自由與權利的自我覺醒，也帶來對社會現實的批判性認識，更促使他們對民族歷史再度燃起了希望。四一九革命同時也包含了對自由民主主義的巨大渴望，以及對貪污腐敗政權的果敢批判，這不僅表現在政治和社會層面，更涵蓋了所有領域，形成了精神史上重大的轉捩點。在文學方面，它提供了擺脫戰後文學萎縮和倦怠的機會，讓所有文人對現實狀況有了具體的認識，他們開始自我覺醒，進行改變，也認知到在文學的世界裡必須更積極地發揮包容的力量。其後經過一九六〇年代中期，針對文學和現實關係，有了新的歷史認知，之前還流露出彷徨無助的文學精神，漸漸散溢出明確的座標輪廓，戰後文學的局限性也逐一瓦解破除。首先被提出來的是，文學能表現對歷史和現實信念的當為論調，開始高唱現實指向的文學精神。這樣的變化，表現在批評的領域上，有了所謂「參與文學論」與「純粹文學論」的論戰，經過這個論戰後，文學只能超脫人生範圍的這種想法，已經不再能得到認同。此外也開始對民族文學有了新的覺醒，針對過去一直是以斷絕邏輯來解釋的有關傳統的方向，也逐漸了解為必須繼承傳統並克服困境，進而在傳統上添加一些變化和發展的意義。

經過四一九革命後，小說文壇才能開始反映民族全體的內在要求，以意志和信念創造新歷史的可能性露出曙光。這時期的小說傾向，首先可拿戰後文壇代表作家的變化來說明。金聲翰和柳周鉉（一九二一—一九八二）的小說，其所關注的方向，從當代的現實漸漸轉移到歷史的過去；李浩哲（一九三二—二〇一六）和徐基源（一九三〇—二〇〇五）也開始正視民族分裂的事實，作品直接描述活在真實世界的人生。另外，值得一提的是，這時期具備新的小說感覺的新世代作家大量登上文壇，他們為小說內容帶來的變化中，最受矚目的就是戰爭的悲劇性題材已暫時從文學的表面消失，作家的目光從戰爭的現場轉移到包括自己在內的所有人的生活空間裡，開始檢討人的生活和社會的關聯性。崔仁勳（一九三六—二〇一八）在他的大作〈廣場〉裡，把民族的分裂解讀為意識形態的衝突，透過描繪站在理念選擇的分歧路上徬徨的主角人物，讓讀者明確地知道頑強又堅固的意識形態對立狀況。姜龍俊（一九三一—）的小說，透過小說情節極端狀況的安排，刻畫反抗人物堅毅不拔的挑戰精神，強調永續不斷的生命力量；金廷漢（一九〇八—一九九六）的小說則從批判的角度，描寫在近代化過程中逐漸被疏離的農村現實。

到了一九六〇年代中期，韓國文壇出現了表達問題意識的新世代作家，金承鈺（一九四一—）的登壇說明了這一點。金承鈺以相當細膩的手法，描寫用個人感性捕捉到的現實問題，而成為一九六〇年代小說的標識，他的作品所表達的意義，在於全面檢討現代人的內心世界；李清俊（一九三九—二〇〇八）的小說，主要用觀念來詮釋經驗事實，擅長於象徵性的表現；洪盛原（一九三七—二〇〇八）則以銳利的慧眼來追蹤現代世界的風俗變貌。

產業化與文學的社會層面擴大（一九七〇—一九九〇）

進入一九七〇年代後，韓國社會經歷了急速的工業化、產業化過程，開始有了許多社會變動。經濟的急速成長、現代產業體制的建立、都市範圍的擴大、大眾文化的擴散、社會結構的變化、生活方式的多樣化，以及物質至上價值觀的形成等等，都是在產業化過程中產生的韓國社會新面貌。當然，這些變化並未都能受到肯定，從一九七〇年代初期開始，受到注目的經濟成長背後，一直存在著對外國資本和技術的高度依賴性，也暴露出韓國社會經濟根基的脆弱體質。加上維新體制必須以強力推動產業化及國防安全為藉口，以加強鞏固其獨裁體制。如此強大的統治權力，擴大到社會各個層面，產生了許多矛盾和對立現象。都市勞動階層開始反抗不合理的生活條件，農村受到疏離和地域之間差距增大而引發衝突，產業設施的增加更帶來環境汙染等等，個個都形成新的社會問題。更糟糕的是，當時的統治圈並無能力提出合理的解決方案，反而加強其一貫的嚴厲控制手腕，使得惡劣的情況愈來愈嚴重。

韓國在產業化過程中顯現出來的這些現象，可以說明現代化過程本身，是在相當不穩的基礎上進行的，這種特質自然影響到文學方面。被稱作「**產業化時期文學**」的這時期文學，直接反映出韓國的社會變化以及其矛盾衝突的樣貌。從一九六〇年代中期開始引發爭論的文學現實參與問題，到了這個時期，已經擺脫了參與、純粹的兩分法邏輯，而發展為多方面、多方向的論爭，像是「民族文學論」、「現實主義論」、「商業主義論」、「農民文學論」、「民眾文學論」、「勞動文學論」等等，這些批評活動的相繼展開，也直接影響到創作活動。這些圍繞著當代現實問題和文學指向的討論，其重點都在民族文學論上，呈現出濃厚的反抗體制色彩。「民族文學論」的出現，主要是在進入一九七〇年代之後，政治和社會狀況出現危機，社會階層時不時出現對立衝突，文化精神又委靡不振，因而在企圖克服這些困難情況下所產生。當時大部分的韓國人，認為當代現實嚴重影響到民族的自主生存和絕大多數成員的精神生活。隨著這種批判角度的抬頭，在文學方面也做出了追求民族生活整體意義的一些努力。「民族文學論」在定出民族文學的理念和方向的同時，也特別結合社會科學領域上所進行的相關主題討論，透過季刊《創作和批評》、《文學和知性》、《世界的文學》、《現象與認識》、《文藝中央》，以及一九八〇年代的《實踐文學》、《文學和社會》、《文學和批評》等雜誌，把討論的成果直接傳達給每一個讀者，以此確保力量來對付政治文化的獨斷性和封鎖性。

到了一九七〇年代後期，「民族文學論」向前發展為「民眾文學論」，其文學論的基礎為民眾主體和民眾意識。而這些發展又擴大到美術、音樂、戲曲等藝術領域和歷史學、社會學、經濟學等其他人文社會學術方面，在各個領域裡開發出民眾論的獨特邏輯結構。這個時期以「民族文學論」為基礎的文學特徵，首先可以提出的是文學活動社會層面的擴大。純韓文世代的登場和正統文學讀者層的擴大現象，說明了這一點。其次，這個時期的文學，主要是對抗政治社會頑強的權力結構，追求人文精神的開放性，還有透過文學的自我認識和其社會擴大過程，確保了能夠克服分裂事實，建立民族文學的可能性。這一點從「民族文學論」係以整體民族的歷史條件和現實情況為出發點，可以獲得理解。

產業化時期的小說，是從產業化過程中所引發的各種社會情況中萌芽。透過小說的創作，所有社會現實的各個層面一一浮現出其具體面貌，不合理的人際關係和紛爭衝突，也一一在小說裡被形象化。這個時期的作家，巨細靡遺地追蹤產業化過程帶來的問題，同時也正視人類的生活欲望，因此，小說超越單純文學形式的層次，獲得了整體社會發展的生命力。李清俊擺脫了一九六〇年代的觀念傾向，冷靜地捕捉住現實世界的不合理現象；崔仁浩（一九四五—二〇一三）以象徵手法表達人性喪失的危機和疏離問題；李祭夏（一九三七—）利用夢幻寫實主義手法，批判政治狀況。到了一九七〇年代中期以後，金文洙（一九三九—二〇一二）、金容誠（一九四〇—二〇一一）等一群作家專門諷刺社會現實；趙善作（一九四〇—）、趙海一（一九四一—二〇二〇）、韓秀山（一九四六—）等作家則在濃厚的大眾性基礎上，描述了現代人的人際關係。另外，值得一提的是，該時期小說文壇上崛起的女性作家，如朴婉緒（一九三一—二〇一一）就傾注力量批判中產階層的生活方式；吳貞姬（一九四七—）和徐永恩（一九四三—）則集中描寫日常生活中的虛無意識。

影響一九八〇年代小說發展的作家，首先可以推出的是李文烈（一九四八—）。他的小說創作無論是就其所關心領域的廣泛，或是手法的多樣出奇等方面而言，都展現出一番新的氣象；同時期的金源祐（一九四七—），進行抽離日常現實的小說冒險；金聖東（一九四七—）在佛教的宗教體驗基礎上，把生活的層次換成存在的層次，大肆描述；朴榮漢（一九四七—二〇〇六）寫出世態諷刺；尹厚明（一九四六—）嘗試敘述角度和文體變化的實驗；鄭昭盛（一九四四—二〇二〇）解構經驗的時間；而鄭鍾明（一九四五—）則描寫封閉的現實問題。至於李仁星（一九五三—）、林哲佑（一九五四—）、卜鉅一（一九四六—）、李滄東（一九五四—）等人的努力，也在在告訴我們，產業化時期的韓國現代小說不斷地在追求新的小說美學。

總的來說，產業化時期小說的主要傾向，可以分為下面三個方向。第一、**社會階層的矛盾和衝突**：很多小說裡特別凸顯被疏離的農村和勞動現場的問題，前者以李文求（一九四一—二〇〇三）、韓勝源（一九三九—）、朴泰洵（一九四二—二〇一九）、崔一男（一九三二—）為主要作家；後者以黃晳暎（一九四三—）、趙世熙（一九四二—）、尹興吉（一九四二—）等為主要作家。一九八〇年代開始，描繪勞動現場環境惡劣、勞動條件不佳，以及因資方利益薰心而造成勞資糾紛、分配不均等所謂的勞動小說因而大量出現。第二、**小說開始再度重現分裂狀況和韓戰的悲劇性體驗**：金源一（一九四二—）剖析民族分裂、對立、衝突、戰爭的內部還存在著民族本身的封建社會結構的矛盾；尹興吉進行解構意識形態的作業；而全商國（一九四〇—）的小說確認了戰爭悲劇至今仍未結束的無奈；趙廷來（一九四三—）揭破助長民族分裂的政治邏輯之虛構性。**第三、連作形式和大河長篇小說的大量創作誕生**。這種作品形式的誕生，說明韓國現代小說能夠同時掌握人和社會現實的關係。連作小說，指的是以許多獨立的插話，連結成比較大的一個同系列的故事。李文求、趙世熙各以農村和工廠勞動者為題材，以連作形式寫出社會階層之間的對立和衝突。而大河長篇小說的創作，就其分量和規模而言，是韓國史上未曾有過的龐大創作，對讀者來說也是必須重新面對的讀書經驗，然而很幸運的是，此一時期的這類創作，普遍都能獲得讀者的回響，因而在商業上也取得了一定的利益。朴景利的《土地》，以朝鮮末期到日據殖民地時期作為時代背景，描寫將近一個世紀的歷史推移中，一個兩班貴族家門歷經四代而轉趨沒落的衰敗過程。黃晳暎的《張吉山》，藉著張吉山這個主角人物生涯歷程的描述，刻畫出民眾的意志和其生命力。金周榮（一九三九—）的《客主》，則是透過一個商人集團中跑單幫生意人的產生和活動情形，深刻地剖析朝鮮後期本土商業資本在未確保社會基礎的狀態下，因外來資本流入而深受影響的歷史過程。趙廷來的《太白山脈》，則以光復到韓戰爆發作為時代背景，剖析民族分裂的背景原因，認為相當部分係因民族內部的矛盾所起，並獲得讀者的深刻反省與共鳴。

後現代與資本主義文明的全面當道（一九九〇—二〇一〇）

在韓國現代文學史上，一九九〇年代可說是與前時期的民族書寫截然不同的嶄新時代。一九八〇年代的韓國文學，主要是以民族、民眾或勞動文學之名，呼應社會要求政治民主化和經濟利益均衡分配而熱烈展開的民眾運動，書寫創作。不過，也正因為如此，該時期由於過度重視文學的時代任務，十足顯露出目的指向和理念導向的性格。到了一九九〇年代，國際環境丕變，社會主義國家相繼沒落，意識形態的對立終於畫下休止符，此時國內的文人政府也宣告成立，這代表國內民主資本主義取得了勝利。因此，在如此時移世異的社會環境裡，文學自是毋需再為那些埋沒在歷史洪流裡或被社會意識左右的個人代言，這時文學家開始著眼於處理普遍性資本主義文明之下的個人存在和日常問題。此時韓國文學的主要題材包括同性戀、家族的解體、傳統道德觀和秩序的崩潰，乃至以電腦網路為代表的模擬現實和假想空間等，可謂包羅萬象，無所不有。這些文學的世紀末現象，直到現在仍然持續地發揮著它的能動力量。該時期韓國文學傾向，概括為以下三個方面：第一、接受去意識形態、去中心的後現代主義，拒絕大論述、大敘事（民主化理念、歷史方向或父執輩權威等），因而在個人性、日常性的問題上面尋找能夠討論的主題；第二、被壓抑或背後隱藏著的欲望全面抬頭；第三、女性追求自我認同成為主流傾向，並已獲得可觀的成果。然而，就此開始的韓國文學環境，如同其他國家所見到的一般，由於受到網路、電影、電子遊戲等影像媒體逐漸擴張觸角的影響，文學的生存環境也愈來愈壓縮。不過十分弔詭的是，有時也拜這些電視和報紙等媒體的傳播所賜，文學反而得以確保其大眾性。

一九九〇年代前後登上文壇的韓國作家當中，能夠兼具文學性和大眾性者，當首推女性作家申京淑（一九六三—）。她的小說主要題材往往是個人，特別是在日常生活或與別人的互動當中受到傷害而心懷怨恨的個人。申京淑之所以被評為一九九〇年代的代表性作家，是因為在她的小說中，大量描繪情感氛圍取代一九八〇年代的理念，探討個人性的存在取代團體性的存在，同時呈現現實生活中受到的內心傷痕取代對現實的積極抵抗。她的小說人物，要不是遭到創傷，就是被悔恨壓抑等在精神上顯露缺陷，往往會隨著現實情況的改變，成為加害者的同時，也變成了被害人。也就是說，申京淑所重視的，並不是個人與個人間的絕對性關係，而是相對性人際關係。第二位代表性作家，同樣也是女性作家殷熙耕（一九五九—）。與其他作家不同的是，她喜以幽默手法，細緻地描寫人物心理，而述說的幾乎都是男女愛情和女性的自我認同問題。有人說殷熙耕的寫作特徵，在於她說故事的才能和她特有的抒情感性配合得恰到好處。殷熙耕最擅長處理的是愛情題材，她喜歡探討愛情是否還能治療現代人受傷的內心，特別是在疏離和空虛當中感到徬徨無助的人，以及在這個適者生存、優勝劣敗的現代生活中感到恐懼的人，愛情是否還能給予他們心靈上的慰藉等等現代人的切身問題。豐富的想像力和熟練的結構設計、能夠穿透人心的卓越洞察力和幽默的視線，以及使用感覺性文體等方面，都是殷熙耕得到正面評價的優點。

女性作家喜愛透過個人的傷痕，描述現代生活的宿命，那麼同屬一九九〇年代代表作家之一的尹大寧（一九六二—），集中探討的則是回歸到人的初始的問題。在這裡回歸所意味的是，從日常生活的無意義出發，回到人的根源這個存在層次的問題，而這個過程通常是在現實和幻想的交叉之中達成。他的小說人物個個都具有明顯的一九九〇年代特徵，例如只能在想像裡感到自由，喜歡寫電子郵件，一天喝五、六杯咖啡，過著晝夜不分的生活，享受與自己的對話遠勝於社會生活，呈現濃濃的自戀傾向。此外，他們也都從既存道德或倫理當中獲得解放，普遍厭惡社會的偏見和獨善，更不在意別人的視線。與這些小說人物有點類似的，作家尹大寧也不那麼重視傳統小說的敘事性，他看重的是寫作本身。對他而言，小說的形式本身就是意義所在，因此他的小說幾乎都切除掉感情，只把現象改為意象，來呈現給讀者，讓讀者用自己的類推能力去探索情節發展。再來，值得推薦的一九九〇年代另一位代表作家是金英夏（一九六八—）。獲得相當多文學獎肯定，目前仍然創作不斷的他，就像其他新世代小說家一樣，不吝於從通俗小說、推理小說、科幻電影和流行歌曲、網際網路等大眾文化中，借來小說創作的靈感。他的小說人物大都是平凡得不能再平凡的人，甚至可說是比一般人更為卑微低下的人。作家非常認真地描寫這些人物內心編織的種種夢想，當這些超越現實的夢想落空後，他們只得再度回到鄙陋的現實裡，繼續過著繁瑣的日常生活。在這一點上，他的人物跟生活在現實裡的我們非常近似，或許他之所以能引起讀者的共鳴，即源自於此。

繼一九九〇年代「女性」、「新世代」和「日常」等傾向，進入千禧年的韓國小說更加多元發展，從下列幾個關鍵詞來概括其內容、主題和題材。**第一、帶有「跨國」性格文學的登場**，主要在以國境之外的他者，以及外籍勞動者、難民和逃離北韓來到南韓的所謂「脫北」人民作為題材的小說中發現此類傾向：方賢錫（一九六一—）小說《存在的形式》中的人物在一九八〇年代參與了韓國學生運動，事隔多年他眼看南韓社會急速向資本主義發展傾斜，一股無奈和挫折感油然而生，為此，他遷往越南過著遺世獨立的生活，並與曾為擁護共產主義而參加越戰的當地人接觸，重新思索自己過去經驗的意義；吳秀妍（一九六八—）的〈黃金屋頂〉即是親眼在伊拉克、巴勒斯坦等國家，目睹人權遭到蹂躪的現場之後，刻畫出她所看到非人性和絕望的景況；鄭道尚（一九六〇—）的《薔薇》和權李的《左撇子李先生》等小說，旨在探討「脫北」人民在南韓生活的不易，反映他們所謂的跨國狀況與資本邏輯密切相關的現實。這些韓國文學所反映的「跨國」徵象，可從政治經濟、存在論和美學觀點上分別進行解讀：以政治經濟層面來看，作為世界體制中位於「半周邊部」國家的南韓人民，開始尋找當代世界中自我存在的認知，同時由於仍然處於民族分裂體制當中，因而積極摸索克服「分斷」狀況的可能性；而以存在論層面來看，這些小說試圖透過主體和他者之間的衝突與交涉，建立起二十一世紀南韓人民新主體性的形成過程；從美學層面來看，它運用各種新的敘事形式，如現在／過去的並置、科幻空間、偏重紀錄性等多種嘗試，來充實地進行再現他者固有性的小說實驗，並透過主體和他者之間的相互關係，摸索新時代的新倫理可能。

第二、「新」歷史小說的大量創作：金薰（一九四八—）的《刀之歌》、《弦之歌》、《南漢山城》等小說，不同於傳統的歷史小說，對先驗性象徵化表示出強烈懷疑，而將所有注意力集中在事件或事物本身的變化上面；成碩濟（一九六〇—）《人的力量》中的人物，並不像傳統歷史小說的人物般，為國家民族做出英雄事跡，只能屈服於現實邏輯，依照已被安排的規則和形式默默地活下去；另外，跨越民族國家界限的「新」歷史小說，如金英夏的《黑色花》、黃皙暎的《沈清》、趙斗鎮（音譯，一九六七—）的《田中智之》、金勁旭（一九七一—）的《千年王國》等，其所登場的歷史舞臺不再局限在韓半島，小說甚至安排異國人視角述說韓國歷史的場景；以正面積極個性的女性為主角人物，如申京淑的《李真》以進入「現代」此歷史轉變時期的宮女為主角，透過細膩的歷史考證，深入探討當時朝鮮人的離散、前現代社會中女性所處的地位、父權秩序中的苦悶、殖民主義問題、現代的魅惑和冷酷等問題。

第三、「幻想」小說的出現。當代被認為文學的再現功能已遭瓦解，加上尖端科技塑造出許多「幻想」需求，同時又拜媒體數位操作所賜，人們面對的當代現實已然成為無法分辨事實和虛假的空間，由此世人的不安和危機感也跟著擴散，自然也就反映到文學上面。朴玟奎（一九六八—）的《地球英雄傳說》是描述一個想跟超人、蝙蝠俠一起拯救世界的名叫香蕉人的荒唐故事，小說本身就是對美國意識形態和新自由主義世界秩序的一種隱喻，表現出對美國世界戰略的冷笑和嘲諷；尹高恩（一九八〇—）的《無重力症候群》也是篇充滿奇妙幻想的小說，故事中月亮被分裂成六個，同時「無重力症候群」的新種疾病又跟著擴散，這些情節象徵著資本主義追求利潤的無限增殖欲望，並對急速進行著的現實幻想化趨勢，提出銳利的批判；尹異形（一九七六—）更進一步創造出充滿魅惑的「另一個世界」；片惠英（一九七二—）也塑造了充滿屍體、傳染病、暴力和幻想的世界，並用攪亂敘事邏輯和意義體系的方式，對當代韓國現實提出許多疑問。在瞬息萬變的社會裡，日常生活卻一成不變，世人需要駭人聽聞的事件和意外消息來打發無聊時間，於此，在地球各地發生的毀滅性災難也就變成新聞題材，而被廣為消費，甚至還被利用到商品的販賣策略上。更有甚者，為了宣傳新的商品，製造假災難再加以廣為流通傳播的事件也時有所聞。現代社會中沒有一樣事物不是商品，商品及商品的形象代替了實際的東西，無限刺激世人的購物欲望，因此如上所提韓國文學中的處理「幻想」的方式，可以說是一種二〇〇〇年代式的現實批判，也可說是對於物質和消費當道，貼近現實的實際感覺的失序狀態所做出的反思。但另一方面，它又展現出超越語言再現功能局限的可能，將現實和幻想緊密接合，創造出新的文學世界，提供給我們認知自我存在的一種回路。

第四、由「幽默」來反映當代社會的無可奈何情緒，通常以虛無、黑色和殘忍的發笑來呈現：金愛爛（一九八〇—）的《開跑！父親》、朴玟奎的《海綿蛋糕》、李起昊（一九七二—）的〈崔順德聖靈充滿記〉等故事，安排了找不出道理卻又好笑怪異的狀況，來引起讀者的發笑。問題是，這些小說人物的搞笑行為，不單是由個別人物的愚蠢所引致，它也是作者為了更澈底地揭露世界的暴力性所做出的刻意安排。讀者看著被害人無法呼訴冤屈反而淪為好笑對象的景象，內心不由自主地產生出既好笑又可悲的美學感受，還不時可聽到自己心中的笑聲，好像自己也成為加害者，萌生出一種愈笑愈感到虛無、愈笑愈悲傷的奇妙經驗。由此過程和感受，讀者也會認知到小說中的幽默，是為了忍耐無法盡情哭也無法盡情笑的許多情況，而刻意安排的一種文學裝置。

第五，女性文學的新樣貌「Chick-lit」現象，一般指探討有文化教養並在職業上追求成功的現代都會二十到三十歲女性生活的文學。小說中的女性人物，充滿活力並正面看待自己的快樂生活和欲望追求，呈現十足活潑、獨立的女性形象。不過她們大部分時間卻因外貌問題而感到苦悶，或對購物十分執著。小說的主要舞臺為都市空間，情節內容大都涉及愛情、出版、廣告、時尚等議題，並且以輕鬆的文體和不良的語調公然地探討性主題。Chick-lit之所以在二〇〇〇年代前後流行全世界，背後有著社會文化性因素，那就是與一九九〇年代中後期代替女性主義抬頭的「後女性主義」論述有關，主要是自主性女性的選擇、自我開發、獨立性，以及自我表現，特別是在此過程中，女性主體的行為被認為是以消費取向或對特定方式的追求。鄭梨賢（一九七二—）的《我的甜蜜都市》、徐柳美（一九七五—）的《往前一步》、白英玉（一九七四—）的《STYLE》等小說，可說都是探討女性成長、購物、戀愛和結婚的主題，當中也提出對資本主義的批判性思考。

第六，反映「貧困」文學的大量出現。一九九七年亞洲金融風暴以來，因世界貨幣基金的介入，韓國被強制編入適者生存的新自由主義體制。在現實的社會主義圈國家相繼沒落的趨勢當中，後期資本主義是另一個稱號的新自由主義體制，在資本主義無限追求利潤以及與美國持續支配世界的霸權策略合作之下，宣告誕生。李載雄（一九七四—）的《不過，少年停止流眼淚了嗎？》、金呂玲（一九七一—）的《小子萬得》、金思果（一九八四—）的《美娜》等小說也全面刻畫貧窮的樣態和狀況。這些小說雖有程度的差異，但共同呈現韓國社會所存在的絕對貧困和相對貧困實況、失業和失業者問題、貧窮和空間的相關性、移入勞動者的生活和處境等，從社會結構性角度來多元探討二十一世紀韓國社會的貧窮問題。

「大敘事」、「女性」與「酷兒」（二〇一〇—至今）

規範當代韓國文學最重要的事件為二〇一四年三月發生的「世越號」沉船事故。超過三百名以上的學生葬身海底，此事件給韓國社會帶來巨大衝擊，不過，面對如此重大事件，當時政府不但救援不當，事後在事因調查和後續處理上，也因負責單位的草率和鬆散態度，引發國人極大的失望和憤怒，大家紛紛追問國家和政府的存在意義何在。加上當時朴槿惠政權刻意隱瞞及封鎖事故相關訊息，面對犧牲者家族的抗議，也以有害經濟發展及社會和諧等不人道理由反向指控，有些保守派媒體甚至冷酷無情地呼籲遺族應當適可而止，以致大多數不認同此種作法的民眾有了價值觀遭到錯亂的危機感，而進一步對自己置身其中的韓國市民社會共同體，提出根本性的質疑。經「世越號」事故而引發一連串的省思之後，韓國人民開始重新思考如何找回失去已久的批判精神以及媒體應該扮演的正面角色問題，包括作家在內的知識階層也開始思考民主化以後即不太關注的國家和民族議題，以及應該如何消解韓國社會的各種矛盾。

當今的韓國小說本著如此時代脈絡和危機意識，開始朝向反映韓國社會矛盾以及尋求克服問題方案的方向思考。其焦點可大分為三：第一、**以全新的角度重新提出民族分斷問題**。**一九五三年停戰以後南北韓的對峙局面，一直是規範著韓國現代社會的基本框架**。無論是支出龐大的國防預算，抑或反共意識與軍府獨裁政權的緊密結合，都長期制約著國民的基本權利，也促使南韓社會走上保守路線，這些都可謂是「分斷體制」所帶來的不良影響。面對此一現實，之前的小說主要刻畫的是戰爭傷痕和民族離散的痛苦，希望透過民族同一性的恢復來摸索南北韓的統一問題。第二、討論韓國社會諸多矛盾的歷史源頭議題。與臺灣類似，韓國在十九世紀末進入現代歷史階段，即被迫編入世界資本主義體制，同時受到日本帝國主義的殖民支配。在此雙重邊陲處境中，韓國經歷過相當曲折的歷史經驗，二戰後又在追求政治民主及經濟發展的過程中，衍生出許多社會的衝突和犧牲。其中，殖民地時期日本軍慰安婦問題、一九八〇年光州民主化運動，以及一九八七年六月民主抗爭，成為年輕世代作家重新省思的主要歷史課題。金息（一九七四—）的《最後一人》和《L的運動鞋》、韓江（一九七〇—）的《少年來了》都屬此類小說。第三、濃縮於日常生活中的社會矛盾。相較於早前的小說主要探索個人欲望和家族解體問題，晚近小說則擅長處理青年族群對韓國社會感到憤怒和失望的情緒。例如，張康明（一九七五—）的《評論部隊》和《因為討厭韓國》透露對當今韓國社會的負面感受，「討厭韓國」這句話，在競爭激烈、就業不易，以及是否含著金湯匙出生決定人生出路的社會裡，成為年輕族群普遍感到心有戚戚焉的時代話語。

再者，從二〇一六年發生舉國譁然的首爾江南地鐵站隨機殺害女性社會案件，以及二〇一七年文化藝術界爆開幾起性暴力事件，接著社會多個行業接二連三引發出「我也是」（#MeToo）運動以來，處在韓國社會各個角落的弱勢或少數群體遭到霸凌的真實情況開始一一浮現檯面，他們長期被壓抑的心聲也才有正式管道披露開來。這種社會氛圍，順勢一一反映在二〇一八年所產出涉及「女性」和「酷兒」議題的小說中，而且無論就銷售量或文學獎獲獎情況來看，這些小說可說都名列前茅，且成長氣勢銳不可當。不僅如此，檢視二〇一九年韓國舉辦的各種文學會議的主題和文藝雜誌的企畫內容，也容易發現與該兩項主題相關的討論明顯變多，直可說屬於「女性」和「酷兒」的小說群，在質和量上面都開創出前所未見的局面。前者有趙南柱（一九七八—）的《八二年生的金智英》、崔恩榮（一九八四—）的〈祥子的微笑〉、姜禾吉（一九八六—）的〈不錯的人〉，以及由七位作家合著的女性主題小說集《致賢男哥》等小說；後者有崔恩榮的〈那個夏天〉、千憙蘭（一九八四—）的〈五個前奏曲，以及賦格〉、朴相映（一九八八—）的〈不被知道的藝術家的眼淚和宰桐義大利麵〉、金蓬坤（一九八五—）的〈Auto〉和《夏天，速度》等小說。**如此，當今的韓國小說呈現出以重新寫「大敘事」、「女性」，以及書寫「酷兒」，直接承載社會弱者或少數者聲音**，嘗試接地氣、貼近時代的全新文學景象，受到普遍的認同和高度的期待，深信這樣的風潮將會繼續一段時間，成為韓國文學的新趨勢。

以上係就戰後韓國文學的發展面貌及小說焦點，分作五個時期做了概略的介紹。最後，我想就下面幾點來總結這期間韓國文學所提出的問題：第一、就歷史背景而言，韓國從民族光復到民族分裂的過程發展，正逢軍國主義時代轉換到冷戰時期的期間。占領南北韓的美軍與蘇聯解放軍，分別標榜著資本主義和社會主義的不同意識形態，但他們優先考慮的是自國本身的利益。當然，在初期階段韓國受到他們的一些援助，而且彼此之間維持若干互動關係，不過，以宏觀的角度來看，幫助與互動乃至相互協助，也僅止於部分的、旁枝末節的水準而已；第二、以政治、經濟史的層面來看，近一個世紀的韓國社會是由威權主義體制逐步發展為民主多元主義，由現代進入到後現代的資訊化時代。這種幾乎史無前例的快速社會蛻變，甚至被評斷為已經擺脫了單純採納西方的發展模式，而另外形成一種獨特的、新的模式。這種短時間內達到的巨大變化，影響所及也處處暴露了社會與文化的矛盾與衝突，韓國民族為了避免再次發生類似二十世紀初因跟不上近代化腳步而淪為殖民地的痛苦經驗，乃做出最大的努力，因而目前已步入準先進國的行列，其間的成就，世界各國有目共睹；第三、就文化史方面來看，韓國可說是已經從兩極端論進入到多元主義，同時民族語跨進世界語化的時代也已到來，因此，我們可說正處在民族文學與世界文學必須重建新關係的階段。

附記：繼《吹過星星的風；韓國小說大家經典代表作（戰前篇）》選自被稱為「民族詩人」的尹東柱（一九一七—一九四五）詩句「吹過星星的風」，本書書名「誰能說自己看見天空」同樣取自有「韓國民族詩人」之稱的申東曄（一九三〇—一九六九）詩句，希冀能夠濃縮表達戰後的韓國文學核心本質和精神面貌。

解放前後

李泰俊

雖說「呼出狀」（傳喚令）這名稱可能太嚇人，所以改為「示達書」（通知書），但不管紙條名稱為何，派出所巡警事不關己扔了就走的傲慢態度，都和到總署報到的命令一樣，令人感到不快。

對比玄本人先變了臉色的妻子來說，早有前例。她表面不動聲色，心裡卻極端不安，雖然傳喚時間是明天上午，總覺得一定沒好事，結果一整天做什麼都不順心，吃也吃不下，睡也睡不好，連做夢都亂七八糟。對一向膽小的玄來說，不管那條子叫「呼出狀」，還是「示達書」，都沒什麼差別。

玄不是什麼思想家或主義者，也不是什麼前科犯。只是因為鄉下年輕人出了什麼事被逮捕、家宅遭到搜索的時候，不是找到了一、兩本他的著作，就是露出一、兩張來往信件，再不然就是在審問中被問到去了首爾和誰見面時，牽扯出玄的名字，他才會被以對年輕人進行什麼思想指導的嫌疑，開始時不時被傳喚。如今玄在刑警的名單裡似乎已經成了準監視對象，但如果真的到了該拘禁的程度，一定會被馬上帶走，不只是送來一張呼出狀、示達書而已。玄雖然這麼推測，還是屢屢感到不安，這次更讓他暗自多費了些心思。玄只是一個小說家，但是有不少年輕人在一般志願兵制度和學生特別志願兵制度之下，面對非個人意願的死亡、非個人意願的殺人，尤其不得不殺死給了朝鮮民族唯一希望的中國、英美、蘇聯的盟軍，而自己的死亡，卻是為了仇敵日本而死，這種矛盾造成的煩惱讓他們不停摸索解決之道，最後就找上了玄。

玄也見過在一、兩天之內神經就極度衰弱的年輕人，還有回去一天之後就把自殺遺書寄過來的。面對這種嚴重的民族煩惱，玄因為自己不是學生兵，只能考慮到自己的未來，卻無法壓抑自己同樣身為難兄難弟的憤慨。有時碰上完全是初次見面的人，他也會懷疑這人是不是要刺探自己內心想法的密探，但同時又因為無法原諒自己如此懷疑而自責，無論面對多麼陌生的年輕人，玄都很衝動，想說什麼就直截了當地說，不拐彎抹角，沒有保留。在送走他們之後的安靜書房裡，依然浮現腦中的那張臉，玄就會不安地想這個人會闖出什麼禍來。既然不安，既然會闖禍，站在步步逼近的民族垂死掙扎之際，他也不是沒有衝動去做些更有意義的事情，只不過他並未做好任何準備，而且這個性格僵化多時的外殼，是無法靠一般的力量自己破殼而出的。他想起自己最新一篇短篇作品結尾的一段話：「潛藏在思潮底層的靈魂，也等於是生活在水底下的靈魂。所謂滄海桑田，萬物萬事各有大勢所趨，不能從一開始就妄想填石造路」——只能露出自不量力的苦笑。

「雖然你說沒剩幾天了，但如果什麼『特攻隊』還是『敢死隊』的強硬分子堅持『一人一艦』[1]的話，就算美國物資再豐富，也沒辦法製造出日本士兵數量那麼多的軍艦。等著瞧吧，要日本完蛋就跟天上摘星一樣困難。」

玄的妻子這天也慫恿冒了一身汗睡不著覺的丈夫賣掉房子搬去鄉下，就算在鄉下，也可以到遠離官府的窮鄉僻壤裡當個自耕農，過著安心的日子。這種想法，在妻子慫恿之前，玄早就琢磨過了。現在外國是沒法去了，但天下哪裡還留有「夜不狗吠、民不見吏」[2]堯舜時代的農村呢？若沒有那樣的桃花源地，又能在首爾忍耐到何時呢？既然無法忍耐，若要改變立場寫有關時局的故事或用日文寫作的話，還不如就此折筆不寫算了。玄雖有這樣的想法，但家中生計拮据已久，今後能指望的也只有房子。既然要賣房子，與其坐吃山空，不如到鄉下買幾畝薄田，這才是上策。但就像性格無法破殼而出，要破除生活的外殼也不是一件容易的事情。「再看看情勢吧！」

這就是一年以來玄一直被家人攻擊為無能的態度。

＊

1　二戰末期，日本神風特攻隊的「一人、一機、一彈換一艦」的攻擊方式。

2　出自《十八史略》，意思為夜間沒有宵小出沒，地方沒有作奸犯科的官吏。

東大門警署負責玄案的高等系[3]刑警鶴田，看起來不是很凶悍的人，只要他們主任不在，就會用朝鮮語寒暄：「沒什麼大事又讓您過來一趟，真不好意思！」但這一天凸額深目的主任就直挺挺地坐在那裡，甚至連鶴田都不理睬玄低聲下氣的問候，只用眼神示意旁邊的椅子。

玄的帽子不是與他們相同的國防帽，他尷尬地搓揉著帽子，拘謹地坐下來。刑警問他以前都寫了什麼，問了好久才結束，沒想到又問他最近在做什麼，玄回答沒什麼，結果他們又追問他有什麼打算。「還不知道！」玄模稜兩可地笑著說，轉頭飛快地看了他們主任一眼，主任正聚精會神地在不知道是什麼的文件上蓋章。刑警這時才拿出一個有著封面的文件出來，用封面遮住內容，看著文件問：

「你為什麼沒有為當前時局貢獻一點力量呢？」

「像我這樣的人有什麼力量？」

「別這麼說，你好歹就做點事吧。事實上，道警部下達緊急指示，要針對幾位像玄先生這樣的人調查你們『為時局做了什麼？』、『將來在哪方面可以對時局有所幫助？』、『生活費從何而來？』，再將調查結果呈上去。」

「這個嘛……」玄更加尷尬，只能望著鶴田說不出話。

「所以我還是得報告你做了什麼才行！簡單就能做到的『創氏』[4]，你為什麼不做？」

面對過程進行不順利而感到為難的鶴田，玄對此事也無話可說。

「像我們這樣的低階警官哪裡知道什麼，但也絕不容許現在有任何人袖手旁觀。」

「您說得對！」

玄首先慶幸這次傳喚不是那種強迫觀念下令人感到不安的拘禁，在支支吾吾的最後，他說：

「我正想找件容易的事情來做，就請您在報告上為我美言幾句。」他就離開了。回家路上，他順路去了一家出版社，與其說是出版社的囑託，其實是警務局透過該出版社的主管下達翻譯《大東亞戰記》[5]的指示，再加上之前在只有文人參加的時局演講會上，玄一個人使用朝鮮語，還迫不得已朗讀了《春香傳》中的段落，這事也成了惹惱軍方的麻煩，所以就算是翻譯，也可以作為一種誠意表現出來，玄才毫不猶豫地接下了這份工作。

為了對心煩意亂的丈夫表示同情，某天妻子在玄特別精心整理的書房裡放了一堆日本報紙的剪報，玄卻感覺自己的書房前所未有的髒亂。

「懂事以來一直活在屈辱中的人生四十年，我們沒有愛的歡欣，沒有青春的光榮，也沒有藝術的榮耀。如果是日本戰敗記的話，或許還值得，但為什麼我得親手塑造有利於日本的戰記呢？」

3　日據時代負責監視、鎮壓韓國人獨立運動及政治思想動向的警察部門。

4　日本殖民政府強制要求殖民地人民改用日本姓名，範圍包括日據時代的韓半島和臺灣在內，韓半島上稱此舉為「創氏改名」。

5　一九四二年由日本陸軍省監修、誠文堂新光社編輯發行。內容主要講述二次大戰時日本在遠東和太平洋戰場上的戰爭。

玄真的很想活下去，與其說想活下去，不如說想苟且偷生。曾經有位德國詩人一心期望社會主義打倒祖國之敵、人類之敵、文化之敵的納粹，但當他看到莫洛托夫和希特勒握手，簽署《德蘇互不侵犯條約》之後，詩人為自己單純的想法感到絕望就自殺了。

「那位詩人的判斷太倉卒了，現在德蘇不就開戰了嗎？美英中也和日本交戰。要相信聯軍的勝利！要相信正義與歷史的定律！如果正義和歷史的定律背叛了人類，那時再絕望也還來得及！」

*

玄沒有賣掉房子，他抱著「盟軍在歐洲尚未開闢第二戰場，太平洋上日軍還守在拉包爾[6]，但頂多只能維持兩、三年」的打算，盡可能地保住房子便離開了首爾。認識該地公醫[7]，是在搭車來到江原道的山城之後。此地距離火車站八十里，得搭公車才能進來。雖然過去是縣監（知縣）所在地，但現在是一個只有面所（面行政事務所）和駐在所（派出所）的冷清舊邑。[8]不管是在哪裡的鄉下，公醫都和官吏毫不瓜葛，最重要的是，玄希望能靠他的關係免除被徵召；其次因為是雜糧生產地，可以解決糧食問題，再加上這裡鄰近臨津江[9]上游，可以釣魚打發時間，也是玄選擇此地的原因之一。

但是來了之後，從實際情況來看，這三點都不盡如人意。在面事務所裡掛了十多張獎狀的模範面長，也免不了這時代「國家獎賞、百姓埋怨」的矛盾，和個性剛正、直言不諱的公醫，關係向來不合，而且公醫在這裡培訓六個月之後就去首爾了，也不能保證不被徵召。除了公醫之外，玄在這裡認識的人，也只有透過公醫介紹、那位初次見面的鄉校職員。在每年僅有兩次的郡守祭祀時才從鄉民記憶裡復甦的「金職員」，實際上就和玄一樣，是一個至今還束著髮髻的舊式老儒生，不要說接濟朋友家糧食了，他因為自己家人，也是兩手空空。

釣魚場也是，剛來看的時候，似乎近在咫尺，經常往返之後，才發現路有十里之遙，走得累人。不僅如此，偏偏還要經過駐在所，如果要避開部長或巡警大人的眼睛，就得翻越連路都沒有的山脊。有一天從郵局轉角偷偷一看，就看到姓「根村」的朝鮮人巡警。玄手裡還拿著釣具，嚇得縮了回去，退後一步再看，鄉民們正和面書記[10]一起檢查從什麼樹上剝下來的樹皮。書記員上身只穿著內衣，腿上裹著綁腿，腰上別著刀，手裡拿著鞭子，對每個人都擺出一副趾高氣揚的樣子。估計這事情不會很快結束，玄這下只好回頭翻越後山脊去。

撥開沒有小路的樹林，在雨後打滑的山坡上摸索了好一陣子，才爬上滿是泥濘的半山腰。這時候，就瞧見不遠處有個像熊一樣黑忽忽的東西迎面站在那裡，原來是巡查部長。這下子，

---

6 巴布亞新幾內亞的城市。二戰時受到日軍大規模轟炸，日本海軍登陸，將此地建設為堅固的軍事基地。

7 地方上的官派醫生。

8 「面」與「邑」皆為韓國地方行政單位，依序是郡、邑、面、洞。

9 位於韓半島中部，三十八度線之間的一條河，為漢江最大支流。

10 面事務所的文書、胥吏。

玄比碰上野獸還吃驚，兩手拿著的釣具「啪啦」就扔在了地上。

「你要去哪裡？」

玄看到部長瞪大了眼睛。

「啊，我出來吹吹風。」

這時玄才摘下他的刨花帽[11]致意，但部長早已將視線挪往他的手臂。在部長望去的方向，面長也站在那裡，仔細一看，向陽地方用草繩圈出一塊網球場大小的正方形土地，從部長和面長的對話裡推測，應該是在劃定神社用地的樣子。玄就像根木樁一樣直挺挺地站著，不知道該如何是好，既沒有勇氣撿起丟在地上的釣具，就算撿了起來，也沒有勇氣跨過草繩兩次，穿越神社用地。而且，部長正在嘀嘀咕咕說著什麼，偶爾還回頭看看玄。如果有花，玄還能裝作摘花，但就連一朵石竹花也沒看到。良久之後，趁著部長和面長暫時臉朝別的方向，玄那像被手銬銬住的手，飛快地撿起怠慢時局的證物，慌慌張張下山回家。

「父親，您怎麼沒去釣魚又回來了？」

玄還沒來得及想出該怎麼回答孩子，一個像是尾隨在玄後面回來的鄰居家小孩已經搶先說道：

「你父親是被部長逮到才回來的。」

＊

不能去釣魚的時候，玄就看書，不然就去找金職員，金職員在玄沒去江邊的時候，也必然會來找他。與其說是人情往來，不如說相處愈久，玄愈覺得金職員是一位清廉的老人，是村莊裡唯一應該受到尊敬的人格高尚者，也是一位志士。玄有時會覺得「其人如玉」一詞，指的就是金職員這種人，他只有在己未年（一九一九年）三一運動[12]時因為坐牢被帶到首爾，自從朝鮮亡國之後，他就盡量避免來到總督府所在的首爾，不僅硬撐著不創氏改名，而且出獄之後就重新束起了髮髻。金職員比玄年長數十歲，他寫的詩，玄漢文能力不足看不懂，又因為他對新文學毫不關心，玄也無法和他交流現代文學，這讓彼此都很遺憾。但同為不幸的民族，在無盡黑暗中朝向一縷光明摸索前進的那種殷切心情的觸角，即使不說，也會讓彼此緊密地團結在一起，所以才見過一、兩次面，兩人就成了肝膽相照的莫逆之交。

一天晚上，金職員滿是皺紋卻精光四射的雙眼淚流不止地跑來找他，玄點上平時捨不得用的蠟燭迎接他。

「我今天在路上打了我那成年的姪子。」

金職員的手抖個不停，他有個姪子在面事務所當書記，他的姊夫，也就是金職員的姪女婿

11 像刨花一樣薄的木片編成的夏季帽子。

12 為一九一九年三月一日，韓半島日據時代期間，韓國獨立人士在首爾塔洞公園宣讀「獨立宣言書」，向世界宣布韓國的獨立，引發首爾和其他地方大規模反日示威遊行。

在被徵召到日本途中逃了過來。此地面長得知那年輕人藏身到岳家，就叫他小舅子把他抓過來。這個當姊夫的年輕人一看苗頭不對就跑進山裡，小舅子得到警防團[13]的支援上山圍捕，像抓兔子一樣逮著了姊夫，移交給駐在所。

「這小舅子真無情！」

玄也嘆息著說。

「姪子說面長威脅『如果沒抓到人，你就得替他去』，但為了不想替他去，就非得打著躲到自己家的藉口，拉著警防團的人上山以石頭攻擊，把姊夫抓走放進陷阱嗎？現在的年輕人真沒膽量！」

「所以呀，現在這世上，面長就是父母官，哪能公開譴責呢？但我實在氣憤難平，看到從面所出來的那傢伙，大馬路上又怎樣，我二話不說就把他打了一頓，打到竹子都斷了！挨打的人知道原因，看熱鬧的人裡面，知道的人也應該都知道了。知道又怎樣，有什麼了不起！」

這天玄也很鬱悶，首爾的「文人報國會」舉辦「文人誓師大會」，打電報來要求他前往參加。對玄來說，即使收到一張明信片，駐在所也會先知道，這麼長的一封電報送過來，他們沒道理不曉得，在此攸關日本帝國興亡的緊要關頭，這個一天到晚跑去釣魚的人會不會參加文人的誓師大會，不只是駐在所，就連身為日本人、又是防空監視哨長的郵局局長也很想知道，當玄的女兒傍晚過去寄信的時候，還問她：「妳父親明天會不會去首爾？」

金職員起初要求玄不要去參加文人誓師大會，聽他這麼說，玄反倒害怕不去了。但是第二天收到第二次，第三天又收到第三次無論如何要他回覆的催促電報。金職員知道後，當天很早就來找玄。

「我們這些老東西呀，見了新世面也沒什麼用，但像玄公這樣的年輕人，不管怎樣就別硬撐了，您就作為一分子去參加吧！去了的話，一般普通的事情您就別太堅持，只要努力避免被徵召就好。」

這一天，金村巡警來了，說了一堆「只剩兩天了，你何時出發？要去的話，是不是該申請旅行證明帶在身上？如果不去的話，不參加的理由是什麼？」。最後才說，如果去首爾的話，拜託把自己的懷錶拿去修理一下，說完就走了。玄再一次哀號：

「我想活下去！」

在大會舉行的前一天，一個陰雨連綿的日子，玄帶著金村巡警委託他修理的懷錶，上京前往文人報國會。

之所以會給玄打了三次電報，是有原因的。不久前，不願共體時艱的七、八名「主力」文人在文人報國會幾名幹部的斡旋下，找了一天和情報課長共進晚餐，但當天只有玄沒能同席，所以這次的大會上，如果能特別安排玄上臺，不僅為他本人增光，也表露出幾個幹部的誠意，也就是要玄代表小說部門說幾句話。雖然玄再三推辭，但既然都出席了，也無法堅拒到底，所

---

13 日據時代的民間防衛組織。

以第二天就跟著一起來到大會會場。作為會場的府民館[14]規模宏大，所有人都穿上國民服[15]，佩戴禮章，總督府的什麼閣下、朝鮮軍的什麼閣下，又是禮服的，又是軍服的，盛氣凌人。日本作家某某人、滿洲國作家某某人，自從朝鮮文壇建立以來，這是第一次的盛大集會。玄上身穿著在鄉下釣魚時沾了泥土的韓服上衣，下身穿著法蘭絨褲子，但不是軍綠色，也沒打綁腿，他的服裝無疑顯示出他對時局色調過於遲鈍，但也不可能突然換裝。在觀看大會進行的過程中，玄也逐漸對大會產生了興趣。玄這陣子在鄉下看慣了鯽魚、聽慣了黃鸝鳥叫，變得愈來愈單純的眼睛和耳朵，在這次大會上再次清楚地感受到法西斯國家文化行政的野蠻。某位閣下上臺致詞時，甚至表示文化就如希特勒所言，就算暫時中斷，在必要時也可以使之於一朝一夕間復活，因此不管文學還是藝術，只要無法成為戰爭工具的，都應該毫不留情地消滅。作為文化生產者的詩人、評論家、小說家對這些武裝閣下的演講不只鼓掌喝采，還競相起立。與其說他們在擁護逐漸式微的文化，不如說他們只會拚命附和官吏和軍人的低俗口味。讓玄心生憐憫的是，滿洲國那位臉色蒼白、身體瘦弱的作家生疏的日語賀詞，說著生硬的外語，表情造作的那張臉，只顯得又小又悲傷。朝鮮文人的日語大都很流利，看了日語生疏的人再看日語流利的人，應該感到愉快才對，但不知道為什麼玄只覺得面目可憎，反而比不上豬狗這類忠於自己聲音的畜生。當弱小民族開始學習強大民族的語言時，就是甘願承受悲劇的開端，但也不能因此就將日本作家的賀詞或主張視為理所當然。玄認為，日本作家的行為真的很難理解。柳宗悅[16]曾經高喊：

「各位同胞，放棄軍國主義，欺凌弱者不是日本的光榮。踐踏人倫的行為到了最後，整個世界都會成為日本的敵人，那時滅亡的不是朝鮮，而是日本。」

希特勒也曾經驅逐沒有祖國的猶太人，像秦始皇一樣藉口繁文縟節，焚毀哲學、文學的書籍，那時文化人群起抗議。日本也有那種文化人吧？他們現在在做什麼，連一聲都不敢吭嗎？和朝鮮人或滿洲人的境遇相比，他們難道已經沒有了喊出對祖國民族真正的愛與意見的自由和義務嗎？如果日本還保有真正文化人的良心，就不會冒出一堆邪教，不僅沒有解決或撫慰朝鮮人和滿洲人的不滿，甚至連抱怨的本能都試圖麻痺掉。日本文人不僅沒能保護堪稱他們民族文化發源地的朝鮮文化藝術，還成了野蠻官僚的鷹爪。看看他們一致贊同抹殺朝鮮語，樂於成為國民劇[17]的走狗到處宣揚的德性，半個世紀的日本文化一點意義都沒有！當然，我知道他們之中也有不少有良心的文化人正遭受沉重的痛苦，但現在的情況是不是太歌舞昇平了？想著想著，玄突然被一陣鼓掌聲給嚇到，這才驚覺快輪到自己上臺了。當他發現自己必須比滿洲國作

14　日據時代作為京城府民公共會堂使用的建築物，現為首爾市議會議事堂。

15　日本政府在一九四〇年針對男性日本國民（包括殖民地人民在內）設計的制服，目的是要配合戰時物資管制令，對國民服裝進行合理的簡化。

16　柳宗悅，一八八九年生，卒於一九六一年。日本民藝大師，也是思想家、美學家、宗教哲學家。

17　一九四〇年代藉口為建設新的國民文化做出貢獻的名義下，親日派劇作家柳致真等人在日本殖民統治理念的支持下所創的戲劇。

家更悲劇地調整臉部肌肉，上去排泄內容更充滿惡臭的日語時，他再次審視自己不斷譴責日本文化人的內心，反問自己：「你又算什麼東西？你坐在這裡是要做什麼？」玄彷彿身在噩夢中，一個再怎麼奔跑也只是原地踏步的夢。玄用盡全力才勉強從位子上站起來，起身之後，發現和夢裡不同，腳步能踏出去了。玄沒注意帽子還留在座位上，就悄悄地離開了彷彿所有目光都像在套圈圈一樣的會場。

「結果會怎樣呢？主席香山先生很快就要指名該我出場了。文人報國會幹部一定會當著那些高官和高級將領的面，喊著我沒有創氏的名字尋找我！」

有人從樓上下來的聲音響起，玄第一個念頭就是躲進廁所。走下來的人身上發出匡噹匡噹的長刀撞擊聲，說不定就是某次在這座府民館會場裡，對著我們文人說：「你們身為帝國臣民，如果不忠於國家，這把刀絕不會饒過你們的脖子」，同時也是我們同胞的什麼重量級人物的那個人。匡噹聲似乎進了廁所，玄趕緊跨進大便隔間裡。過了好一會兒才尿完的刀聲主角終於走了出去，但隨即又出現另一個腳步聲。不管是誰，應該不會偷窺這裡才對。玄就像在鄉下要去釣魚，結果在山脊上碰到巡警部長那時一般動彈不得。馬桶雖然是沖洗式的，但隔間相當悶熱，又髒又臭。玄掏出香菸點燃後叼在嘴裡，心裡想著就算是拘留所或監獄，也沒有這麼窄小，空氣如此骯髒。人來人往的處所，除了辦事之外絕對不想多待一下的地方，就是廁所。這麼一想，玄不禁苦笑。從遠在三樓的上方傳來鼓掌聲，然後就安靜下來。安靜了好一陣子之後，玄才走了出來，然後就頂著髮髻，想著：「隨遇而安吧！」跑到離市區有段路的城北洞找朋友了。

*

不管怎麼說，去首爾一趟也不是沒有意義。原本精明能幹卻連打個招呼都愛理不理的金村巡警，自從玄幫他修好懷錶之後，就變得十分親切。郵政局長、巡警部長、面長等人，對文人大會打了三次電報催促的玄，評價似乎也比以前高了一些，還會主動跟玄打招呼，這下就算被他們看到，也可以拿著釣竿理直氣壯去釣魚了。

釣魚的時候，玄使用的工具和方法都是東方式的，或許正因為如此，釣魚也同樣是東方式的消遣法之一吧。在久無消息傳來的情況下，他就想安心在江邊打盹，偶爾也想拉開破鑼嗓子哼唱一首曲子。這種時候，時調[18]或漢詩應該會比新詩更恰當。

小縣依山腳
官樓似鐘懸
觀書啼鳥裡
聽訴落花前

---

18 又稱長短歌，出現於高麗時期、流行於朝鮮時代的韓國傳統詩歌，形式類似唐詩、宋詞。

俸薄稱貧吏
身閑號散仙
新參釣魚社
月半在江邊

這是每當玄來此想發點牢騷的時候，喜歡吟詠的一首漢詩。有一次和金職員談詞說字的時候，就提起了古碑的話題，後來無聊時，兩人就會相約去觀看豎立在洞口的縣監碑群。玄在那裡第一次看到位於最前排的「對山姜瑨」[19]碑，聽說是朝鮮王朝末期繼承四家詩[20]的詩人對山來此擔任縣監的事蹟，讓玄大為驚喜，馬上跑到金職員家借了一套兩本的《對山集》來看，發現對山中年時期的詩，幾乎都是來到這山城之後才作的，裡面包括了玄偶爾會去攀登的萬景山、釣魚會去的龍九沼，還有據說是高麗時代遺臣許某來此隱居之地的杜門洞，可說每一個角落都成了這位詩人縣監作詩的題材。對山很早就仰慕韓退之（韓愈）所留下的「出宰山水鄉、讀書松桂林」的風采，能受命來到如此的山水鄉，他似乎感到十分滿足，因此才能豪邁地詠嘆出如此的詩作——在鳥鳴聲中讀書，在落花的樹前為百姓明斷是非，就算俸祿微薄，但生活清閒快樂似神仙。最近新加入的一群釣者，一個月裡有半個月都在江邊度過。當官如此，就算陶淵明也不需要非辭去彭澤縣令不可。即使身受官職束縛，只要能吟風詠月，就是文學。非要辭官賦歸田園，也是為了吟風詠月，還不同樣是文學。

「觀書啼鳥裡，聽訴落花前！沒擁有過這種風情的政治，可說是現代政治家的不幸。但我們還有可能生活在如此政治風情的世上嗎？無法以吟風詠月來抒發己見，也可以說是現代文人的不幸。但同樣地，吟風詠月的文學時代還可能再次到來嗎？但是，那種時代還有必要到來嗎？而吟風詠月又是否為現代政治家或藝術家所嚮往的生活、所欽慕的榮譽呢？」

玄不時像口頭禪一樣吟詠對山的詩，但這個愛好也不過就像玩賞王朝時代的古玩，他不認為這對今天自己的文學生活有任何影響。

「那麼，我自己曾走過的文學這條路又是如何呢？和封建時代的抒情文學有多大的差別？」

玄並非在擱筆來到這個可以展望自我的避難處，或可以品味如姜對山之類前世代詩人的作品時，才這麼反省。到目前為止，玄的作品大多數都取材自身邊的人事物，與其說是因為他喜歡身邊事而將作品設限，還不如說是因為他對民族的悲哀比對階級更坦白，所以他討厭強調階級的左翼。對包括玄在內所有被徵召的朝鮮文人來說，若要挺身而出，直接對抗日帝的朝鮮民族政策，未免力量單薄。作為一個胸有丘壑的現實者，國際上處於孤立地位的他們，有時也會憂心忡忡，但處於嚴苛的審查制度下，又不得不屈從，因此除了走向諦觀的世界之外，沒有其他路子可走。

---

19 據查證之後，應為「姜溍」，朝鮮後期文人，號對山，曾任安峽縣監。

20 指朝鮮英祖、正祖時期，詩文四大家「朴齊家、柳得恭、李書九、李德懋」的漢詩。

「好吧，現在該寫什麼、怎麼寫呢？日本必然會滅亡，那就先做好準備吧！萬一日本沒有滅亡，朝鮮面臨的就不是文學或文化的問題，而是朝鮮語會乾脆離我們民族遠去。到了那時，不只是語言，我們民族本身的特點也會完全消失，這就是最後的下場。歷史難道會容許日本進行如此可怕的日本軍國主義陰謀嗎？」

玄一再向妻子和金職員強調從現在開始，頂多一年日本就會滅亡，但當他獨自深思時，又因為消息閉塞，還是會茫然不安。不過他對「如果法西斯主義國家取得勝利該怎麼辦？」的不安情緒很快就消失了，隨著墨索里尼的下臺、第二戰場的開闢、塞班島的淪陷，單單日本報紙報導的這些消息，就知道戰爭已經大勢底定。

但玄還是無法提筆為文，不要說自己寫了，他連閱讀別人文章的心情也沒有。他能坐在江邊吟詠「觀書啼鳥裡，聽訴落花前」，但西方大師的傑作、名著怎麼都進不到他的腦子裡，即使是重讀《戰爭與和平》，過了一年還沒讀下集。只要一回家，就擔心米、擔心木柴、地板被洞穿、廚房缺東少西、沒有鞋子、沒有衣料、沒有藥品，最後連原本計畫用來撐過三年生活的房子押金，不到一年就見底了。就在他還沒能獲得不被徵召的保障之前，六十歲以下男子必須參加國民義勇軍的法令就頒布了。有一天，駐在所又來傳喚玄，這次連張「示達書」都沒有，只派個雜役過來說一聲，同樣讓他感到不安和不愉快。只是這次不安不像在首爾時那樣只能忐忑地等待明天到來，而是直接過去馬上就能知道結果，實在太好了。

駐在地裡擠滿了村民，連門都進不去。玄不知道這和傳喚自己有沒有關係，就悄悄地察言觀色。「麥子全被收走了，連耕種用的種子都沒留下來，名義上說是農家，沒有糧食配給，讓人吃什麼過日子？不分晝夜增產也好、繳納糧食也好，但總得吃了飯才有力氣種田，吃了飯才能摘山葡萄蔓、挖松脂、剝橡樹皮啊！」原來農民是來向面當局陳情要求糧食配給的。只會坐在那裡笑的部長，一看到玄，突然面容不善地走了出來。

「今天沒去釣魚嗎？」

「沒去！」

「沒有選你入徵兵團和防空監視，是要你寫文章報國，不是讓你閒閒沒事做。你老是去釣魚，就有些流言蜚語冒出來。我昨天去總署，他們狠狠地罵了我一頓，說我們這裡有個閒閒沒事做的人，從公車上一看，就看到這人總是在釣魚，問我那人是誰？在我們日本帝國完全勝利之前，你就別再釣魚了。」

「是嗎？真對不起！」

玄只能這麼回答。

「還有，每次有軍人出征的時候，這裡都會舉行歡送活動。你呀，為什麼一次都沒出來？」

「對不起。以後會出來。」

玄很鬱悶。

進入梅雨季之後，正是魚肉豐厚、開始成群結隊移動的時期，也是一年中最能享受江邊垂釣之樂的季節，他卻被禁足了。釣魚工具被打包放到了架子上，玄自然就變得經常和金職員見面。見了面，自然就會談到時局；談到了時局，正值德國投降、盟軍已經打到了沖繩之際，兩人自然就會持樂觀的看法，夢想朝鮮獨立之日。

「你說國號是『高麗國』嗎？」

玄曾向金職員提過從首爾聽來的事情。

「聽說是『高麗民國』。」

「為什麼會叫『高麗』呢？」

「可能是因為在外國，比起『朝鮮』和『大韓』[21]，『高麗』更為人所知吧！您覺得叫什麼好？」

「國號算什麼，趕緊獨立再說。不過既然如此，對我們來說，叫『大韓』可能比較好。」

「『大韓』！這不是朝鮮王朝末期即將亡國之際，曾經暫時訂下的名稱嗎？」

「沒錯！就像『新羅』或『高麗』，都是朝廷曾經訂下的名稱。」

「既然現在不再是李氏王朝的時代，『大韓』這個名稱不就沒什麼意義嗎？更迭不休的朝代名稱，都是當時的朝廷或國王恣意決定的，但我們民族從最初開始名稱就是『朝鮮』，不是嗎？」

「對呀，說的沒錯！史記裡也提到古朝鮮、衛滿朝鮮，處處可見『朝鮮』。可是我覺得呢……」

說到這裡，金職員放下躺著吸的旱菸管，直起身來說：

「我希望一切照舊，國號還是『大韓』，國王還是英親王[22]，讓他再娶一個朝鮮夫人，我們再次侍奉全州李氏王朝。」

「您這麼懷念前朝嗎？」

「不單單是懷念，我們之類的匹夫，比起不事二君，難道不該當著倭賊的面光復大韓，狠狠地報復他們嗎？」

「金職員現在想去日本當總督嗎？」

玄一說完，兩人就愉快地笑了起來。

「不管叫『高麗民國』，還是叫什麼，有軍隊，也獲得同盟國之間的承認了嗎？」

「雖然不知真假，但聽說已經對日本宣戰，軍隊也有金日成和池清天的部隊，總共超過三十萬人。」

「三十萬！真是大軍啊！以前十萬人就算大軍了！如今終於要獨立了，我國政府歸國的時候，場面一定很壯觀。活到這麼老還是有價值的！」

金職員說完又叼起旱菸管抽了起來，然後在冉冉上升的煙霧中，想像在三十萬大軍護衛

21　朝鮮王朝末期高宗宣布脫離中國藩屬，登基為帝，改國號為「大韓帝國」。

22　李垠，朝鮮王朝最後的王位繼承人，出生於一八九七年，十歲被強制帶到日本接受澈底的日本教育，妻子為日本皇族。一九四五年韓半島解放，兩年後被褫奪王職，淪為平民，卒於一九七〇年。

下，衣錦還鄉、那些臨時政府的男子漢大丈夫。後來金職員激動到心潮澎湃，好不容易才喘過一口氣，兩眼卻淚汪汪。

過了沒多久，有一天，金職員被駐在所叫了去，聽說不是為了什麼特別的事情，而是郡守從邑裡透過警備電話要金職員到郡廳去。金職員第二天乘公車去了七十里遠的郡廳，郡守高興地在自己的官邸裡準備了晚餐，對金職員這樣說：

「為什麼沒有出席上個月在春川舉行的道[23]儒生大會？」

「您就為了這件事叫我來嗎？」

「不是，還有別的話要說。」

「您直說吧。」

「大會已經舉行過了就不說了……當前形勢已經不容許有任何一個國民袖手旁觀，這不僅是我，金職員你也很清楚。這麼說雖然抱歉，但你似乎太古板了，大勢所趨，就算是成人也應該適應現今的潮流，不是嗎？」

「所以呢？」

「面對即將舉行的全國儒道大會，郡裡事先準備了國語（日語）和皇國精神的講習，你來參加講習的時候，很抱歉，要請你先剪頭髮。之後去參加大會時，還需要準備一套國民服。」

「您要說的就是這些嗎？」

「是的！」

「大人，您知道我是儒生，如果不能遵循『身體髮膚受之父母』的聖賢之言，儒生還算儒生嗎？儒道大會還算儒道大會嗎？我不是基於鄉教職員的名譽才這麼做的，因為這裡連一個可供奉祀的偉人都沒有，我身為此地的末學後進，就一直以聖賢之道為己任。現在您不僅要我剪去頭髮，還要我這個齒牙動搖的老東西學日本話、換穿日本服裝。意思就是要我辭職吧，我聽得懂。」

金職員說完就走了出來。但沒過三天又被駐在所叫了去，因為邑裡又打了電話過來，這次是叫他去警察署。金職員馬上去找玄。

「玄公，那些傢伙一定會想辦法強迫我吧。」

「這很難說！不管怎樣，他們再囂張也沒幾天了，還是不要引發衝突，想辦法避開吧。」

「叫我去，我不去的話會怎樣？」

「那可不行。現在是因為沒有藉口才無法羈押，如果以違抗官員命令為由羈押、剪去頭髮的話，就只能像己未年那樣，束手無策地承受了。」

「沒錯，玄公說得對！」

第二天金職員又去了邑裡，但過了三天都沒回來，到了第四天，就是「八月十五」了。

但這個地方別說廣播了，連報紙也晚了兩個星期才到，所以玄對歷史性的「八月十五日」

---

23 韓國地區行政單位，相當於「省」。

一無所知，就這麼度過了。直到第二天清晨，首爾的朋友發來一封電報，只寫了「速速回京」，玄才直覺有什麼事情發生，於是他去了駐在所，一方面申請旅行證明，一方面觀察一下現況。但不管是巡警還是部長都毫無異狀，玄還偷偷問金村巡警，金職員怎麼還不回來？金村巡警回答說：

「那老頑固得在那裡吃上好一陣苦頭了！」

「您的意思是說他被羈押了嗎？」

「我什麼都不知道，別聲張！」

金村巡警說完這句話就住了口，大家都還是原來的樣子。

「為什麼要我速速回京呢？」

玄心懷疑問等著公車，這天的公車不到整點時間就提早發車，但這班車上也沒看到金職員的身影，玄就搭車離開了。

公車上一個認識的人都沒有，大部分的人都穿著國民服，沒有一個人顯出煞有其事的樣子，大概行駛了四十里路，就遇上了對向的回程公車，這班公車的司機伸出手臂攔下了對向公車。

「怎樣了？」

「什麼怎樣？」

「鐵原[24]有報紙送來了吧？」

「就跟昨天廣播講的一樣。」

「雜音太重，我沒聽清楚，是說無條件停戰嗎？」

當兩名司機還在一來一往問答時，玄率先從狹窄的空間裡猛然站了起來。

「你們在說什麼？」

「說戰爭結束了！」

「什麼？戰爭結束了？」

「終於結束了！」

「結束！怎麼結束的？」

「我就是不知道才問他的！」

這邊的司機才說完話，就聽到對向司機說：

「結果就是日本戰敗了，你去鐵原看看報紙就知道了。」

然後就把車開走了。這邊的車也突然發動，玄一屁股跌坐在地板上。

「果然沒錯！該來的終於來了！漫長的戰爭終於……」

玄突然感到一陣鼻酸，眨著眼睛看了看左右，四周的臉孔確實不是日本人，但都一副漠不關心的樣子。

24 位於韓半島江原道，正好在三十八度線上，韓戰前全部屬於北方，戰後分屬南北韓。

「你們沒聽到剛才司機的對話嗎？」

乘客們只是面面相覷，沒有一個人回應。

「你們應該也想過，如果日本輸了，我們朝鮮會怎樣吧？」

這時終於有位還是穿著朝鮮服裝的老人說：

「不就那樣，還能怎樣？你還不清楚世上是什麼模樣嗎？還敢耍嘴皮子？」

就連剛才多少還有點興趣聊了聊的司機也說：

「就是嘛！連想問問是不是真的都讓人提心吊膽。」

他開著車，臉上只有疲憊的皺紋和深陷的眼睛。

玄深深地垂下頭，比起朝鮮終於獨立的激動，這些可憐同胞失魂落魄的模樣更讓他悲傷得想哭。

「這不會是我一個人的夢想吧？」

直到來到鐵原，玄看了《京城日報》之後，知道自己不是在做夢，也見了該找的幾個人，雙方緊握著手放聲大哭。天氣晴朗，天空中飄著葫蘆花般的雲朵，大地上茁壯成長的莊稼、蔥蘢的綠蔭，所有的一切都讓人想頂禮膜拜，想高聲吶喊，想歡欣蹦跳。

*

玄在十七日凌晨，擠在像無蓋砂石車載運砂石一樣擁擠的人群裡，就聽到總統由哪個人、國防部長由哪個人擔任，每經過一個車站，就嘶聲大喊「獨立萬歲」。玄一面擔心錯過當天十點召開的全國大會，一面經過一個個太極旗飄揚的車站，來到了首爾。

然而，當他走出清涼里火車站時，這怎麼回事呀？與他的期待相反，首爾人態度冷淡，連太極旗也不多見。進入市區後，就看到怒氣沖天的日本軍人以一觸即發的全副武裝守著每條街口，《京城日報》依然一副泰然自若的論調。

玄趕去找打電報給他的朋友，沒來得及握手寒暄就問朋友「全國大會在哪裡召開？」，得到的回答是「不知道！」。再問「政府要員都搭機回來，知不知道他們在哪裡？」，回答還是一樣「不知道！」。玄只好問「到底日本投降是真是假？」，朋友這回給了肯定的答案「是真的！」。玄疲憊不堪地坐在凳子上，才在好幾個小時後首度打起精神，從朋友這裡大致了解了八月十五日至今兩天首爾的情況。

首爾的現況讓玄感到不快。無論是總督府和日本軍隊依然若無其事地對朝鮮民族發號施令，以及等不及海外臨時政府今晨或今晚歸國就趁機擅自發展建國計畫的事情。還有文化方面也是一樣，在玄自己都還分不清是夢是真的這個茫然時刻，當大部分文化人還來不及從外地聚集過來之前，就像有什麼好處一樣，迅速掛起看板急於求成的作法，在在顯示出城市人的動機不單純和淺薄。更令玄擔心的是，當他知道那些早早高舉旗幟、包圍相關部門展開攻擊的主要人士，大部分都是過去的左翼作家時，與其說是在文壇這個團體，不如說是整個國家，當左翼可以專橫跋扈、可以恣意妄為的那一天，會不會導致民族自相殘殺？玄認為，自己的擔心有可能成真，所以現在不是坐以待斃的時候，於是他跑去名為「朝鮮文化建設中央協議會」（簡稱「文協」）。那裡有幾個之前在「九人會」[25]、文人時代特別要好的朋友，結果不出所料，文協的成員以一些過去的左翼作家和評論家為主。正好他們在修改宣言文的草稿，玄在心裡對他們警惕萬分，看了他們起草的宣言文，還讀了兩、三遍。另外，玄也不斷觀察他們的表情和行動是否有虛偽之處，對此玄自己也不得不感到奇怪。

「難道他們對朝鮮局勢已經在精神上做好萬全準備了？」

當玄了解了他們的態度和主張之後，發現毫無可疑之處。

「在將來成立的政府制定文化藝術政策，到該機構誕生、執行所有職責之前，首先要統一現階段的文化領域聯絡窗口和各個部門的秩序。」

重點就是如此。而他們的前進口號則是「解放朝鮮文化、建設朝鮮文化、統一文化戰線」。玄認為當務之急就是必須不分左右，在民族前進路線上統一行動，以此作為首要原則。

他擔心左翼作家會混淆視聽，早就對他們抱著一種嫉惡如仇的態度，沒想到了解得愈深入，才發現是自己杞人憂天。現在還不到制定更具體方案的時候，對他們來說，不在階級革命上先發制人，不是出於猶豫或自重，如果不是經過相當多的自我批判，以及對國際路線和朝鮮民族關係有了深思熟慮，怎可能只表現出乍看之下如此單純的態度與原則。玄感到慶幸，也就欣然在宣言上共同署名。

但是玄對這個城市並未就此放下心來。

「一切權力歸於人民！」

這類的旗幟在會館前對著大街飄揚，這類的歌曲對著大街迴盪。雖然這是真理，但還不到廣泛宣傳的地步。此刻，民眾苦苦等待的是如海市蜃樓般即將成立的國家、大韓、政府或英雄。他們甚至拒絕接受自己該擁有的權利，只想牢牢記住這華麗的幻象和激動的心情。就連玄自己也不只一次地認為，「一切權力歸於人民」這句話不是出於他們作為民主主義者，而是出於他們過去作為共產主義者的習性使然所吶喊出來的口號。考慮到上一個世代已經有人喊出「（權力）歸於人民，而非國民」，所以此時此刻「歸於人民」這句話，似乎不是那麼新鮮，聽起來也不那麼危險。玄明知如此，還是謹慎行事，而大部分真正愛護玄的朋友或前輩，看到他混跡在那些人的陣營中也暗自為他擔心。而且客觀的形勢也變得日益複雜，臨時政府不僅沒有展現出民眾所夢想的威儀，甚至其中的個別人士也不輕易現身。聽說北邊的蘇聯軍不遺餘力地攻擊日軍，因為他們充分理解朝鮮人刻骨銘心的仇恨，對倭賊展開澈底的掃蕩。但是美軍對朝鮮民眾的期待佯裝不知，到處散發要對日本人寬大為懷的傳單，讓總督府和日本軍隊對朝鮮民眾擺出「看吧，美國要面對的還是日本，你們這種民族算不了什麼」的姿態。朝鮮民族內部也出現了預料未來將會與海外勢力對立的所謂「人民共和國」的組織。由左翼文化人所組建的文

---

25 一九三三年八月十五日由當時最能代表韓國現代主義文學的作家李泰俊、趙榮萬、金起林、李無影、鄭芝溶、金幽影、李孝石、李鐘鳴、柳致真九人所成立的文人團體。

化運動團體「普羅（無產階級）藝術聯盟」順勢而起，與「朝鮮文化建設中央協議會」形成鮮明對立。

對於「普羅藝盟」的出現，包括玄在內，「文協」裡的人表面上嘲笑「歷史和時代沒有特別的理由允許他們存在」，內心卻想著「如果忠於文化戰線的統一，這個新興文化人組織就是首先要解決的課題之一」。讓玄更不舒服的是，普羅藝盟的宣言宗旨和文協沒有什麼差別，所以可以認為，這個組織的成立也代表著，過去的左翼作家不願意進入由過去與他們對立的玄作為負責人的「文學建設總部」。有一天，對普羅藝盟的出現彷彿早已等待多時的幾個右翼朋友，悄悄地把玄拉到安靜的地方。

「你的用心良苦我們不是不知道，但你在那裡達不到目的，所有的努力終究會化為泡影，某某他們不會站在你這邊，而會支持普羅藝盟，最後你只能望天興嘆，所以你退出算了，我們另外成立一個團體，何必在彼此鬧僵的情況下顏面盡失？」

玄同意好好考慮這個機會，就和他們分手了。也就是第二天，由左翼群眾團體發起的「示威遊行」經過了鐘路，在盟國旗中只有清一色的紅旗，隊伍唱的歌曲也是紅旗歌。街上的群眾對這場「示威遊行」的態度都很冷淡，唯獨在文協會館以熱烈的掌聲和歡呼回應了這場「示威遊行」，而且文協裡的重量級負責人還將預備在歡迎盟軍入城時揮舞的大量綑綁成堆的盟軍國旗中，單單抽出蘇聯國旗抱了滿懷，從四樓上方撒向遊行隊伍，街上頓時變得一片通紅。玄立刻跑上去阻擋，也攔著不讓那人再回去拿。

「冷靜！」

「為什麼要冷靜？」

雙方都以銳利的目光交鋒，就連一旁的年輕作家也不約而同向玄投去輕蔑的目光，他們雖然沒有拋撒紅旗，卻以跺腳、鼓掌和歡呼來支持左翼的「示威遊行」。遊行隊伍過去之後，玄的周圍沒有一個人願意靠近，玄走出會館時，感到無比孤獨。就算和他們分道揚鑣，玄也有十足的信心成立一個不亞於他們的文學團體。

「但是……但是……」

玄想了一個晚上，第二天他沒到會館來。

「只和志同道合的朋友一起嗎？這種追求向心力的行動，在巨變下的新現實中，會帶來什麼樣的結果？新朝鮮的自由和獨立應該是民眾的自由和獨立，他們對群眾運動如此積極，良心上我非但不應該圍堵，反而應該在學習和推動群眾運動上貢獻微薄的力量才對。然而我想指出的是，獨獨散發紅旗不是此刻朝鮮的群眾運動，也不是所有群眾都站在紅旗這一邊。如果不能理解我的這種心情，如果只把這單純解釋為反動的話，如何與他們共事？」

第二天玄也不想去會館，正當他一個人在房間裡慢悠悠地走動時，那天把紅旗撒向窗外遊行隊伍的朋友找上門來。

「玄兄，前天你很不高興吧？」

「很不高興！」

「玄兄，我坦白跟你說，赤色遊行一直是我們夢寐以求的夢想，當夢想成真之際，我就失去了理智，變得瘋狂起來。慚愧慚愧！是我過分輕率了。那天要不是玄兄，我們輕率的範圍想必會更大。我們需要的是像玄兄這樣的人，玄兄一個人就抵得上十個我們這樣的人。」

他明確地把話說開。兩人默默地抽了一根菸，靜靜地站起來，重新回到了會館。

自從有了那次赤色遊行之後，無論是學生、市民，還是知識分子，都確實分成了左、右兩派。每到傍晚，就有朋友把玄拉到安靜的地點，再三懇切地勸告玄要果斷地決定退出文協。但他極力辯解，說文協的性質並不像他們所想的那樣偏向於哪一方。然而當他第二天來到會館，昨天的那群朋友就打了電話過來。

「你如果不是在說謊，就是如同我們所看到的，你被他們利用了。看看今天早上新懸掛在會館外面字、寫得斗大的布條，你就知道了！」

說完之後也不聽解釋就氣沖沖地掛斷電話。玄沒有詢問旁人，直接下樓從大馬路上看著四層樓高的會館正面，他不得不感到驚訝。剛才玄沒來得及看到就走了進來，從樓頂一直垂到二樓的布條上，字寫得比任何標語或口號都還要大。擠在安全島上的人、和信百貨公司前面熙熙攘攘的群眾，全都拉長了脖子觀看，全都一臉驚訝不安的表情。玄三步併作兩步，十分鐘就上到了會館四樓，他感到十分鬱悶，有種再度被背叛的感覺。文協的主席和祕書長都還沒在會館露面，只有「文學建設本部」的丁祕書跟了過來，玄便拉著他的手一起爬上樓頂。

「這是誰寫了掛上去的？」

「什麼？」

天上下著毛毛細雨，丁祕書連看都沒看一眼就走進會館，而且他似乎也沒有參與掛出這塊布條的計畫。

「你真的不知道？」

「我真的不知道！這到底是誰幹的？」

「我也不知道，你也不知道，同在會館裡的我們都不知道的話，沒來的議員就更不知道了。這是獨裁！這麼一來，統一文學戰線之類的說法就成了謊言。我不想再相信那些人了，我現在退出，就這樣！」

玄說完話轉身要離開時，祕書驚惶失措地擋在他前面。

「先了解真相再說！」

「了不了解都一樣！」

「你的判斷太倉卒了！」

「都是一些倉卒判斷也無妨的人，我真沒想到他們把群眾運動弄得如此輕率。」

「不管怎麼樣你先等等，今天我們如果分裂，就等於我們文學家自尋短見！」

「那為什麼要做出這種自尋短見的事情？」

說著說著，玄不覺提高了嗓門。

「真的，我也不知道！但是把事情搞清楚，看看錯在哪裡，難道不是我們該做的事情嗎？

不然誰會去做！」

祕書說完話，眼淚已經在眼眶裡打轉。接著他就跑到布條懸掛的地方，把被雨淋溼變得沉重無比的一條粗棉布，像捲纜繩一樣進一步退半步，用盡全力拉了上來。

「沒錯！問題不在於我被當成笨蛋或遭人利用，受人嘲笑，而是在那些事情上我不夠用心！」玄也跑了過去，和祕書合力把那沉重的布條拉上來。

後來才知道，文協的議長和祕書長都不知道這件事，是祕書局成員知道在會館裡有「不管朝鮮改成什麼名稱，都應該是人民的共和國才對」的輿論存在，又剛好宣布了「人民共和國」，恰巧美術部宣傳隊過來詢問有沒有什麼要畫的，他就在心裡推測必然會用到那樣的布條，便趁機擅自寫了稿子送過去。宣傳隊一看，句子雖然簡單，內容卻很重要，便豎寫在了整幅的粗棉布上，等字乾了之後，他們還要負責從宣傳隊拿過來幫忙掛上，所以才會一大早就來掛布條。從早上八點到十一點只懸掛了三個小時的簡單布條，卻用了三個月以上的時間來辯解，事實上文協組織也因此受到了不小的打擊。

但是，以此為契機，全體成員以更加踏實的態度開始了還有餘地的自我批評和政治判斷，以及協同普羅藝盟的聯合運動。

*

美國軍隊已經進來，日本軍隊的槍口離朝鮮遠去，但是正如傳單給大家的預感，美國發布了他們只負責託管軍隊，意思就是誰都可以出面組建政黨，於是一夜之間五、六十個政黨如雨後春筍般冒了出來。李承晚博士在民族瘋狂的歡呼聲中現身，主張只要是朝鮮民族，就應該團結一心，而在其中窺探到有機可乘的民族叛徒和奸惡分子也站出來展開活動。然而李博士呼籲團結的用意卻出現了相反的效果，日據時代的航空公司社長現身在新成立的國民航空公司裡就是一個例子。民心非但沒有集中，反而渙散，比起信任，更多的是質疑。雖然臨時政府是民眾從一開始就不惜交付自己所有權益予以仰慕和歡呼的組織，如今就算被仰慕、受歡呼的對象轉到了個人身上，民眾還是只能將對未來的期待交給臨時政府。然而不管是個人還是組織所習慣的，都像這樣帶著宿命性質嗎？在海外多年，沒有帶領民眾經驗的臨時政府，進入國內之後，也絲毫沒有認識到在和信百貨公司之類的地方放幾個煤油木箱，站上去和民眾說話的必要性。當局與人民共和國的對立愈發尖銳化，三八線一天比一天將朝鮮攔腰卡得愈來愈緊，強盜日漸增多，物價逐日上漲，老百姓長期以來處於激動狀態的神經，如今開始益發衰弱，託管問題也在此時爆發。

所有人就此失去了內政主導權，到處掀起反對託管的吶喊。玄也和幾個朋友一起站出來發表演說反對託管，他的講稿還刊登在某家報紙上。

然而玄，不，不只玄，至少是那天和玄一起去發表反託管演說的朋友全都感到疑惑不解，馬上就後悔了。他們逐漸明白託管問題並非是可以如此簡單界定的事情，最先指出這一點的是朝鮮共產黨。雖然感謝他們縝密的觀察和正確的形勢判斷，但是因為共產黨出面支持三相會議[26]，因此遭到部分人士的誤解，甚至被惡意利用當成政權鬥爭的材料，這是不幸中的不幸。

「我們太輕忽託管問題了！」

「犯了不少錯誤！」

「錯誤？可是就現在朝鮮民族的心理來看，也不能算什麼大的錯誤。而且在這種程度上表現民族自尊心也不錯……」

「可是，知道內情只表達自尊心，和不知內情恣意妄為，採取的方法是不一樣的，不是嗎？」

「沒錯！事實證明，朝鮮民族只知道吃飯，缺乏足夠的政治見識，還談什麼自尊心？」

「人做事總有犯錯的時候，像列寧這樣的人也說過做事不要怕犯錯，一個從不犯錯的人，就等於是一個不做事的人。既然我們已經察覺到這一點，那麼對這微妙的國際路線最有效的方法，就是把力量用在啟蒙上。」

就在眾人和玄在會館裡說著這些話的時候，一個老人頭上戴著和此地毫不相稱的紗帽[27]走了進來。

「啊！」

玄快步跑來迎接，原來是解放之後玄心中不時想起的金職員上京了。

「金職員！」

「玄先生！」

「您身體還好嗎？」

「身體還好，所以就來首爾遊玩。」

但是，不知道是不是因為從三八線以北過來，又是步行、又是搭貨車給累壞了，金職員看起來非常疲憊和虛弱。

「您什麼時候來的？」

「昨天來的。」

「您住在哪裡？」

「對了，來的路上順道去了一趟鐵原，確認你家闔府平安，他們說很想過來。」此前，玄的家人只到了鐵原，還沒能回到首爾。

「他們平安就好！」

「您也只是客居而已，所以我就在別的地方找好住宿地點之後，今天才過來找您。這段時間，您們辛苦了！」

「我們有什麼辛苦的？我還在想這次最高興的一定是您，總想和您見見面。還有，那時您

26　三國外長會議，即一九四五年十二月由蘇、美、英三國外長在莫斯科舉行的會議，會中決議設立蘇美聯合委員會，協助朝鮮早日成立臨時政府。

27　韓國傳統成年男子戴的用馬鬃織成的高頂寬沿帽。

到邑裡去，吃了不少苦頭吧？」

「髮髻差點就被剪掉了，幸好躲了過去。」

正值中飯時間，玄想找個安靜的地方彼此抒發心中感受，便帶著金職員到某個偏僻角落的食堂。

「玄公，聽說您這段時間變了很多？」

「我嗎？」

「傳聞說您的變化很大。」

「這個嘛……」

玄有點鬱悶，因為這種事情他已經經歷過不只一、兩次了。解放前的莫逆之交，通常一有事情，便不問緣由出手相助；但解放之後，就因為政治傾向的不同，明顯分割為保守與進步兩派，從此以後因為一、兩句話不投機，就彼此形同陌路，敬而遠之，連友情上都立刻拉開距離，玄已經屢次嘗到這種滋味了。

「玄公？」

「啊？」

「朝鮮民族有多麼渴望大韓獨立，有多麼熱切地苦等臨時政府成立！」

「我知道！」

「那為什麼我們的玄公會去了共產黨呢？」

「外面都傳說我去了共產黨嗎？」

「大家都這麼說！看來玄公似乎被人利用了。」

「金職員您也這麼想嗎？」

「我不知道您是不是自願改變，但至少我曉得您不是那麼容易受騙的人。」

「謝謝。還有，說我變了的這件事情也一樣，我現在到底算是變了呢，還是沒變？解放前我就沒有抱持什麼明確的態度，因為解放前我的朋友大部分都是處世消極的人。但在解放後，我反對依然故我，只做人、不做事的態度。」

「不能因為戰爭結束了，就丟掉做人的道理，君子不處嫌疑間[28]。」

「我不這麼認為，現在這個時代，李下不正冠[29]不是明智之舉，反而是愚笨的行為。這樣的處世之道是只顧全自己，但我認為現在是朝鮮民族最急迫的時期，不要說嫌疑，就算是有危險，也應該不顧一切地去做。」

「不管怎樣，做人要遵守名分，我們有什麼功勞，還不是那些人在海外為我們民族畢生浴血奮戰，所以我們只要聽從他們就對了！」

---

28 出自曹植的〈君子行〉，原文為「君子防未然，不處嫌疑間」，意思是君子防患於未然，不處在可能受人猜疑的情況下。

29 同樣出自〈君子行〉：「瓜田不納履，李下不正冠」，意思是經過瓜田時，不要彎腰提鞋子；走在李樹下面，不要舉手整理帽子，免得別人懷疑你偷瓜摘李。

「我很了解您的用意，我對他們的感謝和感動也不輸給任何人。但是目前在朝鮮，不管是對外、對內的情況，都不是那麼單純。既然您提到名分，就請您想想光海君[30]時代的事情。壬辰倭亂時，朝鮮得蒙明朝援救，而當明朝困於清太祖時，明朝就反過來要求朝鮮派兵援助，對吧？」

「這就是『大義名分論』出現在我們朝鮮的始因。」

「壬辰倭亂剛過，朝鮮完全不具備協助明朝參戰的實力，大臣們在大義名分上，分成了名分派和澤民派。名分派強調即使朝鮮會和明朝一起滅亡，也不能就此罷休；澤民派則主張就算國家滅亡，國君遭廢黜，也不該置向來飽受倭寇騷擾的百姓於水深火熱之中。支持澤民派的主張最後遭到廢黜的國君，不就是光海君嗎？為了不讓可憐的百姓因為國家之間的紛爭和國君的行徑而飽受苦難，寧願自己遭到廢黜也要堅持澤民論的光海君，我認為他比那些不顧百姓生死只講求統治者名分的臣子要偉大得多，是一位真正的領導者。而且就算要講求大義和名分，又有什麼理由非得傾向從海外來的這些人呢？」

「這個嘛……不就是因為他們多年來遠在海外為光復祖國而奮鬥，二十七、八年所堅持的高風亮節嗎？」

「我並非要貶低他們的品行，無論身在海外，還是海內，只要是真心為我們堅持奮鬥的人，都該受到我們民族的尊敬，不管是飽受風霜，還是浴血奮戰。我認為，其實在酷刑中流血，在寒風中手腳凍裂的事情，反而是在國內一次又一次被羈押在拘留所、被關在監獄裡，依然奮鬥不懈的那些人承受得更多。而且不僅僅是肉體上的痛苦，他們在精神上也不只一、兩次受到各種收買的引誘和威脅。如果是在國內被關了十次也不放棄、依然抗爭到底的鬥士，我覺得這樣的人最了不起。」

「玄公一味地偏袒共產派！」

「國內哪只有共產派存在？而且這次共產黨已經宣布，他們採取的路線不是無產階級革命，而是民族的資本主義民主革命，這是最明智的作法。而且，不容許左右翼極端對立的原則，也最低限度地阻止了同胞的分裂和相互爭鬥，我認為這是朝鮮民族的幸事。」

「我聽不懂您這番話是什麼意思，我只知道共產黨是不對的。」

「快進點水酒吧！」

「我們這些老東西雖然不懂什麼……」

金職員算是酒量差的，臉上立刻有了醉意。

「但我們這樣的老傢伙怎麼可能沒有夢想？只要共產派不要有任何行動，國家馬上就會獨立。就不能讓臨時政府官員的辛苦都有了代價，安安穩穩坐在自己的位置上好好管理國家嗎？好端端地非要鬥來鬥去，結果就引發了託管問題，難道不是這樣嗎？」

30　光海君名李琿，生於一五七五年，卒於一六四一年，朝鮮王朝第十五代君主。他在外交上的想法和作法，以及對待兄長、嫡母的手段引起諸多爭議，最後被廢黜。

金職員說完話，一副怒氣沖天的模樣。金職員認為，妨害朝鮮獨立的，外有蘇聯，內有共產黨。就像這樣，不了解歷史或國際關係的人，只會單純地以為解放是進行了獨立戰爭才得到的。對於這些人，不能用一般的技巧來啟蒙，玄自認沒有那樣的技巧，只好頂著一張笑臉頻頻勸食勸酒。

金職員第二天也來找玄，玄翌日也去了他的住處。玄去找他的那天——

「你們為什麼會高興被託管呢？」

金職員問玄。

「我們沒有高興呀！」

「好吧，就算你們沒有高興，難道就因為臨時政府提出反對託管，你們就一味地想抹殺臨時政府的作為，到了後來，為了唱反調，甚至支持託管吧？」

「您想得太偏頗了！」

「唷，我都這麼大把年紀了，難道還要對被三國外相收買、支持託管的事情默不作聲嗎？」

「您的話有點過分了！你覺得我是因為未來的日子還很長，才出賣自己，支持三相會談的嗎？」

金職員雖然沒有回答這句話，但他對玄的態度表現出毫不掩飾的不滿。玄盡量穩定心情，試圖盡其所能強調，朝鮮民族的解放不是靠自己的力量而是受國際局勢的影響，所以朝鮮獨立無法擺脫國際性的主宰；支持三相會談不是主動要求或滿足於託管，而是因為資本主義國家的美國和社會主義國家的蘇聯，兩大勢力的領頭羊對決；再加上朝鮮的獨立和中立性必須受到國際間公開的保障，所以朝鮮名義上說好聽是獨立，其實蘇聯、美國、中國都有各自的算計，當他們在弱小國家朝鮮的政治、經濟開始進行「地下外交」的那一天，朝鮮就只能重新走上李朝末期「俄館播遷」[31]方式的骨肉相殘和亡國之路；所以好不容易得到的自由在完全獨立之前只能選擇由國際間來保障這條路；既然解放不是李氏王朝的「大韓」進行獨立戰爭所贏來的，就不應該喊著「大韓」、「大韓」，利用專制帝國時代的懷舊感來誘惑民眾，這不是真正讓朝鮮民族過著幸福生活的領導者該有的態度；現在將朝鮮分為南北兩半各自進駐的美國和蘇聯，怎麼看都是世界上最現實的國家，朝鮮民族不該沉溺在非現實的幻想或感傷中，而該有最科學、最具世界史觀的確切見解和準備，否則就無法給予他們適當的回應。但解放前一直稱讚玄是「其人如玉」的金職員，如今卻如同石頭一樣頑固，一點也不想理解玄的這番話，只是堅持自己的看法，認為同是朝鮮人，他不贊同玄批評「大韓」，這一定是共產主義從中作祟。

＊

此後很長的一段時間，金職員沒再出現在玄的面前。玄一方面也忙，一方面也對金職員失

31　指一八九六年二月十一日，朝鮮王朝君主高宗和其世子帶著王族從日本控制的王宮逃到俄國公使館避難的事件，俄羅斯也趁機介入朝鮮內政。

去以誠相待之心，所以也沒再去找他。

對朝鮮民族來說，託管問題成了政治上的嚴重考驗。今天若有「反對託管」示威遊行的話，明天就有「支持三相會談」的示威遊行，群眾衝突不時發生，而領導人之間也以此為誘餌展開了激烈的政權爭奪戰。結果解放前曾背負民族受難十字架的學生兵當中，當初僥倖活了下來的人，現在又背負起這不幸的民族考驗十字架。

就在如此令人鬱悶的某一天，金職員出現在會館，他是來告訴玄他今天要離開首爾回鄉下去。玄邀他一起吃中飯，金職員卻異於過去堅決推辭，也攔著不讓玄送他到樓下。從金職員前一天就整理好行李來看，他今天似乎只是專門來辭行而已，沒打算接受玄的款待或寒暄。

「下次什麼時候再來首爾？」

「這個樣子的首爾，我不想再來了。回去鄉下，我也打算僻居在杜門洞一隅。」

他說完之後就頭也不回地急急下樓離開。玄呆愣了一會兒，就上到樓頂，順便透個氣。金職員的白長袍和黑紗帽，夾雜在美軍的吉普車如蟬群般爬行的車陣裡，顯得十分醒目。玄驀然想起清朝的學者王國維，他來到日本在大學裡演講明曲的時候，玄也去聽了，就看見王國維還保留著清朝的方式，垂著一條像豬尾巴的辮子。日本學生都在偷笑，但想到王國維對前朝的崇敬之意，亡國之民的玄眼淚都快掉下來了，也對王國維的人格深感敬佩。後來聽說王國維去了上海，又去了北京，但不管他身在何處，他所懷念的清朝影子終有消失的一天。所以他吟唱完「綠水青山不曾改，雨洗蒼苔石獸間」[32]之後，就帶著一頭辮髮投昆明湖[33]自盡。現在想想，造成清朝滅亡的不是外敵，而是為了追求他們民族、他們人民的幸福所爆發的革命。或許王國維也有將生命獻給念念不忘的君主這種難能可貴的決心，但如果他將那份精誠、那條生命轉而奉獻給革命的話，才是賦予人生更大的意義，他的生命或許更莊嚴，也更偉大。金職員就如同王國維，在日據時代飽受折磨與蔑視，卻仍堅持保留髮髻。他為了尋找「大韓」，冒險跨越三八線來到漢陽城[34]，今天卻在世界史的大思潮中，如塵埃落定般黯然離去。當玄望著金職員醒目的身影時，他不禁聯想到王國維悲傷的結局。

風依然冰冷，卻已經是帶著一絲溫柔的春風。玄抽完一根菸之後，便下樓回到會館。朋友結束了與普羅藝盟的合作，現在正忙著準備「全國文學家大會」。

32　原文寫成「雨洗蒼蒼有獸間」，應是作者記錯。此為王國維〈頤和園詞〉中的兩句。

33　原文作者寫的是「混明湖」，應為「昆明湖」之誤。王國維最後投湖自盡的地點據記載為北京頤和園內的昆明湖。

34　首爾在朝鮮時代的名稱。

韓國的莫泊桑

李泰俊，號尚虛。一九〇四年出生於江原道鐵原郡，一九二一年進入徽文高等學校就讀。但在四年級時，李被指控為煽動學生集體休學的主謀，遭退學處分，轉而留學東京。一九二五年，他的短篇小說〈五夢女〉入選刊載在由文壇知名人士李光洙等人所創辦的《朝鮮文壇》，就此進入文壇。一九二七年，他選擇放棄東京上智大學的預科回到朝鮮，一九二九年進入開闢社擔任少年刊物的編輯，並一邊在《朝鮮中央日報》擔任記者，一邊正式開啟創作生涯。他在一九三三年加入了九人會。直到一九三〇年代末期為止，他發表的作品主要都在描繪男女之間的愛情和心理狀態。到了一九四〇年代，在朝鮮總督府的壓力下，他不得不開始從事親日活動，並在一九四一年獲得了摩登日本社主辦的第二屆朝鮮藝術獎。一九四三年，當他決定停筆，便不得不回到故鄉，直到一九四五年韓半島解放後才再次回到首爾，並且加入了左翼作家團體，積極主導左翼文學活動。一九四六年，李泰俊的中篇作品〈解放前後〉得到了第一屆解放文學獎，翌年他越過三八線到北韓，並在韓戰期間擔任北韓的從軍作家。一九五六年，由於他在日據時期曾參與九人會活動，又被控訴思想不正，因而遭到肅清。其後他的形跡鮮為人知，就連確切的死亡年度也無人知曉。

他自一九三四年出版短篇小說集《月夜》後，直到韓戰爆發前為止，總共出版了《烏鴉》、《李泰俊短篇選集》、《李泰俊短篇集》、《解放前後》等短篇小說集，以及《久遠的女像》、《花冠》、《青春茂盛》、《思想的月夜》等十三本長篇小說。

李泰俊作品風格可以分為兩個時期，解放前多以符合九人會的風格，充滿超然的藝術至上色彩，細緻地描寫人間百態或以同情的眼光來看待萬事萬物。在提升短篇小說抒情性和建立藝術完成度與深度上，稱得上是韓國具代表性的短篇小說作家。但到了解放之後，作為北韓文學家同盟的核心成員，作品風格便呈現濃厚的社會主義色彩，生硬的意識形態表露無遺，降低了藝術的完成度。

下雨天

孫昌涉

每逢這樣的下雨天，元求就會感到心裡沉重難當，因為東旭兄妹陰鬱的生活景象，會像電影般流過他的腦海。每次聽到雨聲，元求便會想起東旭和他的妹妹東玉，他們昏暗的房間，還有那棟顫巍巍的木造建築，戚然地浮現在雨幕的另一端。即使是晴天，只要想到他們的生活，元求的耳邊就會響起陣陣雨聲，感覺雨水滲入了他的內心深處。東旭和東玉浮現在元求腦海裡的模樣，無論何時都是伴隨著下雨的人生。

拜訪東旭的住處之前，有一天元求在街上遇到了東旭，兩人一起共進晚餐。東旭想在吃飯前先喝酒，他嗜酒如命，連溢出酒杯的一滴酒都捨不得，伸出舌頭舔著杯腳。元求想到東旭的過去，他不僅在基督教家庭長大，還指導幾個來過教會的唱詩班，於是就問東旭最近是否還去教會。東旭很不好意思地笑了笑才說，偶爾會去一次，都是在難以忍受的絕望中感到快要窒息的時候。

東旭當時穿著袖子和領子都鬆垮垮的西裝外套，配著像棋盤一樣的黑色格紋灰長褲，說是從教會拿到的救濟品。他的鞋子尤其特別，那雙黑色短靴中間像螞蟻腰一樣細，鞋尖卻大得像拳頭，粗粗短短地翹了起來。因為那就像卓別林之類的人才會穿的鞋子，所以兩人推杯換盞之際，元求忍不住低頭看了東旭的腳好幾次。

當問到過去一段時間都在做什麼的時候，東旭把自己一直帶著的包袱拖過來，打開一本剪貼簿給元求看。元求翻了幾頁，發現裡面稀稀落落地貼了幾張西方女人和小孩的肖像畫。東旭說，他就帶著這些樣品到美軍部隊去，接肖像畫的訂單。

東旭狡黠地笑著說，大學上了英語系總算沒白費。元求從以前就很討厭東旭那狡黠的笑容，有種像在嘲笑他人又像是自嘲似的。這種甚至會讓人生出親暱感的狡黠笑容，對元求來說，暗示了某種命運的壓迫，也讓他的心情變得沉重不堪。

元求問這些都是誰畫的，東旭說他現在和妹妹東玉一起生活，東玉從小就喜歡畫畫，很會畫肖像。東玉這個名字，元求耳熟能詳，也想起了小學時，只要去東旭家玩，當時才五、六歲大的東玉都會煩人地跟在後面。東玉總是唱著當時在孩子之間很流行的「和尚、小和尚，背著褡褳上哪去」這首歌。

二十年的歲月轉瞬即逝，元求已經完全不記得東玉的模樣。東旭說，是在第三次首爾戰役[1]時把東玉帶了過來，最近感到很後悔，覺得她就是個累贅。被問及「她丈夫沒跟著過來嗎？」，東旭說東玉至今還沒嫁人。元求很想問現在都多大年紀了還沒嫁人，但想到早已過了適婚年齡的東旭和自己都依然單身，心裡默認女人也可以如此，就閉上了嘴。元求從流逝的歲月和自己的年齡在心裡推算，東玉現在應該二十五、六歲吧。

酒醉的東旭一隻手「啪啪」拍著元求的肩膀，嘴裡不停念著東玉這女孩真可憐，怎麼想那聰明才智都浪費掉了。然後再次喝光了杯裡的酒，搖頭嘆息那有什麼辦法，一切都是命！

東旭垂著頭，自言自語般嘟囔：「如果是你的話，我一定會毫不猶豫地讓東玉和你結婚。」東旭沒頭沒腦的一句話讓元求一頭霧水，只能握著東旭的手晃了晃，東旭還兀自喃喃自語說一定會這麼做。走出飯館道別的時候，東旭的兩隻手搭在元求的雙肩上說自己一定會成為牧師。他說這是自己該走的路，將在這個新學期進入神學院。望著東旭塌著肩膀前行的潦倒背影，元求再度回想東旭的過去和他的家人，覺得自己應該好好珍惜想當牧師卻又嗜酒如命的東旭。

在持續四十天之久的梅雨後，元求第一次去找東旭。在東萊終點站下了電車，元求把東旭畫在便條上的草圖翻看了好幾遍，小心翼翼地走上黏糊糊難以行走的斜坡。大雨依然傾盆而下，雖然撐著傘，但在大雨滂沱中泥水噴濺而起，小腿以下簡直慘不忍睹。東旭租住的房子遠離附近人家，孤零零地佇立著。

這是一棟陳舊的木造建築，兩根原木柱子支撐著房屋一角，勉強撐起往一邊傾斜的房子。

1　韓國稱為「一．四後退」，時間從一九五〇年十二月三十一日到一九五一年一月七日，中國抗美援朝軍隊攻破聯軍防線，渡過漢江，占領首爾（時稱漢城），許多韓國人民被迫往南逃難。

鋪了瓦片的屋頂上，兩、三處雜草叢生，長得有半人高。後來聽說了才知道，這是日據時代被用來作為療養院的建築。正面原本全部是玻璃窗，但現在連一片玻璃都沒剩下。為了阻擋雨水打進來，右邊窗戶裡懸掛著破舊的麻袋。

愣愣地撐著傘站在恍如荒宅的房子前，元求好一陣子無法動彈。這種房子也有人住？讓人聯想起兒童漫畫書中出現的鬼屋，似乎馬上會有一群頭上長角的鬼怪手持棒子蜂湧而出。東旭和東玉竟然住在這樣的房子裡，元求再次翻看便條上的草圖，是這間沒錯。沿著溝渠往上走，過了溝渠的左邊山坡上，稱得上是房子的，也只有這間而已。

元求靠近幾步，喊了一聲「請問一下！」，裡面毫無任何回應。元求又再喊了一次，但依然悄無聲息。只有愈來愈大的雨聲和溝水聲，荒廢的建築仍舊像屍體一樣沉默。元求更大聲地試著喊了一句「你好！」，結果被自己的聲音嚇了一跳。不知是否因為清了嗓子脫口而出的聲音比預期更大的緣故，聽起來就像一聲慘叫。

這時，門內的草蓆一角發出窸窸窣窣的聲音，出現了一張彷彿在白紙上用墨畫出的肖像似的女人臉孔。這個皮膚特別白、眉毛特別黑的女人往外看著元求卻不開口。元求心想「這大概是東玉吧？」但是女人對元求的詢問，只是微微點了個頭，那副不動聲色的態度看起來很傲慢。「東旭去了哪裡？」就算元求再問，女人也是像先前一樣只點了點頭。那雙彷彿瞪著元求看的眼裡，滿含著莫名其妙的輕蔑和抗拒的態度。元求心想女人可能誤會了自己，就表明自己的身分，和東旭從小學到大學都是同學，特別是小學時幾乎每天都到東旭家玩，或者東旭來自己家玩，但是女人的表情沒什麼變化。元求用更加柔和的聲音問：「妳是不是東旭的妹妹，叫東玉對吧？」女人第三次點了點頭。接著她的臉上稍稍泛起帶著一絲嘲諷的憂鬱笑容。問她東旭去了哪裡，這時她才開口說不知道，聲音非常清亮。「那麼妳也不知道他什麼時候會回來嘍？」這次東玉又點了點頭。對東玉無禮的態度感到不快和後悔的元求，只能轉身離開。即使聽到元求走前說東旭回來的時候請轉告自己來過，東玉也不吭聲。

自己的腦子就像泡了水嘎吱作響的鞋子，沉浸在無可奈何的憂鬱中，元求沿著瓜蔓叢生的鐵道走了出去。他覺得自己的脖子似乎太細了，無法支撐沉重的腦袋，這樣的想法讓他惴惴不安。走著走著，元求突然不加思索地停了下來，回頭一看，在煙雨朦朧中顯得古色蒼然的建築物，好似發出可怕的尖叫聲，隨即會倒塌。

元求一直盯著房子看，想著自己轉身離開的同時搞不好房子就塌了，此時突然嚇了一跳，他看到像一幅畫般鮮明浮現在窗邊草蓆上的白皙臉孔，那一定是東玉。「東玉站在滂沱大雨的窗戶邊，用那討人嫌的眼光看著我想幹什麼？」元求聯想起小時候聽過的狐狸惑人的故事，感到全身一陣惡寒，正要掉轉腳步，眼前就走來一個撐著一把溼淋淋雨傘的男人。很幸運的，那人正是東旭。剛出去買菜回來的東旭，手裡提著一個裝滿青菜和魚塊的草編菜籃。東旭嘴裡說著：「大老遠冒雨過來，怎麼能就這樣回去？」扯著元求的手往回走。元求就像個連說話力氣都沒有的人，默默跟在東旭身後，剛才東玉謎一般的態度像是令人無法理解的沉重陰影，籠罩在元求腦中。東玉以抗拒的態度瞟了一眼在東旭的催促下走進房間的元求，當然也沒有想站起來或動一動的想法。

下雨天，再加上窗戶上掛著草蓆，房間裡如同洞穴般昏暗。鋪了八張榻榻米的房間裡，水泥袋紙平整地鋪在榻榻米上，就像糊了一層炕油紙，雨水則不停地從天花板滴落。漏雨的地方放了一個洋鐵桶，雨滴叮叮咚咚地落在桶裡，稍稍挽救了房間裡宛如墓穴的黑暗。然而就連雨水聲也隨著桶裡的水愈積愈多，變成了沉鬱的聲響。

東旭並不想讓元求和東玉打招呼或互相介紹，東旭脫下溼透的衣服，穿著無袖汗衫和四角褲，邊說著「飯馬上就好，先坐一下」，邊走向廚房。說是廚房，也不是真的廚房，而是旁邊空著的房間。把榻榻米收起來靠在牆角上，只用木板隔間的房間裡，到處都是像撒尿一樣傾瀉而下的雨水，那裡零亂地擺放著炊具。東旭說怕油煙會跑進去，就關上了中間的小門，然後拿起扇子對著爐子搧風點火，一陣忙亂。元求就著小門縫隙的透光拿出懷錶來看，上面標示已經過了十點。聽到元求問這究竟是早飯還是午飯，東旭狡黠地笑著說自己家沒有三餐之分，無論何時，肚子餓了就煮飯吃，不想吃飯的話就餓一整天。

當東旭獨自在廚房裡忙得團團轉的時候，東玉還是動也不動地坐在那裡，偶爾打個呵欠，翻翻國外來的舊畫報。面對這樣的東玉，元求思考自己到底該想些什麼，又該維持什麼樣的姿勢？這樣面對面毫無意義地坐著，元求覺得很尷尬，心想乾脆到廚房幫忙給爐子搧搧風算了。但是在如此的狀態下，這樣的動作也算是一種突然的變化，需要不小的勇氣。

此時，元求突然意識到自己屁股溼漉漉的，原來是桶裡的雨水滿了溢出來，流到旁邊元求坐的地方。元求摸著溼透的西裝褲屁股部位站了起來，而東玉似乎直到此刻才發現水滿了出來。但是東玉不肯直接起身動手清理，只是坐在那裡對著廚房喊：「哥哥，水滿出來嘍！」東旭半開著小門往裡看了看，嘴裡罵道：「死丫頭，妳就不能收拾一下嗎？」脖頸青筋爆起。於是，元求覺得這是自己站出來的好時機，一邊嚷著「我拿去倒」，一隻手提起鐵桶。沒想到他連一步都還沒來得及挪動，桶子就「匡噹」一聲往一旁倒了下去，水嘩啦啦全傾倒而出，原來是提把一端的尾鉤從洞裡脫落了。

頃刻間，地板成了汪洋大海，就連一直坐著不動的東玉，這時也一下子站了起來，往旁邊避開一步。那一瞬間，東玉的動作有點異常，這又給元求埋下了另一顆憂鬱的種子，因為東玉從連身洋裝下面露出來的左腿又細又短，就像小孩子的手腕。挪動那條腿邁步的瞬間，東玉全身傾斜，似乎要倒向一邊。東玉沒再移動那又細又短的腿，很快地跌坐在沒被水殃及的角落裡，一張白得發青的臉上，以凶狠的目光怒視元求，像是要吃了他似的。避開東玉的視線，元求彷彿漂浮在濁流大河中央一般嚇得瑟瑟發抖，用盡了最後的氣力，才像在水裡掙扎似地，雙腿在積了水的房間裡亂踢亂蹬。

從那之後，每當下雨無法做生意的時候，元求就會經常去東旭家。對於東玉以殘缺之身伴隨殘缺性格對待自己的態度，元求絕不可能感到滿意，但就像被某種不可思議的力量操縱了一般，元求不得不一而再地過去。難道是想聽見在陰暗房間裡落下的雨聲嗎？還是對東玉一條又細又短的腿所蘊含的悲傷上了癮？如果都不是，難道是因為每次去拜訪的時候，從東玉逐漸恢復正常的態度裡發現了與眾不同的魅力？

東玉的態度真的隨著元求來訪的次數明顯變得柔軟起來。第二次去的時候，東玉看到元求就紅著臉低下頭。第三次去的時候，一看到元求，東玉便露出了笑容，但那是一抹憂鬱的微笑。每次去的時候東玉的態度都有所不同，元求對此感到十分高興，如同陷入昏迷的患者恢復正常的神智，令人感動。第一次喊的時候閉著眼沒有任何反應的患者，第二次喊的時候眼睛才勉強睜開，第三次喊的時候眼睛完全睜開看了看左右，然後開口說要喝點水，元求從東玉那裡體驗到了類似的喜悅。

第二次去的時候，上次弄翻雨水的地方並沒有放置洋鐵桶，那裡挖了一個凹洞。兩個拳頭大小的洞從榻榻米一直挖到底下的木板，自天花板上流下來的雨水通過這個洞，落在木板下面的黃土地上，留下鈍重的聲響。其實雨似乎是從好幾處地方漏進來的，木板搭建的天花板上，四處傳來雨水滴落的聲音。雨水落到天花板，然後流到傾斜的一側，再沿著牛眼大的木節眼洞漏下來。

那一天，聽著元求和東旭的交談，東玉的態度還是比較冷淡。但從第三次去的時候開始，當元求和東旭笑的時候，東玉也會跟著一起笑，偶爾也會湊上來說一、兩句話。那天元求早早在東旭家吃了晚飯就準備回家，但雨勢滂沱，只好在那裡過夜。元求單手撐著傘站在窗邊，看著窗外彷彿掛了一層灰色帷幕的模糊雨景，心裡還在猶豫著，耳邊就聽到東旭勸他「別固執了，睡一覺再走」，隨後又聽到一句「前面溝渠裡的水都漲起來了過不去」，這是東玉的聲音。

那天晚上，元求才終於能以輕鬆的心情跟東玉聊聊天。元求問：「什麼時候開始學畫畫的？」東玉露出憂鬱的笑容回答：「肖像畫這種東西哪能算畫？」元求沒有說出任何會觸動東玉傷痛的話，只是提到小時候不管去哪裡，東玉都像小狗一樣跟在後面，煩死人了。又說到東玉老是驕傲地唱著「和尚、小和尚」那首歌，這時東玉的眼裡才首次閃爍著天真無邪的光芒。東旭突然唱起「和尚、小和尚」，東玉也跟著細聲唱了起來。歌聲停歇之後，房間裡雨水滴落的聲音聽起來特別響亮。在大雨沖擊下從外面木板牆縫隙裡滲進來的水，開始浸透室內牆壁的一角。

然而奇怪的是，東旭對待東玉的態度，就算是一點雞毛蒜皮的事也會「死丫頭、賤丫頭」地破口大罵。就因為東玉單手接過從廚房裡送出來的菜碗，東旭瞪著眼睛罵：「死丫頭，只用一隻手，妳又想讓碗掉下去啊？」。東玉要點燃煤油燈，火沒馬上點著，想拿出第二根火柴時，也被東旭盯著罵：「死丫頭，只會吃飯連個火都點不著。」每次被罵，東玉就默默地瞅著東旭。東玉只負責洗衣和縫補，廚房的事情都是東旭在做。趁著東玉去上廁所，元求問東旭為什麼不多多對東玉說好話，反而對她那麼凶？東旭回答：「大家都說殘廢沒好貨，就不該對那死丫頭好！」東旭又抱怨，就說畫畫的錢好了，不久前收了畫錢回來一定都對半分，但近來東玉說不相信東旭，要按照畫幅大小，每張先收多少訂金，算得清清楚楚才肯畫，就連生活費也一定要兩人各負擔一半。可能是因為東玉覺得自己是個殘廢，所以除了父母，沒有人會願意長期照顧自己吧。她認為哥哥也隨時有可能丟下自己，所以多多少少都得為自己存點老本，才能避免悲慘的處境。東旭說，每當想到東玉的這種心情，兩人不在一處時會覺得她很可憐，但奇怪的是，只要兩人一照面，就莫名其妙地老是發火。

東玉說熄了燈好寂寞，她睡不著，相反地，東旭說燈熄了他才能安心睡覺。東旭說，唯有黑暗才是休息，白天再怎麼坐著不動或躺著打滾，都沒法像抹布一樣抹去滲透全身的疲勞。就算調低了燈芯，微微亮著的燈光也讓東旭火冒三丈，大聲痛罵：「死丫頭，還不趕緊把燈熄掉。」東玉伸出手把燈芯又再調低，嘴裡還不甘心地嘟囔：「誰叫你帶我過來，還不如跟阿母一起留在那裡算了，早知道就不來了！」結果東旭猛地起身破口大罵：「妳這賤丫頭，還敢耍嘴皮子，我也不想把妳這樣的賤人帶過來，要不是阿母苦苦哀求，要我就算什麼都不管，一走了之，也得把妳帶走，結果帶了過來就是這副德性。」

東玉不發一語背過身躺著，儘管有著朦朧的燈光，元求卻覺得彷彿有一股黑暗死死地壓在胸口上，久久無法入睡。東旭好像也睡不著，東玉終究也沒有睡著，卻像死了似地靜靜不動彈。聽著大雨敲打在沒有玻璃的窗戶上發出陣陣的雨聲，元求想起《舊約聖經》裡提到的大洪水，四十個晝夜大雨傾瀉而下，只有把船固定在山頂上的諾亞一家人存活下來，這個世界全部覆滅。

就在元求迷迷糊糊快要睡著的時候，耳邊突然掠過東旭像夢囈般說：「就當作是行善積德，你有沒有勇氣和東玉結婚？」元求睜開眼睛，仰面瞪著天花板躺著，緊張地等待東旭嘴裡不知道又會冒出什麼話來，東旭卻不再言語，只有雨水滴落的聲音依然持續不斷。

正當元求又勉強快要入睡時，腳下突然發出嘎吱嘎吱的怪聲。元求突然緊張起來豎起了耳朵，這聲響恍如被蛇吞食的青蛙聲，是從後牆方向傳來的。元求這回坐起身子側耳傾聽，這動靜也讓東旭睜開了眼睛。

「什麼聲音啊？」

「是後面房間的丫頭睡覺時磨牙的聲音。」

「後面房間也有人住？」

「有個六十多歲的老太婆帶著十二歲的孫女過日子。」

老太婆就是這間房子的房東，在電車終點站出去的路口開了一家木板搭建的小店，靠賣香菸、火柴、水果、糖果之類的東西勉強維持生計。後面那家的女孩只要一睡覺就磨牙。東旭說：「剛開始那幾天晚上，那聲音很傷腦筋，但最近習慣了，也就無所謂了。」在這樣的房間裡，聽著雨水滴落和磨牙的聲音過日子，任何人都會變得神經緊張，元求一面這麼想，一面又反覆琢磨起剛才東旭夢囈般那句話的意義。

過了四、五天，雨好不容易停了，天空也變得明亮起來，元求守在擺滿雜貨的手推車旁站著。到了傍晚，突然有人拍了拍他的肩膀，原來是東旭，依舊穿著袖子和領子都鬆垮垮的西裝外套和黑色格子線條的灰色長褲。他大概只有這身衣服吧，被雨淋溼了也只能擰乾，弄得到處都皺巴巴的。不過比起身上的衣服，那雙卓別林式怪異黑色短靴拳頭模樣的鞋尖，更是慘不忍睹。短靴被當成雨鞋穿，踩著泥濘到處走，整雙都沾滿了爛泥巴。看到東旭這副模樣，元求竟奇妙地生出親切感。

元求把手推車寄放在房東家，回來拉著東旭的手說一起吃晚飯。東旭說，比起吃飯，他更迫切地想喝酒。元求把東旭帶到既能吃飯又能喝酒的酒館，幾杯酒下肚，身體變得熱呼呼的東旭說，肖像畫已經停止接訂單，最近洋鬼子也變小氣了，動不動不是被扣錢就是被耍。再加上各部隊嚴格控管門禁，沒有通行證的人再也不能像以前一樣隨意進出。他說，幾天前偷偷溜進去收錢，結果被巡查軍官發現，關在鐵籠子裡過了一夜才放出來。

「再加上最近連《國民兵手冊》也搞丟了，不能放心上街。提出了掛失文件，又叫我申請重發。去洞事務所、派出所跑了四、五趟，但老是被刁難，不太願意受理。沒什麼，反正以後要去荒山僻壤，就先不管了！」他還說：「我想想乾脆到部隊當兵算了，剛好在招募翻譯官，我就過來領報名表。」聽到元求說要看看報名表，東旭狡黠地笑著說：「手續太繁瑣了，我乾脆放棄了。」

東旭半晌不說話，只是坐著喝酒，突然說了一句：「偶爾也來找找東玉，安慰她一下吧！」東玉覺得世上所有人都在嘲笑她，瞧不起她，即使大晴天也完全不出門，像隻田鼠一樣窩在房間，對所有人都抱持反感。東旭說，東玉覺得只有元求不會瞧不起自己，總是很自然地對待自己，所以非常期待他能經常過來。

自從肖像畫賣不出去之後，東玉在焦躁和不安中更加無法排遣自己的孤獨，顯得手足無措。東旭說，東玉那樣子真的好可憐！「總有一天，我要讓你和東玉結婚。嗯，非這麼做不可！」東旭晃著腦袋說。出了酒館之後，東旭這次也同樣緊緊握著元求的手，說自己一定要成為牧師，不管是為了東玉，還是為了自己，這似乎是多多少少減輕沉重負擔的唯一解決之道。

後來有一次因為別的事情到東萊，元求便順路去了東旭家，那天梅雨還是一樣連綿地下個不停。元求收起雨傘走上木造廳板，也只看到東旭伸出頭迎接，東玉一點動靜都沒有。走進房間一看，東玉用毛毯蒙著頭，像死人一樣躺著。東旭說她這兩天都這麼躺著不動，也解釋了原因。東玉瞞著東旭借了兩萬圜給後面房間的房東老太婆，可是那老太婆竟然賣掉這棟房子，神不知鬼不覺地跑掉了。東旭說，昨天早晨買房子的人突然搬過來，他們才知道這件事，而且新房東是個相當粗暴的人，語帶威脅，要他們馬上騰出房間。說完東旭罵道：「妳這個笨蛋，還以為是一家人啊，敢借錢給人家」，又用腳猛踢東玉的腰肋：「賤丫頭，兩萬圜吶，換成舊幣的話是多少妳知道嗎？妳還說那是妳的錢，被騙了關我這個哥哥屁事？哼，沒有我，妳這丫頭早就餓死了還能活到今天？像妳這種殘廢，只靠自己能活得了一個月？」東旭愈想愈怒不可遏。

東旭說要為元求做壽司，跑到廚房忙進忙出的，可是元求無法忍受坐在那裡等著吃壽司。更讓元求不安的是，東玉兩天沒吃東西，就那麼躺著，不知道會不會趁東旭睡覺的時候偷偷起來吃安眠藥自殺。他再也坐不下去，就站了起來，說既然無論如何都得把房間騰出來，不然自己也去哪裡找找房子。東旭回答，東玉不喜歡人煙密集的地方，只能找附近的獨戶人家。

之後，元求也開始感覺生活受到威脅，將近一個月的時間因為梅雨的關係閒閒沒事做，原本就不怎麼多的買賣本錢當然不知不覺折損了不少。元求租的房間，也因為綿延大雨被溼氣弄得發潮。不只是脫下來的衣服，就連被褥也都發霉，甚至連元求的心也似乎發了霉。這樣的日子，待在如此陰森的房間，東旭和東玉的事情自然會沉重而陰鬱地浮現心頭。中午時分，元求冒著傾盆大雨出了門。想著今天要和東旭面對面坐下來，洗刷發霉的內心，還要安慰安慰東玉，因此元求買了酒和罐頭過去。

老舊的木造建築和以前一樣，顫巍巍地佇立在雨中，沒有玻璃的窗戶上依然掛著草蓆。但當元求喊著「東旭啊！」的時候，一個熊樣的男人走了出來，這人不是東旭。元求問原本住在房子裡的年輕男女到哪裡去了？這名四十歲左右，長相凶惡、看起來有點虛情假意的男人，只是自顧自地點點頭反問：「啊！你是不是叫丁什麼的人？」對於元求的再度追問，男人說自己是房東，東旭出了門不聲不響就不回來了，接著東玉也不知去向。東旭不回來已經有十天了，東玉就是兩、三天前才出去的。

元求默默地站著，一手拿著包袱，一手撐著傘，愣愣地望著男人的臉孔，突然原地轉身走出幾步之後，又走了回來，把包袱裡的東西拿出來給了房東。「這什麼東西？」房東立刻張大了嘴，然後就說自己的老婆和孩子都出去做生意了，所以中午連碗飯都無法招待，但請元求上來歇歇，抽根菸再走。

元求說：「有什麼好歇的？」正要轉身離開的時候，房東喊了聲「等一下！」，說非常抱歉，其實東玉寄放了一封信，交代說如果有位叫丁什麼的人過來就給他。但因為一個沒顧好，被孩子們給撕掉了。房東不好意思地看著聽了這話仍舊不發一語愣愣站著的元求又說，東旭大概十有八九被抓去當兵了，東玉就像個孩子一樣喊著母親，有時夜裡還會哭，稍微責備了兩句，結果第二天晚上就不知道跑去哪裡了。

元求轉過身去，像是自言自語般呢喃著「該不會死了吧，自殺或餓死……」，房東在他背後嚷著說：「重要的衣服好像都打包帶走了，應該沒有要自殺的意思。雖然是個殘廢，但臉長得那麼標致，到哪裡至少還能賣身，哪會餓死！」。聽到「臉長得那麼標致，到哪裡至少還能賣身，哪會餓死！」這句話，奇怪的是，元求突然回過神來，一方面意識到心底一角吼著「你這傢伙，是你把東玉賣了！」的憤怒，另一方面卻又無法承受恍若千斤壓體的重量，只能沉默地掉頭離開。

元求有種錯覺，彷彿聽到「你這傢伙，是你把東玉賣了」的激動聲音依稀從遠方朝著自己飛來，不禁感到一股惡寒。他就像個剛生過病的人，蹣跚地走過瓜蔓叢生的田埂路。

戰後存在主義代表作家

孫昌涉，韓國戰後文學的代表作家。一九二二年出生於平安南道的平壤府。一九三五年經由滿洲，於一九三六年前往日本留學。他先是輾轉於京都和東京的幾間中學，後來進入日本大學就讀。但他在日本大學只是保留學籍，過了不久便選擇自行退學。他從學校離開後，在日本的小學擔任教員，也曾在雜誌社擔任過編輯。一九四六年回到平壤，並於一九四八年越過三八線到南韓，翌年在《聯合新聞》上連載短篇小說〈古怪的雨〉，便正式開始創作生涯。一九五〇年韓戰爆發，孫昌涉帶著日籍妻子前往釜山避難。一九五二到一九五三年，他的短篇小說〈公休日〉和〈死緣記〉等作品被推薦到文藝雜誌《文藝》後，正式踏進文壇，陸續發表〈下雨天〉、〈生活的〉、〈未解決的篇章〉等作品。此時的作品主要描繪韓戰爆發後極度凋敝的南韓社會群像，並赤裸裸地呈現當代人類心靈的枯萎。一九五九年，他以短篇小說〈血書〉獲得了現代文學獎，同年又以〈剩餘人間〉獲得東人文學獎。一九六〇年代初他開始淡出韓國文壇，並於一九七三年與日籍妻子一同離開韓國，移居日本。雖然他在一九七六年到一九七七年間仍然在韓國日報上發表《流氓》等長篇小說，但在此之後，他的消息變得逐漸杳無人知。據說他晚年與妻子一同住在東京，但行蹤依舊成謎。二〇一〇年六月，孫昌涉因病離世，享壽八十八歲。

我畢生的摯愛

朴婉緒

喂，您好！大嫂有什麼事嗎，還特意打電話過來？每次都是我打電話過去，每次都是我在說話，大嫂就只顧著聽，不然我怎麼會覺得老是我一個人嘰嘰喳喳說個不停，還以為大嫂把話筒輕輕掛在門把上忙別的事去了。所以我也閉上嘴巴，把話筒緊貼在耳朵上等著，我們家高尚的大嫂連呼吸都那麼輕盈，當然不可能聽到什麼聲響。大嫂您真壞！怎麼能那麼無聲無息地光聽人家說話呢！您大概不知道接通的電話裡聽不到聲音的感受吧，就像峭壁一樣，像那種我不跳下去，就會有人推我下去的那種峭壁。所以呢，大嫂如果真不想聽我說廢話，就不要再聽了，我也知道您不是那種愛說話的人。看來我今天心緒不寧，才會胡思亂想吧。可是呢，從峭壁般的孤寂盡頭所傳來的聲音，也不是那麼親切。

還在聽哦，要繼續說嗎？

每次聽到大嫂像歷史劇中的皇太妃一樣不攙雜任何情緒的聲音，我就覺得昌錫妻子真可憐。大嫂說起讓長媳繼續上班的事情，像是發了多大善心，但要侍奉像大嫂這樣的婆婆，有多辛苦，您知道嗎？當然啊，照大嫂的想法，自己從沒讓他們侍奉過，也沒嘮叨過，但您以為面對像峭壁一樣的沉默和裝腔作勢的聲音不辛苦嗎？大嫂生氣了嗎？哎呀，您一定是有什麼話要交代才會打電話過來，看我，光顧著自己說話。您說昨天是曾祖母祭祀的日子？這怎麼辦才好？我一下子給忘了！您說您也忘了？我們兩人都忘了，那就沒能祭拜嘍！是沒能祭拜，還是不想祭拜啊？昌錫妻子怎麼可能記得，大嫂在那種事情上不該老是把媳婦撇在一邊。現在的孩子都擔心自己是否要負起無法推卸的責任，您既然從一開始就習慣性地告訴她不用管，現在還有什麼好說的。大嫂也知道吧，昌錫妻子在房間月曆上把娘家大小事，連姪子生日都標示出來，可能不一定用圓圈圈起來，但應該都一一照顧到了。大嫂，不好意思，我以前從來沒這樣過，現在竟然說起姪媳婦的壞話來。大嫂如果想說人壞話就說，不要只讓別人覺得自己丟臉。

不管怎樣，大嫂，這樣也好！趁這個機會以後乾脆就縮減到上溯兩代，祭祀到祖父輩就好。雖然對我們來說是曾祖輩，但現在是昌錫在祭祀，對他來說就是高祖輩了。現在誰祭祀還上溯到四代去啊，家庭禮儀準則裡也規定祭祀到祖父輩而已。只祭祀還記得的祖先，這是多麼合理的事情！說起來，大嫂您還曾幫曾祖母把屎把尿的，應該不只是記得的程度吧。就算只有三個月，也已經很多了。連下半身都露給曾孫媳看才去世，又每年都接受那雙手精心準備的祭品享用，也算是享福了，不是嗎？不管怎樣，大嫂，世上真有靈魂嗎？如果有的話，可能會有點遺憾，但一定會同意的。現在世上哪有那麼多高祖輩的靈魂還在享用祭品啊？說不定享了太多福的靈魂，還會招其他靈魂憎厭呢！您就別想著不能讓祖先靈魂餓著肚子離開，我到現在還沒見過靈魂吃過東西的地方呢！既然能吃得這樣不留痕跡，到哪裡還怕吃不到東西嗎？大嫂家附近就有首爾著名的小吃街，祖先靈魂來到大嫂家公寓之前，一定會飢不擇食，搞不好還吃膩了俗世飲食，搖搖頭一走了之也說不定。我也知道「殞感」[1]僅限於祭祀的供品，我還知道比起去世的祖先沒能享用祭品這件糟心事，您其實是想責備我才打電話過來的。是啊！每年都是我打電話提醒您祭祀的日子要到了，但我真的不知道如果我不提醒，大嫂您就會忘了要祭祀。我只不過是想跟您商量，在祭日的前三天或前兩天找一天過去醃水漬蘿蔔片，所以佯裝記得要祭祀拿這當藉口而已。您就這麼指望我啊？大嫂，從現在開始您就別指望我了！

我最討厭背什麼了，尤其不擅長背數字。前些日子我在外面要打電話回家，結果插了電話卡想按下數字鍵時，卻怎麼也想不起家裡的電話號碼，太荒謬了！那時天都黑了，車子開了頭燈呼嘯而過，對面的商家也開始亮起霓虹燈。我拿著話筒茫然地站在那裡，後面等待的年輕人還催我快點打，看起來不像性子很急或不懂規矩的年輕人，應該是忍無可忍才會出聲催促吧。不能因為時間對我來說已經停止，就覺得對別人也一樣。我轉過頭對那年輕人說，可以告訴我我家的電話號碼嗎？那年輕人跌跌撞撞後退幾步，轉身就逃跑了。我腦子裡什麼也想不起來，全身無力像個只剩一副皮囊的老年人，年輕人有什麼好怕的？大嫂，那時的心情還真微妙，因

1　指靈魂享用祭品的行為。

為我不敢相信自己還活著，記憶都被磨滅掉了，怎麼能說還活著。無論是街上來往的行人，還是凌亂舞動的燈光，我都不覺得是真實的存在，而是只出現在我眼裡的幻象。建築也好，車輛也好，形體都被磨滅了，只有從那裡吞吐而出的火光交互糾纏，就像物體的靈魂自由地翻騰交融。我的心既安詳又悲傷，如同在與世長辭之際，回顧自己一生徒然無功的那種心情，雖然安詳，卻奇怪地想得到安慰。大嫂，您知道那天我從哪裡找到了安慰自己的頭緒嗎？我突然想起不久前在電視上看到的某位聲優。他的聲優經歷超過二十年，再怎麼比我們年輕也頂多少十歲吧，大概是保養有方，看起來像還不到四十歲。即使如此他也很少露面，是一個只靠聲音和名氣廣為人知、受歡迎的人物。他透露在聲優生涯碰上的各種插曲時，提到有一天他突然想不起自己的名字，他不是為了搞笑才提到這件事，而是真的很嚴重。因為二十多年來他以沉穩的聲音主持的主要是音樂節目，節目的開始和結束時一定會提到自己的名字，像他那樣要從自己嘴裡說出自己名字好幾次的人，在大韓民國裡也算少見的了。但是有一天，當他正想結束一個現場節目，要說出主持人誰誰誰的時候，卻想不起名字。不過作為一個經驗豐富的廣播人，他沒有因此驚惶失措，而是說「名字明天再告訴大家」。當時，我想起了這件事情，也就對想不起自己家電話號碼的事不那麼擔心了。從我藉由一點小事以安慰自己的情況來看，我大概很害怕精神錯亂吧。我也不知道是怎麼想的，以為自己在享受精神錯亂的狀態，其實是很害怕吧，說不定只是精神有點恍惚而已，因為雖然沒能打電話，但那天晚上還是找著了路回家。您問我有沒有忘記我們家幾棟幾號？找自己家還用得著靠幾棟幾號嗎？腳自己就會帶路回家嘍！靠精神記住的東西和靠身體記住的東西，怎麼會差這麼多。先不說這個，世上真有靈魂嗎？

孩子們還怪我怎麼不打個電話說要晚點回來。我就說嘛，我們家跟別人家相反，她們才是大人，我是放在水邊的小孩子。那天也是在飯店自助餐廳吃完朋友六十壽宴之後，喝茶聊天，時間就有點晚了，所以想打電話回家說一聲，結果卻變成了那副德性。都是她們讓我養成那樣的習慣，還以為我是什麼女高中生，不管到哪裡，出門前都得把地點和回家時間講清楚，出門以後如果發生什麼事情無法按時回家，也一定要打電話通知，她們也是不想多擔心才這樣。但我不想告訴她們我忘了電話號碼，只好一直默不作聲地聽女兒喝斥，然後才回我房間去。可能我看上去和平常不太一樣吧，孩子竟然做出破天荒的事情，昌姬就跟到我房間來追究。昌姬的脾氣不是比她姊姊暴躁嗎？她說：

「媽，妳也太過分了，妳就別再這樣了！哥哥都死了七年，只有哥哥才算子嗣嗎？女兒就不是子嗣？妳知道姊姊為什麼到現在還嫁不出去？就是為了挑一個願意奉養妳的女婿，才把好男人都錯過了。媽，妳連這個都不知道吧？妳當然不知道，因為妳根本不關心。我如果能從妳嘴裡聽到妳擔心地說『女兒嫁不出去，真糟糕！』這樣的話，我就無怨無悔了。世上哪有妳這樣的母親！姊姊幾歲了，妳知道嗎？妳一定不知道。哥哥年齡不再增加，妳就以為我們一輩子都是二十三歲、二十一歲嗎？當然啦，歲月撞上媽這塊岩石，不停下來還能怎樣？我雖然沒有自信能成為像姊姊那樣的孝女，但也是一直盡心盡力地想對妳好。現在我累了！姊姊很快也會累的。對妳好，就像往掉底的大鐵鍋裡舀水一樣。媽，妳偶爾表露出來對我們的關心是什麼，妳知道嗎？就是當妳看著我們的時候，臉上的表情寫著『如果失去這兩丫頭中的一個，我也不見得會這麼怨憤』。那種表情真讓人毛骨悚然！媽，妳讓我們對活著感到抱歉，但對我們來說，人生也只有一次，難道就應該這樣嗎？媽，妳真的太過分了！」

對呀，她就這麼破口大罵。大嫂您也好好聽聽，她說昌淑那丫頭是因為老母的關係才到現在都嫁不出去。要真是這樣，那不就成了值得廣為宣傳的孝女嘍！我確實不會為女兒的年齡凡事操心，但我做夢也沒想過要倚靠她們過日子，真是氣死我了！雖然現在說這些話也沒用，但我也曾想過昌煥一結婚就讓他搬出去住，沒想過要讓他住在家裡。什麼為什麼啊？還不是因為大嫂。大嫂在婆家當媳婦，伺候公婆很長一段時間吧。好不容易不用再伺候公婆，結果才過三年就成了寡婦，雖然熬到了媳婦進門，卻一點也不懂只有兩夫妻生活的情趣，也沒嘗過獨居的自由滋味。雖然說這年代只能那樣生活，但是大嫂在婆家的生活至少因為公婆仁厚，過得還不錯。我背著孩子又要上菜場又要做飯吃的時候，大嫂的孩子在祖父母手底下如金似玉，抱著就不放手，大嫂您知道我有多羨慕嗎？每次我說出嫉妒的話，大嫂就會嘆氣說背著孩子做飯吃是自己的心願。憑著女人的直覺，我可以感覺到大嫂不是為了安慰我才故意這麼說的，而是出於內心不為人知的惋惜。不只是大嫂，大伯也是這樣想，夫妻之間如果不曾患難與共，怎麼能像大嫂一樣完美地扮演好兒媳婦的角色？大嫂每次來我們家，看到我們和孩子吵來吵去，總是很羨慕地說：「比起你們家的生活，我的生活只夠得上一半」。我不想讓昌煥娶了媳婦以後過著只有一半的生活，我想給他一個完整的世界。嗯，這是一定要的。我連和兒子一起生活的想法都沒有，當然連做夢也不可能想和女兒生活。如果落到沒飯吃的地步，說不定還有可能，但人命艱難，我怎麼敢直言不諱地說絕對不會給子女添麻煩。幸虧我家那口子給我留下了退休金，所以我才敢說這種大話。您是說，即使如此，子女說這種話也要心存感激？是——大嫂，就算沒什麼值得感激的，至少我也不會去責怪。可是那後面說的話就太魯莽了。我的天，就算拿匕首插在老母胸口上，也要有個分寸啊！那種話她怎麼說得出口？大嫂，我從來沒想過拿她們的命來和昌煥的命做比較或交換，我可以發誓。這不同於絕不重男輕女的想法，因為昌煥是空前絕後獨一無二的昌煥，他的優秀任何人都比不上。

說實在的，怪我女兒又有什麼用，自從我失去了昌煥之後，把兒子養得健健康康的親戚朋友，對我都莫名其妙地感到抱歉，這點我知道。即使炫耀自己的兒子，到了我面前也把嘴閉上；兒子結婚的時候，也猶豫要不要送喜帖給我。我知道她們是怕我會因為羨慕而傷心。明愛，大嫂也知道吧？我讀女高時的同學，我們住在城北洞的時候，兩家左鄰右舍，煎個煎餅也要隔牆送過去分著吃。她兒子和昌煥從小學到中學都是同學，我和她彼此了解，心意相通，無話不說，比和大嫂更親近。大嫂當然也一樣，和婆家親戚不管輩分有多近，到了某種程度以上也只能維持表面的客套。昌煥遭遇了那種處境之後，大概沒有哪個親戚會像明愛那樣感到驚訝和悲傷吧。當我痛哭的時候，她就陪著一起哭；當我跳腳痛罵的時候，她就跟著我罵；當我臥病在床的時候，她每天不間斷地熬粥送過來。大嫂您說您也為我熬過粥？我就說，每次您都裝作沒在聽，可是我只要說錯一句話，您就憋不住了，真是的！明愛對我這麼好，可是她兒子結婚的時候對我一聲都不吭，結婚當天我聽別的同學提起才知道。禮堂設在郊外教會，路不好找，當來跟我問路的同學發現我毫不知情的時候，一開始還不敢相信，後來覺得自己的想法不及明愛周到，還跟我道歉，拜託我裝作不知道這件事。

大嫂，我哪裡做錯了要被人這樣避之唯恐不及？我被人這樣排擠，就等於昌煥的死被人視為一種羞恥。這是不應該的！於是我振作起來，立刻做好準備，帶著燦爛的笑容趕到結婚禮堂去。雖然明愛顯得手足無措，但我還是神采奕奕地纏著她，也真心祝賀她。明愛的兒子結婚，我真的不羨慕，因為她兒子和昌煥根本沒法比。不三不四的大學還重考三次才進去，年紀輕輕的沒什麼野心也沒什麼理想，只有末梢神經發達，身邊的女孩每天都在換，大概是其中一個肚子大了吧。家裡也沒多有錢，大學還沒畢業就急急忙忙舉行婚禮，從這點來看就猜得出來。那種傢伙怎麼比得上昌煥？根本不可能！我也只是說說而已，大嫂可千萬別以為我只要看到別人的好兒子就心痛。我娘家的姪子，大嫂也常聽我提起吧。不管是大嫂娘家還是我娘家都一樣，沒什麼光耀門楣的人。不過我每次提到娘家想吹噓一下的時候，就會把大姪兒拿出來炫耀，所以大嫂應該想得起來。那孩子還在讀大學就通過司法考試，對了，在我們家您也見過幾次，他不僅頭腦好，人長得也很帥。他結婚的時候，昌煥去世還不到一年，但我娘家一家人竟然一致希望我這個唯一的姑媽不要來參加婚禮，真是又噁心又無恥！還以為誰都把那什麼法官、檢察官的看得有多偉大。之前多虧了「民家協」[2]的母親，才讓我有所覺悟，我們家死掉的昌煥，可比活著的法官更了不起千百倍。所以那孩子結婚，我看在眼裡，不會覺得有什麼尷尬或羨慕的。再說，幾天前我才跟著民家協的母親到法庭旁聽民主鬥士公審，把隨便羅列出可笑罪名的法官狠狠地嘲諷一頓，還對著他吐口水。那年輕的法官，不要說羨慕了，簡直讓人心寒。因為有了民家協母親的開導，我那天一點都沒表現出不高興的樣子，把姑媽的角色扮演得十分精采。

大嫂，不是「米夾蟹」，是「民家協」！您別的發音都發得很正確，怎麼這三個字就支吾吾口齒不清的。大嫂該不會是故意的吧？想把我和那些人當成一夥藐視。唉唷，嚇死我了！幹嘛對那句話生那麼大的氣？看來是哪裡讓您感到問心有愧吧！我是因為大嫂當初去美國女兒家住不到一個月就回來，不是還把乾電池洋腔洋調說是「貝特里」（battery）嗎？大嫂的舌頭這麼靈巧，似乎沒道理發不出「民家協」三個字才對！就算您說您不會藐視，但也一定是看不順眼才故意那麼說的。不管怎樣，我覺得很難聽，下次別這樣了。您說我無事生非，像婆婆一樣讓您受氣？那是當然嘍！就算是妯娌，還是算婆家。大嫂以為您就沒有讓我受過氣嗎？

大嫂，我說到哪裡了？噢，對！說到大家給兒子娶媳婦的時候，感覺都像在排擠我。您說這是一種自卑心理？或許吧！您以為我只討厭被人排擠嗎？我還討厭別人對我太好，這都是同一種貨色。就說大嫂您吧，昌錫結婚的時候，您為我費盡心思，結果害得昌錫被岳家狠狠訓了

2「民主化實踐家族運動協議會」的簡稱，創始於一九八五年，為此前要求民主化運動而被拘禁的無數學生的家屬共同創立的團體。

一頓。還要他們給我送來和婆婆一樣的彩禮綢緞，他們心裡不知道罵得多難聽。不管大嫂怎麼解釋是對方說因為可以不用送公公彩禮綢緞，所以就取而代之送給孀母，但我知道這應該不是他們家主動這麼做的。昌錫結婚時，昌煥都已經去世五年多了，還需要為我大費周章嗎？新娘奉上見面禮的時候，大嫂您還要我像是公公一樣，坐在您旁邊的位置上。一開始我覺得兩個寡婦並肩坐在一起接受見面禮太尷尬了，就再三推辭，但後來發現席間氣氛變得異常沉悶，我只好認輸，我不想讓人留下我是因為想起昌煥心裡不是滋味的印象，因為這不是事實。就連昌錫娶媳婦的時候，我也是一點都不羨慕的，因為我沒有把昌煥和昌錫相提並論的想法。當時大嫂以大伯不在為藉口，堅持拉我坐下來，但就算大伯在世，您大概也會這麼做吧。不管別人會不會以為是攜妻帶妾接受見面禮，您就是要新媳婦把我當作公婆一樣看待，對吧？大伯去世之後，我家那口子也想好好對待姪子，把我家的孩子都拋到腦後，這點大嫂也承認吧！結果正如兄弟的年齡差距一樣，沒過幾年他也跟著去世了。除了比別人家的男人短命這個缺點之外，不管是大嫂還是我，雖然都是透過媒人介紹結的婚，但都遇上了好丈夫。我對我家那口子還不到六十歲就與世長辭這件事無怨無悔，他不用白髮人送黑髮人，在昌煥走前自己就先走了，多有福氣啊！我羨慕到甚至覺得他很可惡。我唯一羨慕的人只有他，睡覺睡到一半，還會因為羨慕他羨慕到心如刀割，整夜睡不著覺，但這和羨慕別人家活著的子女是不同的。我也承認昌錫是無可挑剔的孩子，但和我們家昌煥器量不同，沒法比啊！沒讓父母操過心，順利進入名牌大學，還沒畢業就被大企業網羅，還被上司看中為他作媒，娶到好人家的閨秀，全天下都知道大嫂養了個好兒子。可是大嫂，昌錫哪時候上大學的？不就是八〇年代嗎？一九八〇年進大學的孩子不管世上發生什麼變化，只埋頭讀書，在我看來，他的人性就有待商榷。怎麼可以那樣呢？做人不能那個樣子啊！我們家昌煥比昌錫晚三年進入同一所大學，他那時也像昌錫一樣是個只知道讀書的孩子，可是我家昌煥因為校園裡催淚彈的味道苦不堪言。您說昌錫也一樣？那是當然的呀！就連路過的人也是涕淚橫流，四處逃竄。昌錫只是身體上飽受折磨，不過大嫂說我家昌煥不是社運界的人，也許這句話是對的，因為連我這個做母親的也沒察覺到。但誰能斷定呢？所以才有「你給得了孩子外表，給不了他內在」這樣的話出現，不是嗎？但這有什麼重要呢？大嫂每次說話就一定要提到這個，像在訓斥一樣。這種時候，我就無比慶幸我們是用電話在交談。不，講電話的同時，我也能感覺到大嫂的視線，就像知道一個重大祕密的人看著另一個毫不知情的人時，那種令人不快的眼光。那又怎樣，除了知道我們家昌煥單純只是個示威者之外，大嫂還有什麼知道得比我多？那件事就這麼重要嗎？剛開始，我也覺得冤枉死了，那該死的鐵棍就算瞎了眼也該有個分寸，為什麼把帶頭示威的狂熱鬥士都拋在一邊，偏偏就對準我們家昌煥呢？但死亡畢竟是無法挽回的命運，不是嗎？而且生命是澈底屬於個人所有，每個人都怕死，所以第一個念頭就是避開，首先，要避免落單的方法，就是捲入其中。大嫂也記得吧？在人類集體的熱情之中，我們家昌煥舉行了莊嚴的葬禮，百萬學生推崇他為烈士。大嫂，您千萬別那麼說，現在已經是年輕人以自焚來點燃時代火炬的世道。可能是因為我們的童年窮困潦倒，所以對衣食不缺、恣意揮霍的這個世間分不清是夢是真，只會一味叫好。但在年輕人眼裡，這世上是多麼黑暗，才會讓他們想用自己的身體來點亮光明。重要的不是昌煥是否為社運界人士，而是時代已經黑暗到讓人不得不拿死亡當成火炬，不是嗎？

大嫂，我們似乎真的是活在一個殘酷的世界，怎麼會有如此殘酷的世界呢？大嫂，說真的，我們所有人都能夠在這個殘酷的世上生存下來嗎？您一定會嘲笑我吧，但我認為，如果世界真的有了改變，那改變世界的力量之中，也有我們家昌煥的一份。是啊，聽起來像在胡說八道，但我已經無數次體驗到昌煥的復活。請別用我是「被民家協的母親洗腦才變成這樣」的方式說話。是誰洗腦誰呢？這只是唯一讓我在遭遇了那種情況之後，還可以不必像行屍走肉地度過每一天的方法罷了。大嫂您一定不知道，六．一〇抗爭[3]的時候，您也深深傷害了我。雖然那時昌煥才死了沒多久也是一個原因，但就在我感覺到會有不尋常的事情發生，一下子振作起精神來的時候，大嫂還記得自己說了什麼嗎？您大吵大鬧地說我把兒子都害死了還那麼喜歡示威！什麼什麼時候呀？我剛才不是說了是六．一〇的時候。大嫂老是把六．一〇和六．二九[4]搞混，分不清四．一三[5]和四．一九[6]，在五．一六[7]和五．一八[8]之間來來回回，真讓人受不了！偶爾當我懷疑大嫂是不是故意在我面前佯裝不知的時候，我就真的很不想再和大嫂來往。您問我，既然可以把那些日期都記得那麼清楚，為什麼曾祖母祭祀的日子就完全忘得一乾二淨？我就知道您會這麼說，因為您最拿手的就是反駁人家的話。好啊，我就坦白告訴您，因為曾祖母的祭祀對我來說一點都不重要，所以我當然有可能忘記。失去了昌煥之後，我身上發生的最大變化是什麼，您知道嗎？那就是之前我認為重要的事情變得一點也不重要，而我覺得一點都不重要的事情，反而變得很重要。曾祖母的祭祀只是變得不重要的事情之一而已。對於這樣的變化，我自己也感到很訝異。一開始覺得自己變了個人似的，感到很陌生，甚至懷疑自己是不是瘋了，因此盡可能在別人面前保持原來的形象。失去了昌煥之後，我之所以依然能裝出比大嫂先察覺祭祀的日子，大概也是出於那努力的一環吧。不然就是出於惰性，大嫂您不也有那種惰性嗎？明明在準備祭品的時候那麼全心全意，日子快到了就習慣依賴我，自己不聞不問！

您問我除了祭祀的日子外，還有什麼不重要的？多得很，多到一言難盡，只是不知道大嫂能否理解。我不是瞧不起您，因為那些都不像祭日一樣可以一語道破。譬如說，以前我覺得外人對我的看法很重要，現在覺得我自己的看法和感受才是最重要的。我不想為了別人欺騙自己，因為那麼做太累了，我不想為一些沒用的東西耗盡心力。當然還有別的！以前覺得置辦東

3　一九八七年六月十日到六月二十九日期間，韓國爆發全國性大規模民主示威運動，迫使全斗煥政府宣布實施民主改革。

4　一九八七年六月二十九日，第五共和國屈服於全國範圍的民主抗爭，由當局發表民主化宣言。

5　一九一九年四月十三日大韓民國臨時政府在上海宣布獨立。

6　一九六〇年四月十九日超過十萬名的首爾市大學生和高中生示威遊行到青瓦臺抗議，要求當時的韓國總統李承晚下臺，警方對示威者開火，造成無數人死傷。

7　一九六一年五月十六日朴正熙發動軍事政變。

8　一九八〇年五月十八日為光州民主運動起始日，結束於五月二十七日。

西很重要，現在覺得扔東西更重要。我雖然沒有大嫂您那麼愛買，但對物質的欲望還是不小。到人家家裡去只要看到漂亮的碟子或茶杯，我就會問是哪裡買的，讚歎果然不同凡響。眼饞的東西，就一定要買回來，這就是我生活的樂趣。大概是六〇年代的時候吧，不管是大嫂還是我，身上都還殘存著新嫁娘的痕跡，那時化學棉剛出來沒多久，也不知道那什麼化學棉的棉被有什麼好稀奇的，我們還特地標會，兩家人一家各買一條。話說回來，我現在用的螺鈿櫃也是標會買的東西吶！只要努力把想買的東西買回來，我就會感到非常高興，但現在所有的一切都成了累贅。那東西為什麼會在那裡？幾十年來沾滿手垢的東西變得又煩又陌生。夜裡睡不著覺的時候，我都在做什麼您知道嗎？我會去翻衣櫥或碗櫃，把裡面的東西找出來扔。要扔的東西實在太多了，雖然都是些送人不合適、扔掉太可惜的東西，我卻一點也不覺得心疼。只是害怕女兒的眼光，不敢一次全丟光而已。而且像衣櫥這種東西，我哪有辦法扔，還不是得送人或找舊貨商來收。但那也很麻煩，想到那東西要讓舊貨商或在人家家裡繼續使用，就很傷腦筋。如果說這是對自己用過東西的一種責任感，這也算是一種占有欲吧。不管怎樣，世上沒有珍貴難捨的東西，但也有些東西是無法輕易割捨的，我只希望這東西不只是消失在我面前，而是能永遠湮滅。有時我也會想，如果我們家有灶坑，我就能燒個乾淨。但只是想想而已，最近的東西可不是那麼容易能燒成灰。現在這世上，一條活蹦亂跳的生命也會在一夕之間就消失得無影無蹤，但物品的生命為什麼那麼堅韌。光是想像被燒不掉、爛不掉的東西纏住，就覺得像快死了似地喘不過氣來。我一點也不怕死，但不知道為什麼就是討厭快死掉的感覺。

我討厭東西，所以也沒給別人送過東西。這當然是在昌煥死後才養成的新習慣，在那之前，大嫂您也知道，無論是娘家還是婆家長輩的生日，或者是子姪輩、孫輩孩子的結婚、滿週歲等等，不管是什麼日子，只要快到了，我一定會高高興興想著要送什麼禮物。一方面是為了要省錢，一方面也出於可以一直保留的奢望，所以碰上親戚朋友值得紀念的日子時，我幾乎沒有直接包過紅包。如果想不出適當的禮物時，也會踩著縫紉機親自做幾件衣服或小玩意當成禮物送人，結果還遭過大嫂白眼嫌我太精打細算。但大嫂暗自羨慕我的手藝，對吧？其實那不是只靠一點手藝就能做到的技巧，還要有眼光和對對方的關心才行。不過最近我已經不那麼做了，差不多都是用錢來解決。如果非要買東西帶過去的話，我就買些吃的，不然就上館子吃飯，我不想送東西讓對方睹物思人。話是這麼說，但讓我想送點什麼的人也不是完全沒有。譬如愛情長跑之後結婚的新婚夫妻來拜訪我，或者有朋友要跟著住在美國的子女移民不再回來的時候，我就會想送點什麼。但送的也不會是東西，而是請他們吃一頓豪華大餐，因為愉快的回憶比東西更叫人難忘。

就算不是那種特別的情況，以前覺得同樣一筆錢要怎麼花得有面子最重要，現在不這麼想了，反而覺得隨心所欲花錢才更重要。花得有面子又怎樣？不也是一種讓人忘也忘不了的心理負擔嗎？我不想那樣。一起喝茶後付茶資，幾個人一起搭計程車時獨自付車資，這種隨心所欲的花錢常常被人當成傻瓜，是沒人會心存感激的開銷。儘管如此，我就是討厭明明一人一杯茶，喝完之後還要互相看眼色的那短暫空檔，給我一種日常生活的車輪嘎吱作響、顛簸難行的感覺。隨心所欲地花錢，就等於是給車輪加潤滑油，不然每天都活得這麼累，如果有辦法能少花點力氣的話，何樂而不為。給車輪加潤滑油的事情，我做得一點都看不出來，所以別人都覺得我很浪費，但對我來說，這又不是多重要的開銷，我自然一點也不心疼。昌淑和昌姫對我這麼做也十分看不順眼，大概以為我浪費成性吧。他們擔心就這麼放任下去，有一天我會花光家裡的錢，所以她們賺的錢也不會給我，自己存起來，應該存了不少吧。飯錢當然會給，她們又不是那種連飯錢都不拿出來的守財奴。劇作家、設計師這種職業，或許大嫂會覺得挺可笑的，但收入很高喔！光靠她們給的飯錢，就夠養活我一個人了，退休金拿來隨手花用也很夠了。

大嫂有什麼權力嘖嘖作聲地嫌棄呢？您應該不知道每天的生活就像拖著沉重的手推車一樣辛苦吧。我在失去昌煥之前，日子也過得無知無覺，歲月如流水，孩子一天天長大，不看月曆根本無暇感受歲月流逝得有多快。我一定是太想抗拒時光，讓青春永駐吧，因為心情最好的時候就是聽到人家稱讚我看起來好年輕。但現在不會了！聽到人家說我變年輕了、看起來還不錯，我反而覺得是在罵我。話雖如此，也不代表我就想聽別人說我變老了或變瘦了。聽到這種話，感覺就像被人發現我每天都過得心力交瘁，會讓我心情很不好。真的不知道我們國家的人為什麼那麼喜歡嘲諷地問候別人的身體，一見面就說「變年輕了、看起來還不錯」，再不然就是「有哪裡不舒服嗎、不中用了」之類的話。

您問我還有什麼是以前覺得很重要，現在變得一點都不重要的呢？大嫂您怎麼了，平時不是這樣的呀？怎麼會對根本聽不進去的話題有興趣呢？以前我認為唯獨有形體、看得見的東西才重要，後來我的想法改變了，也曾經整天追逐眼睛看不見的東西。不，不是肉體和靈魂的問題，那對我來說太宏大了，我說的是玫瑰花和花香的問題。玫瑰花固定不動，但花香洋溢著整個房間，花香究竟是以什麼模樣存在呢，就是這樣而已。我們家的香龍血樹不是今年開花嗎？花的模樣、顏色都沒什麼看頭，所以花開了我也沒注意到。有一天當我回到家，整個家都瀰漫著花香味，濃到令人暈眩，我才切身感受到花香真的可以讓人窒息。我的意思不是說花香很好聞，我想說的是，我可以讓自己好幾天都沉迷在「物體明顯可以以兩種方式存在」的問題上。我知道，花謝了，花香也跟著消失，但您怎麼能那麼冷酷無情地說出這句話呢？前幾天昌淑買了一整條牛尾回來，要我分幾次燉煮來吃。明明知道我討厭腥羶食物，她心裡不知道是怎麼想的，還說我容顏憔悴一副枯槁的模樣，一點光澤都沒有，丟人現眼，連昌姬都在一旁幫腔。沒禮貌也要有分寸，那兩丫頭竟然要拿老母親當面子，說些不正經的話。我也懶得去責備她們，就照她們的要求把牛尾放在一個不鏽鋼大桶裡燉了起來。水當然放得很充足，用的是不知道底層是雙層還是三層，反正就是特殊處理的厚底不鏽鋼桶，我想應該沒事就燉了一整天，結果竟然燒焦了！您說是因為我沒誠意？這話沒錯！有哪個母親會有誠意給自己進補啊？一直到焦味瀰漫開來，我才想起爐子上放了什麼東西在煮。那該死的牛尾還是什麼的被煮成了焦炭，縮成一團，也沒多大塊，怎麼味道這麼難聞，充斥了整個家，就算我裝作沒燒焦也騙不了孩子。牛尾其實不是縮成一團，而是膨脹開來，焦炭不久就會消失，但難聞的氣味持續了一個多月以上，滲透了家裡每一個角落。即使是最近，只要我躺著想翻個身，那味道就會撲鼻而來，看來連枕套也沾染上了吧。區區牛尾憑什麼不是焦炭，而成了別的東西殘留下來呢？大嫂，我一點也不惋惜把牛尾燒焦了，反而想知道為什麼牛尾會變成什麼東西這麼長時間殘留下來。對此，我已經不只是好奇，而是到了執拗的地步。

大嫂，話是這麼說，但請不要認為我想從那什麼花或牛尾之類的東西找到類似人類精神的東西，那只是一種習慣而已。外出回家時，不是有時候得自己拿鑰匙開門進去，有時候昌淑、昌姬從裡面幫忙開門嗎？一般人都認為裡面有人出來迎接比沒人出來要好，但我的想法正好相反。當我看到她們出來迎接，不知道為什麼就會深刻感覺到昌煥已經不在身邊，於是便會在不知不覺間垮了下來，不再是外面那個偽裝的我。但是如果是我自己用鑰匙開門走進空無一人的家時，情況就完全不一樣。「昌煥呀，媽回來了！」我可以用活力充沛的聲音邊說邊進門。手提包一丟，脫下衣服，從冰箱裡拿出冰水大口大口牛飲的同時，我也一直在和他說話。這個時候，家裡的每個角落都充滿了昌煥的身影，讓我切身感受到我就在那孩子之中。我也不知道哪一個才是真正的我，我好端端的兒子怎麼會在某一天就突然不見了，太令人難以置信了。大嫂，我們似乎活在一個殘酷的世界，為什麼會有這麼殘忍的世界呢？

您說看我一直堅強地撐到現在，以為我已經勉勉強強克服了，為什麼如今又說出這麼軟弱的話呢？在大嫂眼裡，我就顯得那麼若無其事嗎？您大概從來沒有想過，一個若無其事的人要顯得若無其事，是落盡了多少辛酸淚才得到的結果吧？大嫂，您應該也聽過「銀河系」這個詞。但是您一定沒我清楚銀河系的大小，或者是宇宙中除了我們的太陽系所屬的銀河系之外還有許許多多銀河系存在，以及未來也會時常發現新的銀河系。我敢這麼斷定，對大嫂而言或許是一種侮辱也說不定，因為您一向對日據時代就讀女高一事比現在進入首爾大學有更高的評價，也以此自豪。您問我怎麼突然就提到銀河系？因為當我實在難以承受時所背誦的咒語，就是從銀河系開始的。

銀河系是包含太陽系在內的無數恆星和星群，太陽系的焦點太陽，與地球之間的距離，按光速計算約需五百秒；和太陽系最外圍環繞的冥王星之間的距離，按光速計算約為五個半小時。但銀河系的直徑約為十萬光年，太陽只不過是距離銀河系中心三萬光年的一顆偏僻恆星。光年是秒速三十萬公里的光，一年持續前進的距離單位。但銀河系也不代表無窮無盡，因為宇宙中除了我們這個銀河系之外，還存在數之不盡的其他銀河系。離我們的銀河系最近的銀河，距離為兩百萬光年；也有距離十億萬光年的銀河，以秒速幾萬公里的速度持續遠離，所以被稱為「宇宙」的無窮，還在無限制膨脹中。光年是光線一年期間不停前進的最大距離，為九兆四千六百七十[9]公里。

這些大概就是我的咒語重點。您問我這些都是從哪裡道聽塗說來的？我是從家裡隨便放置的一本好像叫《少年宇宙科學》的書裡看到的。因為是孩子小時候看的一本很老的書，所以也

9 正確數字應該是「九兆四千六百七十億」，原文漏了「億」字，不知是否為作者本身的失誤，或是印刷時的漏植，還是如後文敘述者所說自己也可能背錯。此處謹遵原文翻譯。

有可能不正確，也有可能部分是我記錯了。錯了又怎樣，不管是百萬光年還是十億光年，反正都是我想像力範圍之外的數值。正不正確不是個問題，而是那些天文數字單位達到了讓我們生活的地球連滄海一沙都不如的極小化效果。緊緊依附在這沙粒上生活的人類命運或壽命等等，也因此根本算不了什麼。現在您懂了吧？那數字為什麼會成為我的咒語，因為那些數字能讓我重如泰山的悲傷，即使是片刻的時間也好，如霧氣般煙消雲散。現在連有什麼意義都不必去考慮，正確性什麼的更不成問題，只要我琅琅背誦起來，就會像條件反射一樣沉浸在慵懶而甜美的虛幻感中。大嫂，過去的那段時間，我就是這麼過來的。要是咒語持續有效的話，我也就不會告訴您了。可是偶爾，咒語也有失效的時候，就是因為咒語失效了，我才跟您說的。

大概是十天前吧，明愛，就是剛才提到的那個我最好的同學明愛。她要我跟她一起去探病，聽了她的話之後，覺得那個地方似乎不一定非去不可，所以我不怎麼樂意去。那個朋友也是同學，但和我一點都不親近，畢業之後也從未巧遇過。再說，生病的人也不是她，而是她的兒子，我這個不速之客過去做什麼？我說不去，結果明愛就慫恿說，昌煥葬禮時那個朋友也參加了。我心裡想，我們家昌煥呀，是在全體國民的哀悼中送走的孩子，那個人應該也算是全體國民之一吧，有什麼好特別的？不過我還是被說動了，所以我連她兒子哪裡病了，病得怎樣都沒仔細問，就跟著去了。對了，我問了是不是患了危及生命的重病？明愛的回答令人大惑不解，她說：「那不然要怎樣？」哎，怎麼能這麼說！那時，我真該好好追問一番才對，可是別人家孩子的命，我怎好說三道四？就因為對突然惱火的明愛感到不爽，我也就什麼話都不說了。那朋友家雖然同在首爾，但我家在江南的東邊盡頭，她家在江北的西邊盡頭，要花費一天的時間才能到。我心裡想明愛真是多管閒事，竟然跑到住在這麼遠的朋友家關心她家的煩心事。那破舊的社區，窄巷繞來繞去，讓我很訝異現在竟然還有這樣的地方。就連曾經來過的明愛也幾次走錯路，找了好久才終於到達。聽說朋友和生了病的兒子單獨生活，這兒子是老么，哥哥姊姊全都各自婚嫁，過得很體面。兒子生的不是普通的病，幾年前因為車禍，腦和脊椎受創之後，下半身癱瘓，還成了痴呆。當初被撞之後，肇事司機逃逸，長時間被棄置不顧也沒就此一命嗚呼，等到家人接到通報，才做了最好的治療，聽說家產也是在那時散盡的。雖然因為長期照顧病人才變成那副模樣，但這人真的是我們的同學嗎？完全成了一個令人難以置信的白髮蒼蒼老阿婆！我完全無法從那老阿婆身上憶起當初那個一點也不親近的同學模樣，所以最先浮起的念頭就是「果然不該來！」。朋友看見我們一點也不驚喜，就像對待經常出入的附近鄰居。她的兒子也看不出年齡，從躺在那裡的骨架來看，原先應該是個身材魁梧的年輕人，現在變得肌肉鬆垮肥胖，連表情也因為臉上肌肉不斷抽搐，表達不了平常的喜怒哀樂，看了讓人心裡難受。

「唉唷，這冤家，這不共戴天的冤家！」朋友以此代替名字喊自己的兒子。除此之外，她每次開口就是一連串的髒話。到底有多麼怒不可遏，才會變得這樣呢？讓我感覺這裡就像個地獄。即使在餵兒子吃我們買去的罐頭鳳梨片的時候，她嘴裡也念叨著「冤家啊，吃完早點上路吧！」這類的話。原本就像經常碰面的鄰居一樣對待我，卻突然裝作認出我的樣子說什麼：

「妳是來看我兒子生不如死的模樣吧！」我一時之間有種受到侮辱的感覺，但對著她我什麼話都說不出來，因為她看起來就像有權利說出更過分的話一樣粗糙不堪，也可能是因為我對明愛比對這個朋友感到更遺憾。從走進那個家開始，我就隱約猜到了，而最後我也終於確定明愛為什麼會帶我去那裡。每次她們的兒子有喜事，她就以為我一定很羨慕卻不敢吭聲，所以想反過來，讓我看看那家母子悲慘的處境。意思就是，「看看人家生不如死的樣子，安慰一下自己吧！」這是人性中最卑鄙的致命傷害，尤其這傷害還是以看到朋友兒子也不會羨慕的方式，預先做了掩護。明愛不是普通的朋友，卻竟然如此對待我，真讓人無法忍受。即使如此，如果那時候我就趁機告辭的話，後面也不知道會怎樣。說不定可以取代銀河系咒語，只要一想起那家的兒子，我就能得到安慰。

給兒子餵了三片鳳梨之後，朋友就當著我們的面在兒子墊著的寬闊褥子上，把兒子當成沙包似地開始為他翻身，真是令人難以置信的新奇絕技。怕兒子長褥瘡，一整天要翻好幾次吧，翻過去趴著，再翻回來平躺，然後再翻起來側躺，自由自在地翻轉那麼魁梧兒子的同時，還不忘給身體接觸地板的部分按摩，可是在她這麼做的時候嘴裡也念個不停。

「唉唷，這冤家可真重！千斤重啊，千斤重。沒煩沒惱的，給什麼吃什麼，屎尿又多，不重才怪。我為了你這冤家，連死都不敢。冤家啊！你要死在我前面才行，我如果放著你先死，我會無法瞑目，你也不知道會變成什麼樣。四肢健全的話，至少還能去要飯。唉唷，老天爺！我上輩子犯了什麼錯，要讓我受這種罪呀！」

朋友一面這麼念念有詞，一面把病患這樣翻、那樣翻，還為他按摩，真不知道這骨瘦如柴的老阿婆哪裡來的精神。真的不騙人，她簡直就像拿著沙包在玩耍似的。照孩子的講法就是，太夢幻了。我們出神地看著這一幕，還是明愛先回過神來「哎呀」一聲，伸手要幫忙。我也跟著伸出手想幫著給病患翻身，但這怎麼回事啊？我們的手才一碰到病患身體，他就發出詭異的怪聲。之前病患睜著的眼睛裡呆滯空洞，突然間卻變得像野獸一樣凶狠，不知道受到多大驚嚇，連手指尖都蜷縮起來，原本他呆滯的眼睛裡是充滿了極致信賴與安詳的。這時我才從一直咒罵連連的朋友臉上，看到了她勇敢又溫柔的慈愛。「唉唷，這冤家又在盡孝道了！」從朋友口中的這句話來看，除了母親以外，他不讓任何人碰觸的情形應該不只一、兩次了。

這一瞬間我對這朋友羨慕到不知該如何是好，別人家的兒子再怎麼優秀、有前途，我可從來沒羨慕過。外表、前途和健康算不了什麼，摸得到、感覺得到的生命實體才讓我羨慕。世上怎有如此讓人難以承受的嫉妒？大嫂，就好像有一把尖銳的三叉戟對著我胸口的正中央深深刺進去一樣，讓我痛徹心扉，眼淚就湧了上來。不可以在這裡哭，我慌忙背起銀河系咒語。但一點用都沒有，銀河系那什麼東西根本起不了作用，我終於恣意哭了起來。連我自己也沒想到，我竟然一直忍著這麼多的淚水，因為連嚎啕大哭、放聲痛哭都無法形容我痛哭的程度。堵塞的眼淚一旦決堤，什麼銀河系就像碎草屑一樣被沖走了。管他銀河系是無窮還是碎草屑，都是存在於人類認知範圍內的事情，如果沒有人類的存在，那種東西不也是可有可無的嗎？我在人家家裡這麼放聲大哭，明愛和那個朋友都瞠目結舌，可能以為我是同情心氾濫吧。朋友還很生氣，說自己還沒到那麼可憐的地步。明愛則不一樣，明愛似乎多少明白了我的感觸，因為我們之間畢竟友情深厚，我只好道歉說：「我錯了！」不只是那天，連續幾天我都在哭，其實我一點錯都沒有。

我發現自己透過那次的哭泣之後才真正獲得解脫，放下了偽裝的自己。所以這幾天我生活在想哭就哭的快樂裡，大概因此就忘掉了曾祖母的祭日吧。銀河系都被沖走了，哪可能還記得住素未謀面的婆家祖先祭日。從現在開始，我要過著想哭就哭的生活。該被沖走的全沖走，我再也不要裝出若無其事的樣子。我好端端的兒子有一天突然就湮滅在世上，我也因此猝然間成了偉大的母親。但這種事情怎麼可能淡然處之？世界怎會如此殘酷？大嫂，您說是不是？大嫂大概從來也沒懷疑過，那傢伙是不是還藏著一截尾巴？大嫂，您也說說話呀！不會吧，大嫂在哭嗎？大嫂，您叫我怎麼活呀，老天爺！大嫂怎麼在哭？大嫂從來都應該像座峭壁一樣才對，因為大嫂對我來說一直是一堵哭牆[10]呀！強忍哭泣的時候，就得有一堵哭牆才行，世上哪有哭牆在哭的道理。

《想像》創刊號（一九九三年秋）；《朴婉緒短篇小說全集》第五集（文學鄰里出版，一九九九年）

10 Wailing Wall，又稱西牆，位於耶路撒冷城內，猶太人經常到此悼念他們消失的聖殿。

小市民的代言人

朴婉緒，韓國最具代表性的女性小說家之一。一九三一年出生於京畿道的豐德郡。一九五〇年進入首爾大學國文系就讀。但隨著同年六月二十五日韓戰爆發，叔父和哥哥皆死於戰禍，家庭遭逢巨變的她不得不中斷學業。一九五三年與名為扈榮鎮的男子結婚，兩人育有一男四女。一九七〇年，正值她四十歲時，以《裸木》獲選《女性東亞》的長篇小說文學獎，就此步上創作之路，此後直到二〇一一年以八十歲的高齡去世為止，四十多年來持續創作不輟。

朴婉緒擅長以樸素的語言及細膩的筆觸，描繪戰爭所造成的人倫悲劇、韓國社會中中產階級的生活以及女性問題。作品產量豐富，且質量皆精，獲獎無數。她在一九八〇年發表的短篇小說〈那年冬季的三天之間〉獲得了韓國文學作家獎，一九八一年的短篇小說〈母親的木簪〉獲得了李箱文學獎，長篇小說《未忘》則於一九九〇年獲得大韓民國文學獎，並於隔年一九九一年獲得怡山文學獎，一九九四年的短篇小說〈我畢生的摯愛〉也獲得了東仁文學獎；一九九七年的長篇小說《那座山真的在那裡嗎》獲得了大山文學獎，一九九九年的短篇小說集《太過苦澀的你》則獲得了萬海文學獎。其創作及經歷對之後的韓國女性作家有諸多啟發。當代女性小說家鄭梨賢就曾在追悼朴婉緒的信件中寫道：「老師您知道嗎？韓國文壇有朴婉緒這麼一位作家，對無數的女性作家來說，是多麼堅實的後盾啊！」

白痴和傻子

李清俊

這幾天，畫紙連一筆都沒填上，迎面就是大片空白。學生回去之後，畫室裡一片寂寥，我重新燃起一根菸。

哥哥寫小說的奇事，似乎與一個多月前，他的刀尖從一個十歲女孩的肉體上挖掉她靈魂的事有很深的關係。不能說手術失敗一定是哥哥的失誤，受害者那方雖是這麼理解的，而將近十年以來一直只是旁觀、但對那方面的事情並非一無所知的我，想法亦是如此。哥哥自己也承認這點，女孩就算不接受手術，過不了多久也會走上相同的道路。手術從一開始成功的機率就不到一半，最重要的是，這種事情不僅會發生在哥哥身上，也是任何一家醫院在手術過程中都有可能發生的。但不管怎樣，對哥哥來說就是一件大事，從那以後，哥哥就逐漸開始怠惰醫院的事務。起初偶爾晚上會到城裡買醉，後來就乾脆關上醫院大門待在家裡；甚至不讓大嫂靠近，整天待在房間，一到晚上就進城喝得醉醺醺才回家。

白天窩在房間的時候，哥哥就寫小說。起初我對哥哥的小說沒多大興趣，頂多覺得不過是一名十歲女孩的死亡，對他來說有那麼嚴重嗎？就算真是如此，哥哥究竟怎麼看待這件事，竟然鬧到要寫小說的地步。於是某天晚上，我偶然翻了幾頁，結果把我嚇了一跳。之所以說嚇了一跳，不是因為這是一篇小說，也不是因為哥哥是醫生。

作為語言藝術的小說，不是我這種充其量開個畫室的小小美術學徒可以理解的，但我也不會因此感到失望，所以現在我對哥哥的作品所要說的，自然無關文學。不是說哥哥的小說以文學作品來講不足成為話題，而是我對那方面不太理解。我之所以會感到驚訝，是因為哥哥在小說中寫出了他長期以來諱莫如深、關於十年前那件戰敗和逃亡的故事。

正如哥哥自己說的，身為外科醫生，他在這十年一直靜靜地過著切開、剪斷、摘除、縫合的生活。哥哥總是勤奮不懈地照顧病人，就像一個從不懷疑人生、從不厭倦工作，而且也完全不記得舊時光的人。從某方面來看，就算有再多的病人從自己刀尖下獲得重生的喜悅回家，哥哥也無法感到滿足；就像一個受到啟示、還想拯救更多生命的人一樣，他等待生命湧向自己的刀尖。哥哥的刀法慎重精確，至少在女孩的事件發生前，一次失誤都沒有。除此之外，我對哥哥幾乎一無所知，只不過現在還可以說一些大嫂的事情。雖然對大嫂很抱歉，但結婚前哥哥為了這個耳根軟、目光淺短、薄唇薄情的女人，和這女人的另一個男人有過長期艱苦的交鋒。然而不知道怎麼回事，我覺得沒有勝算、也缺乏持久力的哥哥，最後竟然和這女人結婚了。結婚之後，不簡單的大嫂和城府深的哥哥之間，在性格上也沒有發生什麼特別的爭端。或許有些風波，但不是因為性格的問題，而是不知道是哪一方的缺陷，他們之間始終沒有孩子，這才是關鍵所在。孩子對任何人來說都是理所當然的事情，而哥哥還能不以為然地一路維持婚姻，我覺得該歸功於他的忍耐和對人性的正面思考，但我也不敢很有自信地如此下判斷。我對哥哥的理解就這麼多，另外，雖然不是很確定，哥哥還有一件事情讓我一直很好奇，那就是哥哥曾經在六・二五事變[1]當時在江界[2]附近成為戰敗兵脫了隊，以及後來在那裡殺害了同樣脫隊的同僚（不確定是幾個人），走了將近千里的路逃到當時已經在三八線附近展開激戰的友軍陣地。哥哥從未透露當時脫隊的來龍去脈，為什麼殺害，又是如何殺害了哪個同僚逃出來，還有千里的脫逃經過等等。忘記是哪個時候，僅僅有一次，哥哥酩酊大醉地回家，提到自己之所以能亡命千里活著回來，都是因為他殺害了那個同僚。這話真奇怪，我不僅無法理解，後來哥哥對自己說過的話也佯裝不知，所以我連是否真有其事都無法肯定。

但是哥哥最近在小說裡開始講述那件事，我的畫紙上突然變成痛苦的空白，讓我不知該從何畫起的情況，也明顯是在開始閱讀哥哥的故事之後才發生的。最近哥哥在我最好奇的章節上停了下來，一直沒有新的進展。問題就在於，哥哥停筆的時候，我也無法進行我的工作。在我思考故事結局之際，畫紙上連續幾天都沒多添一條線，只是以痛苦的空白折磨著自己。在故事

1 指一九五〇年六月二十五日發生的南北韓戰爭。
2 位於韓半島平安北道，今北韓境內慈江道東北部，戰略地位重要。

結束之前，我是真的什麼事也做不了。

當從窗戶流淌進來的黑暗填滿畫室，只留下我那四四方方的畫紙還是一片雪白時，我從座位上站了起來。

這時我才發現，慧仁影影綽綽地走進門裡。我打開了燈，她似乎已經站在那裡等了很久，肩膀一動也不動顯得十分疲憊。燈一打開，她避開燈光，微微地低頭抬手遮住光線。

「要不要出去坐坐？」

我又關掉燈。

來幹嘛呢？難道這女人心中還餘情未了？當她無緣無故地離開我的畫室，我多麼慌亂地結束掉這段感情。慧仁是個對畫畫有興趣的大學畢業生，在哥哥朋友的介紹下來到我的畫室。

有一天，學生早早就離開了，我走到獨自佇立在石膏像前的她身後，當我的鼻息噴在她耳根下的時候，她吻了我一下，說這是因為我是個畫畫的人。有一天，她說她不會再來畫室，要永遠離開我，也因為我是個畫畫的人，然後她如花瓣般美麗的柔脣就輕輕地閉上了。對慧仁，我知道自己什麼都作不了主，只有忍受送走她的悲傷，才會更輕鬆愉快，雖然我對這樣的自己感到憤怒，但終究我還是如她所說的，只能成為一個畫畫的人。

「我來送喜帖的。」

面對面坐在茶室裡，慧仁拿出了白色的四方形信封。

我傻傻地笑了。

慧仁在那之後也來過畫室一次，那時我把慧仁帶到茶室面對面坐著，發現自己一點也不在乎，就知道她真的完完全全離開了我。慧仁對著如此的我若無其事地說，她要和一位開業醫生結婚，這是在離開畫室之前就已經打算好的事。

「就是後天，你會來嗎？」

對著乾脆像獨自一人呆坐的我，慧仁把玩著四方形信封問，聲音渺渺茫茫。

那天晚上，我對大嫂說了這件事，大嫂突然興匆匆地問：

「小叔，你要去參加那位小姐的婚禮嗎？」

大嫂當然也認識慧仁。大嫂絕對是一個看到演員失誤就會拍手叫好的女人，而我就像獲得了那種掌聲的演員一樣，十分尷尬。那時，我說了什麼？好像說要雇個人過去，就算是這樣的一個人，應該也能充分傳達我對慧仁結婚的祝福之意吧。這絕不是嫉妒，事實上即使是現在，我對和慧仁在畫室的時間，以及現在把玩著喜帖的她，還有她的婚姻，全都不感興趣。

「原來大嫂在奇怪我怎麼不生氣呀！」

我像打呵欠般地回答。

「這麼看來，小叔的性格有些灰暗。」

那天晚上，大嫂這麼說。大嫂喜歡說別人的八卦，但不代表她就會去關心別人。

「我知道大嫂年輕時覺得跟哥哥結婚有點虧本，那哥哥用了什麼欺騙手段嗎？」

我半是對慧仁的事、半是對哥哥的事感到興趣，就這麼問了。

「你哥哥身上有種執拗，或許也可以說是一種單純。思慮複雜的人是無法執著在一件事情上，女人討厭複雜，也就是說，你哥哥那樣的人讓我覺得可以放心依賴。有了年紀的女人就不再做美夢，這難道不是理所當然的想法嗎？」

對於哥哥，大嫂不是完全正確。但那種想法是女人普遍的觀念，我不想責怪她跳躍式的想法。

「我還有事。」

我突然想起哥哥的小說，一口氣喝完咖啡就站了起來，我的畫紙以痛苦的空白掠過我眼前。

慧仁默默地跟著站了起來。

「你就沒有什麼話要對我說！」

慧仁就像沒聽到我說一句話就不回去似地，在門前停下了腳步。

「忘了那位小姐吧！女人在那種地方反而很歹毒。」

那天晚上大嫂唯一一次一臉擔憂所下的判斷，似乎不適用於慧仁，否則就是慧仁在演一齣女人最愛的戲碼。

我掉頭離開。

不出所料，哥哥沒有回家。

——八成又喝得爛醉如泥吧！

我吃完晚飯就直接去哥哥的房間翻抽屜，小說總是放在同一個地方，不管是對大嫂還是對我，哥哥似乎都不抱什麼戒心。

「你突然把你哥當成了文豪啊！」

大嫂一點也不感興趣，我一邊聽著這話，一邊急切地翻著稿紙的後面。

但故事還是如同前一天，連一頁的進展都沒有。聽大嫂說哥哥丟了一堆廢紙到字紙簍裡，一整天都巴著書桌不放，可見哥哥十分用心。他一定是在猶豫，對於故事的結局，不，應該是對於一樁殺人事件，哥哥拿不定主意，但也像是哥哥故意逗弄坐在畫紙前焦躁不安、鬱悶到只好回家的我。

我重新收拾好抽屜就回到自己的房間，早早鋪好床躺下，卻沒有闔眼。過去只要閉上眼睛隨時都能入睡的習慣，只維持到高中為止。為了設想小說的結局，我熬了好幾個晚上的思緒湧向腦海。

小說的開頭以形象鮮明的序章起始，那是哥哥對少年時期的回憶。【我】（我不知道哥哥客觀化的程度，但這是那篇小說裡的主角。以下【】標示代表直接引用自小說內容）小時候曾跟著去獵過獐子，那時在【我】的故鄉村子裡，從秋天到翌年初春，一定會有獵人找了上來，秋天獵野豬，冬、春獵獐子。一到冬天，獵人尤其會帶著村裡幾個臨時用來驅趕野獸的人進山，背著鍋子上山，還可以煮獵物來吃。冬天無所事事的村民自願當驅趕獵物的人，如果獵人減少了，他們就只能苦等獵人進村。

在白雪覆蓋山頭的某個冬天，正值寒假，回到故鄉的【我】就夾雜在驅趕人之中跟著去打獵。那天，很奇怪的是，一直到日頭西斜，他們什麼也沒打著。【我】和另一個大人一起，在某個山脊附近的岩石縫裡吃著結凍的飯，藉以趕走飢餓感。那時，從山脊另一邊突然傳來了一聲槍聲。有關那聲槍響，哥哥是這麼寫的：

【我一聽到那聲槍響，已經嚥進喉嚨裡的東西就突然卡住了似的。不祥的聲響——當那帶著明顯殺意和悲情的聲音響徹遼闊雪原之際，我開始後悔自己在毫無意義的好奇心驅使下跟來打獵。】

但子彈並沒有擊中獐子，受傷的獐子在雪原上灑落一路的鮮血跑掉了。獵人和驅趕人循著滴落在雪地上的血跡，追趕獐子的蹤影。跟著血跡追下去，獐子一定在某個地方倒在血泊中。看著在白雪上化開的鮮紅血跡，【我】感到怵目驚心，趕緊追上隊伍，和剛聽到槍聲時同樣的後悔，不停在心頭翻滾，【我】寧願在看到倒地不起的獐子之前下山算了，但是【我】只是猶豫不決，滿心忐忑，直到太陽落山也沒能脫離隊伍。血跡連綿不絕，到了夜色昏暗之際，【我】才脫離隊伍返回家中。而【我】很快就發起高燒躺了下來。第二天才在床鋪上聽說他們又翻過了三座山才終於找到那隻獐子。但光是這樣聽，也讓【我】好幾次嚇得不寒而慄。

序章的故事大概就是這樣，當然一開始我不是從序章讀起，而是讀了中間某段內容之後，突然緊張起來，才從頭開始讀。但在這部分的內容中，我也在槍聲、獐子血跡和雪色之類的東西所形成的微妙和諧裡，感受到一股緊張氣氛。事實上，這裡也如所暗示的，哥哥的小說整體上都流露著沉重的緊張和悲情。

雖然也是因為哥哥的經歷感到興趣，但哥哥的小說更使我倍感焦躁是因為我覺得那和我的畫作有種奇怪的關聯。這說不定是真的！和慧仁分手之後，我突然想畫人臉。事實上，我想不顧一切先畫人臉的想法，雖然渺茫，卻是長久以來一直存在的渴望。因此和慧仁分手一事雖然不能說是這一切的動機，但不管怎樣，那時期確實讓這股衝動重新升起了。

我不想多談我的畫，那是讓人備受煎熬的事情。而且我自己對這幅畫的想法以及透過畫筆和水彩想賦予的意義，連十分之一都無法說明。目前我所能坦白的，只有我迫切地感到必須更深層思考人類的根源。也就是說，我以即興方式思考，從伊甸園開始到那之後不管是亞伯、該隱或是那群人所具有、所意味的屬性。但所有事情都不能以偏概全。伊甸園裡像單細胞生物一樣腦袋空空的兩個人，和《創世記》裡亞伯的善良概念，還有該隱被上帝定罪為永遠之惡的嫉妒——說不定這才是人類的向上意志，連神也感到害怕——從此以後所出現的無數分化、善與惡無窮的配比……說不定我一直徘徊在眾多的臉孔之間，卻沒有一張臉孔讓我的畫筆激動得戰慄。令人遺憾的是，在慧仁之後我已經強烈預感到某張臉孔，只是目前我還沒碰上而已。我用微圓卻帶著呼之欲出的緊張線條描繪出臉孔的輪廓線（對我來說真的是很奇怪的方法），後來就煩惱了好幾天。

於是有一天，也就是那篇小說開始的前一天，哥哥突然現身在我的畫室，大白天他就喝得酩酊大醉。哥哥用一種挑釁的語氣對著放著自己的事情不管、只熱中於教學的我說：

「嗯！老師您畫的人多麼孤單啊！任何一個講究團結的機構都不會接納……」

對著我只描繪了臉部輪廓的畫紙，哥哥像對著一幅已完成的畫作，彷彿在尋找什麼似的東看西瞧，四處端詳。

「那才剛開始畫而已。」

「噢，個人的看法不同也可以說是一幅已完成的畫作……說不定是上帝最真實的兒子，不看、不聽，只順從上帝的心意。如果給了眼睛、嘴巴和鼻子……耳朵的話……一定會大有不同吧——老師您是偏向哪種想法？」

哥哥在畫和我之間來回打量，眼睛在努力地尋找著什麼，但那雙眼睛早已明白從外觀上找不出什麼。而我只是感到惶惑不解。

「哼，你瞧不起我！人的內在外表並非只靠合理的邏輯就能解釋，就算是藝術家也會同意我這個醫生的看法。我說的話或許也有對的地方。怎樣，要我告訴你嗎？」

哥哥的話讓人無從捉摸，我只知道他認真地想說的是，什麼是「認真」。

「那新誕生的人類的眼睛，還有嘴巴，應該更狠毒一些……至於希望——這雖然純粹是我個人的看法，線條顯得很緊張。」

真奇怪，哥哥竟然在評論我的畫。

那天晚上，我跟著難得說要請我喝酒的哥哥出了畫室，就在經過和信百貨公司[3]附近的時候，天上下起了撐不撐傘都無所謂的細雨。勤快的人撐了傘，我們當然沒撐傘就這麼走著。

「ㅈ」銀行新建工程工地前面，總有一個小乞丐跪在那裡。那個年約十歲的小女孩乞丐頭低垂過肩，雙手向前伸，手掌張開，手心裡始終放著兩、三個黑褐色的銅錢。就在我們經過她身邊的時候，走在前面的哥哥穿著皮鞋的腳像是不經意般踩著小乞丐伸得長長的手走了過去。要說吃驚，反而是我比小乞丐更吃驚，哥哥腳步從容，腳掌似乎根本沒感覺到正輾壓著一雙手。而更奇怪的是，那個受到驚嚇抬起頭來的女孩，當時也只是瞪著哥哥逐漸遠去的背影，連喊也沒喊一聲。我低頭看著小女孩的手。

小女孩若無其事，重新擺好姿勢。我突然怒不可遏，卻只能隱忍下來，默不作聲地跟著哥哥。哥哥似乎想向自己確定些什麼，而且我覺得他在畫室裡嚷嚷的那番話絕對不是無的放矢，我猜應該和幾天前哥哥所犯下的失誤有關。但這並非只是哥哥一個人的錯，關鍵就在於，那少女是在哥哥的刀尖碰觸到身體之後才斷氣的。

走到行人穿越道時被紅綠燈攔下，哥哥才回頭看了我一眼，眼中帶著詢問，眼神裡流露出認為我一定答不出來的自豪。

「哥哥剛才那樣是故意的吧！」

3　韓國日據時代第一家以韓國資本、韓國籍建築師設計興建的百貨公司，原址在現今首爾鍾路塔的位置。

哥哥走進一家似乎經常出入的會所，找好位置坐了下來，我用極度關心的語氣說。

「什麼？」

哥哥佯裝不知。

「就是剛才踩到那孩子的手。」

我反倒用著不耐煩的語氣說。哥哥做了個驚慌的表情，看起來就像是不假思索只覺得該這麼做就做了出來的驚惶失措。

「哥哥也是無可奈何的吧，腳似乎不聽使喚的樣子，小孩也似乎不怎麼痛。雖然哥哥可能是因為我才沒有回頭看，所以才什麼都不知道吧。」

哥哥從第二天就開始寫小說，但我還是對著那張畫不知該從何著手。

哥哥的故事大致如下，是從六．二五事變前的國軍部隊戰場開始的。

戰場生活中，哥哥將故事的焦點放在兩個人身上，一個是名叫吳寬模的二等中士（當時的階級），習慣一手拿著刺刀在營區裡走來走去。這男人給人的印象就是個子矮，嘴唇發青，一生氣眼睛就會扭曲成三角形，像條毒蛇一樣。只要有新兵入營，他就不問青紅皂白地瞪起三角眼，把刺刀抵在鼻子下面威脅說：【敢挑釁我的人，我就一刀劈了他】，藉此來挫敗新兵的銳氣。當天晚上，可憐的新兵就會以詭異的方式理解到寬模白天說的不要挑釁他的意思。到底有多少人挑釁過寬模無從得知，寬模卻從來沒有【劈了】那些新兵。直到有一天，寬模的部隊又來了一個新兵，他就是哥哥小說裡的另一個焦點人物，名叫金一等兵。臉部線條像女人一樣漂亮，肌肉結實，除了【鼻梁固執地高挺】這點之外，金一等兵一臉溫順，根本不需要寬模瞪起三角眼。但是不知道怎麼回事，從第二天開始，寬模就像被踩了尾巴的毒蛇，氣急敗壞地開始毆打金一等兵。【我】覺得是金一等兵為他的鼻子付出了代價，但這種玩笑性質的想法也只是一時而已。

【當時我在後山砍下了一根用來組裝醫療隊擔架的圓木，扛在身上正轉過寬模他們中隊的廁所後面，就看見寬模命令金一等兵趴在地上，倒握著掃帚，就像魯莽的屠夫抓著狗一樣，瘋狂地笞打金一等兵。寬模一看到我就丟下掃帚，直接從我身上搶走圓木。就在我猝不及防之際，寬模急促的喘息聲和原木打在金一等兵臀部的沉重撞擊聲，響徹山谷。但金一等兵姿勢端正到可怕的程度，就這樣接受寬模的笞打。聽說金一等兵從未屈服於寬模的毆打，這雖然讓寬模更為動怒，但眼前金一等兵趴在地上的安靜姿勢也讓我難以置信。金一等兵的姿勢一絲不苟，而寬模嘴裡發出像哭聲似的含糊怪聲，全身大汗淋漓。這景象令人不寒而慄，就像寬模在哀求金一等兵就此屈服。然後我終於發現了一件奇怪的事情，我之所以會夾在寬模和金一等兵之間，一直旁觀這場怪異交鋒，其動機可能就出自於我看到了這個吧。從頭到尾姿勢巍然不動的金一等兵，終於慢慢抬起頭看了看我。那時，我突然感到一陣難以喘息的緊張。】

當時【我】從金一等兵身上看到的是他的眼神。每當腰部以下受到痛擊時，金一等兵的眼中就會閃過一絲【像藍色火花的東西】。

在這裡，哥哥用了相當長的篇幅來說明那種眼神，而且似乎還感到意猶未盡，又留出兩頁稿紙的空白才跳了過去，可能是想改以更有說服力的方式來描述吧。不管怎樣，哥哥當時似乎的確受到強烈的衝擊，至少在一瞬間陷入了藍色眼神的幻覺中。因為哥哥在小說上的想像力，絕對設想不出那種東西。

【可是，金一等兵的眼睛直往上翻，嘴裡發出喔喔呻吟的同時，下身扭向一邊。寬模哭喪著一張臉，衝向金一等兵，騎在他那扭動的身體上，發狂地磨動下體。】

【我】在那之後又旁觀了那種怪異的交鋒好幾次，每當碰上那種情況，【我】都會盯著金一等兵【閃過藍色火花】的眼睛看，心裡則為寬模的笞打加油。而當【我】看到那眼神時，就會因為一種異常的興奮和焦躁而全身戰慄，在心裡催促寬模再用力、更用力地笞打。

【真的很奇怪，我一點也不知道為什麼自己會那麼焦躁和興奮，又是支持哪一邊。但就在這詭異的交鋒尚未告終之際，六・二五事變就爆發了。】

故事在此告一段落，但故事的核心尚未浮出水面。所謂故事的核心，就是有關哥哥在戰敗時殺了人，也因為殺了那個人才得以成功逃亡千里。讀到後面才知道，哥哥為了故事省略了事件的大部分過程，只將內容壓縮集中在整個核心上。

接下來，哥哥就開始描述戰敗，舞臺也轉移到江界的某個山洞裡。

洞穴的外面【現在】正下著雪，【我】躺在洞口，半個頭伸到外面淋雪。吳寬模二等中士一身還算整齊的軍裝坐在山洞裡，而金一等兵則在枯葉的包裹下躺在山洞最裡側的洞壁下方。他們是殘兵敗將，洞穴裡瀰漫著沉重的緊張氣氛。【我】轉身趴在地上，俯望著被雪覆蓋的山谷，注意力卻一直集中在寬模身上。寬模一直嘴角泛沫地嚼吐紫芒稈，微睜的眼睛卻固定在【我】的背上。這種緊張的氣氛，哥哥只以【因為現在下著雪，下著初雪】簡單帶過。這樣簡單的一語帶過，反而讓我更緊張。金一等兵的右臂整個被切斷了（這雖然在很後面才提到，但為了方便故事敘述，還是先說清楚較好），好像忘了還有其他兩人存在似的，睜著雙眼，意識潛沉到最深處。

【我們連身在何處都不知道，只曉得在江界北邊，大概再走個一、兩天就能看到鴨綠江。但當天凌晨，我們突然受到傳說會參戰的中共軍隊襲擊，連場正經的戰爭都沒打就敗走此地。第一次在同一個地點整整一天的時間聽著槍砲聲度過，雙方都寸步不讓地堅持著。第二天凌晨，運送傷兵的我發現了從右臂腋窩附近整個切斷了的金一等兵，就趕緊將他拖到岩石下方緊急止血。那時因為要照護還在昏迷中的金一等兵，但彷彿在我還來不及反應的時候，槍聲就突然往南遠去，中共軍吵吵鬧鬧地翻過了山頭。天不久就破曉了，那時山谷已經遠遠落在中共軍後方。我在岩石底下一動都不敢動，就這樣過了大半天。砲聲一路南去，中共軍也愈來愈少。那天一直到太陽下山，金一等兵才稍微醒了過來。第二天稀稀落落的砲聲都消失了，就連中共軍也完全不見蹤影。戰爭總是這樣，呼嘯而過之後，剩下的不是自行消滅，就是損兵折將無力再戰。中共軍將山谷拋在身後，就算注意到山谷裡可能還留有敵方負傷的殘兵敗將，他們大概也沒那麼在意就過去了。山谷裡如今只剩下一片死寂和滿山滿谷的秋陽，我卻深感不安。我收集了散落在戰場上的袋裝壓縮餅乾和幾個罐頭，扶著金一等兵往更遠更安全的地方尋找藏身處。金一等兵的傷口處理得還算好，只不過連砲聲都已消失的現在，想要出發找到國軍，那是不可能的事情——砲聲馬上又會折返吧——還是到安全的地方等等看再說。

順著山谷而上，穿過松樹林，來到了一片連綿到山頂的草原。從那裡沿著灌木叢往上走，我發現了一個山洞。就在我扶著金一等兵，在山洞前往裡探頭探腦的時候——

「有些傢伙沒得到主人的允許就往別人家東張西望！」

我吃驚地回頭一看，有個人在對面樹林裡正拿槍瞄準著我們笑，原來是寬模。

「我正想吃肉，差點就扣了扳機。」

寬模收起槍，一下子跳了過來，然後掀開我正扶著的金一等兵的手臂一看，說：

「哎呀！你沒什麼用了！」

寬模不冷不熱地嘖嘖兩聲，再拍了拍我的肩膀。

「不過還是很感謝呀！我叫你們去刺探敵情，結果情勢轉急，以為大家都自顧自夾著尾巴逃生去了，沒想到你們還等著我。」】

故事描述到這裡，小說情節又回到下著雪的山洞裡。

吳寬模吐掉嘴裡不住咀嚼的紫芒，背起立在角落裡的卡賓槍，走出了山洞。他去打探【場所】和人跡。寬模有智謀，知道要先探索一下【這個】山谷裡是否適合發出槍聲。現在山洞裡就只有我和金一等兵。

【我們先把四散在戰場上的食糧聚集到一處，再運到山洞。雖然沒多少，但因為我們每次只少少地往上搬運一天或兩天的分量，所以也不得不花幾天的時間上下山，這也是唯一還能證明我們是軍人的行動。

留下金一等兵，我和寬模兩人每天下山一趟。但是，其實所有的行動都是寬模做決定，在這之間寬模也好幾次使眼色要排除金一等兵，想和我兩人單獨相處。在洞裡的時候，寬模說話總是圍著某個話題的周邊打轉，讓人感覺他絕對有別的話要說。

但當我們兩人真的單獨相處時，寬模說話也一直在繞圈子，不肯輕易說出真心話。

有一天，兩人最後一次把山下的東西背回來。

領頭上山的寬模停下腳步回頭看了看，突然問：

「砲聲現在不會來了吧？」

「應該要慢慢等過完冬吧！」

我上氣不接下氣地隨口回答，這時寬模微微笑了起來。

「靠這個我們能過多久？」

寬模「啪啪」拍了拍自己肩頭上扛著的米袋，臉上的表情也發生了變化。

「不得已只能減少吃飯的嘴嘍！」

說完話，寬模一轉身又開始往山上走。我一時沒聽懂他話裡的意思，也就無法回嘴，只能再三咀嚼那句話，跟著他身後走，沒想到寬模又停下腳步轉過身來。

「一切都交給我，你這膽小鬼在一旁看熱鬧就行，醫護兵不適合幹那種事。不過……什麼時候幹才好呢?」

他仔細端詳我的臉孔，然後胸有成竹似、不假思索果斷地說：

「最好是下初雪的那天。期間如果有砲聲，再另當別論。」

他看著天空，似乎馬上就要下雪。

那晚寬模又靠近我，但我比其他任何時候都討厭他，狠狠地把他趕走，那真的是一件令人噁心又不愉快的事情。

就在我們來到山洞的第一天晚上，我才剛剛入睡不久，洞窟裡一片黑暗，我的身體感到一陣難受，就睜開了眼睛。打起精神一看，發現屁股下面有個又粗又短的東西正不停地頂撞。當我意識到耳根有股熱呼呼的喘息時，我頓時一陣噁心，不停扭動身子，但那傢伙用胸膛緊緊裹著我的後背。

「別動……!」

寬模在我耳根底下慌忙但壓低著聲音說。我無法忍受，狠狠地推開像蟒蛇一樣纏在我身上的傢伙，背部緊貼著地面平躺。他屏息靜聲了一會兒，才似乎無可奈何地往裡側滾去，弄得枯葉沙沙作響。我閉上眼睛，而且罕有地聽著白天寬模對金一等兵所說的找到了「用處」的聲響。

這可能是金一等兵第一次向寬模交出了自己的後庭。

第二天，金一等兵的表情沒有多大變化，反而多多少少變得更沉著了些，甚至連這段時間裡沒能從金一等兵眼中察覺到的那種眼神，似乎重新出現。當我對他說到砲聲，說砲聲很快就會折返的時候，金一等兵的眼中短暫地露出那樣的神情。寬模並沒有怎麼欺負金一等兵，他的傷勢雖然沒有進一步惡化，但有醫護兵在旁都沒辦法好轉，可見情況嚴重。就這樣過了幾天，某天晚上寬模又往我這邊靠了過來，噴著灼熱的鼻息說金一等兵身上有臭味。我又把寬模趕回金一等兵身邊，但幾天後，寬模再也不肯靠近金一等兵。然後他開始說起了初雪。金一等兵的傷口確實散發著令人難以忍受的臭味，當天晚上寬模也沒往金一等兵身邊湊過去。寬模每晚都只在我的耳根下噴著熱氣就離開了我身邊，我所能做的就只有將背部緊貼地面。雖然進入了初冬，雪卻要下不下的。現在無論怎麼跟金一等兵說到砲聲，他也不會再露出那怪異的眼神，後來甚至也拒絕我一天一次為他塗抹消炎藥。餵他吃壓縮餅乾碎屑熬成的糊，也是三天前的事情了。當對砲聲的希望愈來愈渺茫之際，冬天的第一場雪也降了下來。

這裡就清楚解釋了前面所提到的初雪。

【寬模的身影時隱時現，從逐漸被黑暗籠罩的山谷下走了上來。寬模往上走沒多少，就停下來站在那裡望著山洞瞧了老半天，我緊張得四肢都快麻痺了。

我急急忙忙地跑到金一等兵身邊，觀察他的眼睛，瞳孔雖然還固定在洞頂的某一點上，但視神經好像早就停止了作用。比起視神經的活動，這雙眼睛首先告訴我們的，是金一等兵只剩下一個空殼。偶爾眨眨眼睛的動作，就是他還活著的唯一證明。

「下雪了，金一等兵。」

我語帶輕鬆溫柔地說完之後，又探看了一下金一等兵的眼睛。

他的眼裡沒有一絲表情。

「金一等兵，下雪啦！」

我說得更大聲了一點，但看到金一等兵的表情毫無變化，我突然動手解開包裹在金一等兵傷口上的紗布，布條硬邦邦地沾黏在乾涸的膿血上。

一解開布條，我嚇得倒吸一口氣，傷口四壁就像土崖一樣崩塌。我又看了看金一等兵的眼睛，啊！金一等兵聽得懂我的話嗎？還是已經覺察到剛才的氣氛所訴說的一切，因此意識潛藏到內心最深處，傾聽生命的聲音呢？沒想到他的眼睛裡慢慢湧上了清澈的液體，而他似乎不想擠出那液體，眼皮久久不見動作。他的眼睛似乎將淚水吞了回去，又變得乾燥起來，瞳孔無意識地凝視著洞頂的某一點。

那時，我覺得金一等兵死了也好。】

故事到此為止。也就是說，哥哥所說的殺人一事，大概就是指金一等兵，但目前還不太能確定這是出自哪個人的行為。之所以無法確定，是因為還有寬模。不管怎樣，如果哥哥從殺人一事得到了千里逃亡的力量，這件事情中到底誰是加害者，也就不是什麼大問題了。哥哥已經犯下了殺人罪，而現在哥哥想藉由這個故事在意識裡再殺一次人。但他猶豫不決，這讓人聯想到小說序章所寫大雪和打獵的敘述裡，以及在寬模和金一等兵的眼神之間束手無策、焦躁不安的【我】。誰也不知道如果不是因為那個手術失敗的女孩，哥哥究竟是為了什麼要把那時的殺人事件寫出來，為什麼要重新想起那次殺人的過程。而且我無從得知哥哥在那殺人事件的回憶裡，心中是否對故事的結局有所遲疑。

每天晚上我都翻看哥哥的小說，等著快點完結，但寬模總是在山谷中徘徊，金一等兵也一直等著哥哥做出抉擇。

最糟糕的是，我在哥哥如此猶豫不決的時間裡，坐在畫室裡對自己的工作一籌莫展。

第二天直到我吃完早飯出門，哥哥都沒有露面。我決心白天盡量不去想哥哥的小說，只專注在工作上，早早就出了門去畫室。但是我知道，如果沒有做好坐在畫架前的心理準備，就什麼也做不成。我走到玻璃窗前點起了一根菸，學生下午才會到畫室來。面對一大片令我頭暈目眩的畫紙，我終究還是只想著哥哥的小說。彷彿故事中的某個人會在我的畫紙上復活似的，沒看到小說的結局，沒看到哥哥殺死金一等兵之前，我的工作也別想做了。結局顯然是可以推演出來的，哥哥曾經說過自己殺了同僚，但哥哥脆弱的神經說不定是旁觀了寬模的行為，卻當成是自己殺了人。那麼哥哥太可憐了！但哥哥實在很可恨，這麼聰慧的人才，總是優柔寡斷，從來沒有自己主動去做什麼，老是為別人行動的結果煩惱不已。少女的事件根本不是他一個人的過失，他卻當成是自己的錯，想藉此反求諸己，並且在證明了自己的良心之後，就此獲得新生的力量。

近來哥哥就連意識中的殺人行為都猶猶豫豫，難以決定結局。他假裝自己只是惡劣而已，其實他是個卑鄙膽小的人。他那狡詐又老奸巨猾的良心，大概容不下那種事情吧。

我在畫室學生的背後走來走去，張望他們的畫作，還不到天黑就回了家。哥哥果然外出了沒在家，我就先跑到哥哥的房間查看稿子，還是跟昨天一樣。我把稿子放了回去，走出房間。洗完澡，吃了晚飯，跟大嫂有的沒的聊了幾句話。這期間我一直氣得不得了，我想罵人，從「這個名為兄長的人到底……」開始，到我所能想到的一切髒話，全都想破口而出。這並不一定是特意針對哥哥，就只是想罵人而已，如果我不想著罵髒話的事，片刻都難以承受的憤怒就會在心裡沸騰。大嫂難得說要出去透透氣，等大嫂出門之後，我又到哥哥的房間，拿著他沒寫完的小說和稿紙去了我的房間。我等不下去了，我以洩憤的心情，像豹逮兔子一樣逮住金一等兵。殺害金一等兵的凶手是誰都還不確定，我就把【我】製造成凶手。也就是說，以【我】（這裡應該說是哥哥）在寬模回來之前，將金一等兵拖出山洞射殺，結束掉這篇小說。雖然不知道哥哥接下來會不會繼續寫逃亡的故事，但無論如何總歸是好的。我描繪著如寬模所說，哥哥那種又猶豫又害怕畏首畏尾的忐忑模樣，直到凌晨才稍稍闔眼。

第二天，我在畫紙上略微畫了幾筆，然後好一陣子沉浸在奇妙的興奮裡難以自拔。或許是因為我在不自覺中意識到了慧仁的婚禮，事實上我也想過或許我應該去參加慧仁的婚禮才對，但好久以來難得順手，很快就把那件事拋在腦後。當我吃完中飯回來，正等著學生來上課時，沒想到，竟然收到此刻應該站在結婚禮堂上的慧仁寄來的限時掛號信。想著過一天再拆開來看或就乾脆忘了，隨手就將信封扔進抽屜裡。現在時間還早，我還是等著學生到來，有他們陪在身邊還是很好的。但這時突然有人開門進來，是雙眼布滿血絲的哥哥。事實上昨天晚上當我對哥哥的故事動了手腳之後，也不認為哥哥會裝作一無所知。我好不容易再度能在畫紙上揮灑自如，滿腦子也模模糊糊想著慧仁結婚的事情，完全沒料到哥哥就這樣出現了。

哥哥倚門而立，像個走錯了門的人一樣往室內環顧一圈之後，才慢慢走到我身邊。

「是叫慧仁吧……你不去參加那小姐的婚禮嗎？」

哥哥出神地看著我的畫說，但他碰觸畫紙的食指不同於他如常的語氣，簌簌顫抖著。慧仁原本就是在哥哥的朋友介紹下才來到我的畫室，所以哥哥應該也知道慧仁結婚的事情。那麼哥哥對慧仁，還有對那女人的男人，該知道的也都知道了吧。這和我有什麼相關呢？

「哥哥關心的應該不是這個吧。」

我說了句傻話。

哥哥笑了起來，我卻突然感到一陣緊張。

「除了被人搶走女朋友以外，你算是很高明的。」

「我不認為你是來感謝我的。」

「當然！我還怕你有這樣的誤會。」

哥哥說著說著手指就用力壓在畫紙上，戳出了一個洞來，我反射性地從椅子上站了起來。

哥哥一手把洞愈挖愈大，另一手作勢要我坐著別動。

「我只是想有個聰明的弟弟而已，希望你別生氣！看你現在心情不好的嘴臉，我很高興。

只是這幅畫不對，雖然我不太懂，但肯定是你搞錯了什麼，你很快就會知道。可能有點遲了，但我現在要去參加結婚典禮，好歹新郎也是認識的人。」

然後哥哥就走了，抬頭挺胸，洋洋得意的樣子。我愣愣地望著哥哥消失的那道門好一陣子之後，回頭一看，我的畫紙如在暴風中掙扎的帆篷般凌亂擺動著。我忽然想起來，就從抽屜裡拿出慧仁的信，在手指間略微感受了一下重量之後才拆開信封。

我走了，感覺很不一樣嗎？但昨天晚上老師甚至沒讓我道別，說聲「我現在真的要離開了」。這是因為老師討厭太過戲劇性的場面吧。我不會要求您為我說句祝福的話，只是我應該用明確的語氣說再見，但就因為沒能那麼做，所以我才又做出這麼戲劇性的事情。

不必因為這是來自婚禮前夕新娘的信就感到害怕，因為任何事情老師都不想負責，而在我希望老師能負起責任的一切努力上也從未獲得過勝利。到了最後，我才知道老師根本承擔不起任何責任。或許您認為，從一開始就不負責任便是一種負責任的行為。也許您覺得感情的問題也能用算式求解的方法來得到答案，但這也證明了老師終究沒有能力承擔一切，因為老師的答案永遠是「凡事反求諸己」。

您之所以會成為這樣的人，應該是因為您身上奇怪的患部。明天和我舉行婚禮的那位說，您的兄長是六・二五戰爭的受害者。這話一開始我聽不懂，等我聽說了您的兄長最近在醫院發生的事情、寫小說和酗酒的事之後（您可能會很驚訝，不過他說是您兄長的朋友），我就有了某種程度的理解，但我還是對老師一無所知。那個人說您的兄長以為自己把在六．二五戰爭中受到的傷害掩飾得很好，其實還深陷在戰爭的傷痛裡。聽他這麼說，我不禁想到老師您。這麼說的話，身上帶有不明原因的患部，可能從一開始就看不出症狀的您，到底是哪種病患呢？再說，您的情況似乎更嚴重的樣子，那患部不知位於何處，也不知是什麼病，從這點來看，老師的病情顯得更沉重也更危險。反觀老師的兄長，不管那活力來自何方，都一直堅持自我、為自己的女人不斷奮鬥。

我不是以允許您幾次的親吻和撫摸作為代價才對您這麼說的，我只是希望能治好您的病，但我終於明白，這病只有靠老師自己的力量才有可能治癒。但願如此！

現在我無論如何都想得到幸福，為此，我比任何人都要先原諒自己。就讓我在小小的願望中，結束這封信。

致　永遠封閉大門的城主

慧仁　敬上

「小叔，今天家裡吹的什麼風啊？」

好不容易才給學生上完課回家，就看到大嫂露出前所未見的笑容。

「什麼風？」

我邊說邊瞄了哥哥的房間一眼，哥哥果然不在家。

「小叔的表情與其他日子不一樣。」

說不定是真的，因為大嫂的表情也不同於其他日子。

「發生了什麼事嗎？」

「你哥哥說明天開始醫院的工作。」

大嫂似乎一直等著要說出這句話，再也忍不住吐露出她笑容的祕密。

我跑進哥哥的房間，打開抽屜，拿出稿紙。我的大腦暫時保留著某種情緒的誘發，翻開了小說的結尾部分，然後就站在那裡，開始讀起稿子。我的情感再度陷入真空狀態，就像一直追在後面看不見廬山真面目的人，突然轉過身來，我好緊張。哥哥小說的結尾有了變化，哥哥刪掉我寫的部分，自己重新完結。哥哥的經驗在這篇小說中保留了多少真實性無從得知，說不定結尾部分全出於哥哥的虛構，他完全拒絕了我的推理。

【我】一直在山洞進進出出，直到寬模出現。寬模終於走上了山洞，在黑暗中一張臉汗如雨下。他邊說著【你以為拿斷掉的手臂當藉口就可以躺著光吃不動嗎？】，又說【今天你這傢伙也得一起做過冬的準備】，隨即架起金一等兵，拖著他走出山洞。【我】突然抓住寬模的手臂，寬模惡狠狠地盯著【我】，【我】什麼話也說不出來，低下了頭。【你還是在一旁看熱鬧就好……】寬模像在安慰般低聲說了一句之後，就讓金一等兵帶頭下山去了，【我】彷彿聽見寬模在話尾罵了一聲「膽小鬼」。因這突如其來的行動，小心翼翼邁著步子下山的金一等兵，只回頭看了【我】一眼，眼神裡一片空洞。他們兩人在雪地上留下黑色腳印，走下了山谷。直到他們慢慢躲進山谷裡的松樹林，【我】一直動也不動地佇立在那裡，望著他們隱隱約約躲進樹林裡的身影。不知不覺間，雪停了，雪地上刮起的風穿過灌木叢，發出令人心煩意亂的聲音。疏落的雲層之間一群忙碌的星星掠向西邊。不久後，一聲槍響打破了山谷裡的寧靜，聲音在山谷中盤旋了一圈之後，拖著長長的尾音消失在南邊山脊處，【我】才大夢初醒般變得驚惶失措。

【那聲槍響深藏在我內心深處的某個角落，是戰場上無數槍聲也無法抹去、留在鮮明記憶裡的聲音；是我童年去打獐子時，迴響在雪原上那滿含悲情和殺意的冰冷之聲。】

於是【我】的眼前便浮現出雪原上綿延不絕的血跡。這時又一記槍聲響起，【我】全身哆嗦了一下，才背起還留在山洞角落的一枝槍，順著【血跡】下山去。【我今天一定要看到那隻獐子，那隻吐血倒地的獐子】、【叫我在一旁看熱鬧就好？我就知道，盛宴永遠都只有你們在獨享！】這些話在【我】追著【血跡】而去的過程中，不斷反覆著。

【血跡連綿不絕，一直延續在雪地上。我跑了起來。當我被荊棘劃破額頭，回過神來的時候，才知道那血跡是寬模他們踏雪走過留下的腳印。當我感到額頭上有一種毛骨悚然的觸感，並停下腳步時，我的身後有棵荊棘彷彿捧腹大笑般晃動著巨大的枝幹。我走進松樹林，手摸摸額頭，發現沾上了溼滑黑色的東西。就在我甩甩手指，正想動身繼續追著血跡時。

「去哪裡啊！」

錐子般尖利的聲音傳入耳中，我嚇了一跳停下腳步四下張望。與腳印消失方向相反的山坡下，寬模站在那裡正舉槍對著我的方向，黑暗中他露出白森森的牙齒，好像在笑的樣子。我一停下腳步，他就放下槍朝我走了過來。

「像你這種膽小鬼最好別看，就裝作不知道就好！」

寬模突然壓低了聲音，像要安撫我似地說。

——但我今晚一定要看到那隻獐子，那隻吐血倒地的獐子。

我無視寬模，慢慢轉身。

「別走！」

奇怪的低沉聲音追了上來。槍栓往後拉了一次又往前推的金屬聲，從後方撞擊我的腦袋。腦子好痛，我意識到身後如毒蛇眼珠般黑黝黝盯著我的槍口。

——啊，又忘了防備身後！

「砲聲不可能再來。沒有吃的，我們得找。我還需要你，你也一樣。」

「……」

「轉過身來。」

——沒錯，就該轉過身來，哪能這樣把背後留給敵人！

我轉過身來。

這時，寬模才安心地放下剛才還對著我的槍，朝我走了過來，他的態度像是要來拍拍我的肩。那一瞬間，我的槍發出急切的金屬撞擊聲，我的身子放低趴在地上。

寬模的身體也跟著趴在地上，幾乎同時響起的兩記槍響再次打破了山谷的寧靜，所有的一切都發生在一瞬間。

槍聲一過，山谷裡又恢復一片死寂。我微微抬頭凝望寬模的方向，寬模的身子黑黝黝地癱軟在白雪上一動也不動。我趴在地上試著活動身體，沒有發現異常的地方，大概是寬模驚慌之下子彈失了準頭。

我又往寬模的方向看了看，從他的胸口有黑色斑點朝著雪地蔓延開來。我目不轉睛地盯著那裡，一點一點支起身子。然後斜握著槍，小心翼翼地往寬模的方向靠近，從寬模胸口泉湧而出的鮮血快速地浸溼白雪，馬上有要舔上我腳的趨勢。

山谷裡樹木高大，充滿了讓人毛骨悚然的寂靜，奇怪的孤獨滲進了骨頭。這時，寬模突然扭動了一下身體，接著又繼續一下一下地蠕動，就像沙子從沙堡中一點一點漏出來，動作雖小卻令人神經緊張。我開始害怕起來，不知不覺間鮮血順著雪漫過我的腳背。我驚恐地盯著寬模的動靜，良久之後才感覺到有鹹鹹的東西流進嘴裡。我抬手摸摸額頭，有什麼滑溜溜的東西從傷痕裡流了下來，一直流到臉頰上。寬模的動作愈來愈大，彷彿馬上就能撐著雙臂坐起來。

鹹鹹的東西還是不斷流入嘴裡，我慢慢抬起槍身瞄準了寬模。

砰！

槍聲彷彿要將山谷裡的死寂遠遠驅走，細細篩過山谷之後才消失在山脊的另一邊。餘音渺渺如思念般濡溼了我心中。忽然，一個朦朧的臉孔就像映在水面上的倒影浮現在腦海裡。那張臉好像在笑，而且我想，如果能再多確定一點，我就能認出那張臉。那是從很久以前，說不定早在母親懷我之前，我就已經認識的一張令人懷念的臉孔。但我想不起來，真的很可惜。還沒等我想起來，那張如水面上的倒影般模糊的臉孔就已經消失了。我閉上眼睛，一次又一次扣動扳機，槍聲再度響徹山谷，那鹹鹹的東西也一直淌進嘴裡。

子彈告罄，槍聲也停了下來。

一張血跡斑斑的臉孔在微笑，那是我的臉。】

站著讀完小說之後，我才意識到已經涼掉了的晚飯和一臉森然等待著的大嫂。

洗完澡坐在飯桌前，我還是連看都不敢看大嫂一眼。我的推理錯得離譜，但這種事也沒必要在意。小說結尾看得出哥哥草草完結的痕跡，但對【臉】的描寫，就像用擦不掉的鉛筆所畫出的粗線條，哥哥白天撕毀我的畫作，原因就在這裡。我似乎能理解哥哥為什麼會說明天開始到醫院工作，而哥哥因為殺害同僚，才得以千里逃亡成功的未解之謎，答案也在這裡。

我撤下飯桌，叼著一根菸坐在大廳木地板上。

「你哥哥的小說都寫完了吧？」

大嫂坐到我的身邊來。

「是的，您讀過了嗎？」

「沒，我只是那麼覺得。」

女人的直覺是天生的，就像觸覺敏銳的昆蟲，所有的一切都是透過皮膚察覺到的。

「真奇怪，我一點也不懂你哥……」

我可以了解大嫂的意思。

「您不懂也沒關係！」

「小叔你也一樣。」

「大嫂對我也有不懂的地方嗎？」

「最近你完全不喝酒，是對那位小姐的報復嗎？」

大嫂討厭複雜的談話，當她覺得再說下去會很累時，就會扯住我的話尾往回走，讓人很沒勁。

「她今天結婚了！」

十一點過沒多久，就響起哥哥開門進屋的聲音。我躺在床上仰望天花板，耳朵裡聆聽著哥哥的一舉一動。哥哥好像醉得很厲害，像發怒的野獸似地喘著粗氣，不理會大嫂說了什麼就逕自走入房中。過了一會兒，哥哥開門走了出來，然後刷啦刷啦地使勁撕了什麼紙。劃過火柴點燃碎紙的動靜之後就暫時安靜下來。然後他嘴裡好像在唱歌，間或喃喃自語不知說些什麼。大嫂八成就站在哥哥身邊冷眼旁觀，雖然站在哥哥的立場是早就不再期待，但大嫂也從來沒有上前幫忙過醉醺醺的哥哥。

紅紅的火光映在窗戶上。

——在燒什麼呢？

斷斷續續傳來撕紙的聲音，我霍然起身打開房門走了出去。大嫂先看到了我，臉上沒有半點表情。哥哥坐在簷下石階上，從一疊稿紙上一張一張扯下來扔進火堆裡。好半天之後哥哥才慢慢地轉過頭來望著我，一臉扭曲的笑容。哥哥又把頭轉回正熊熊燃燒著的稿紙方向。

「白痴！」

哥哥用著十分疲憊的聲音低聲咒罵，不知道是針對我，還是針對哥哥以外的其他人。但那句話其實是針對我，下一刻哥哥就直視著我說：

「你那可愛的小姐是不是真的討厭你？」

——您的兄長是六．二五戰爭的受害者。

我本來想把這句話說出來，但想到哥哥可能還有話要說，就乖乖地點了點頭。

「白痴……」

哥哥雖然用手撕著稿紙丟進火堆，但眼光瞥著我清楚地罵了一句。

「好啊，原來你想畫的臉是那逃走的小姐！」

我想我還能再忍耐一下，大嫂還是面無表情地來回看著我和哥哥的臉。

「這麼做都是多餘的……這就是場誤會。」

哥哥又嘟囔了一句。我覺得現在讓哥哥說出燒掉稿子的原因似乎沒什麼用，就想走回房間。

「你別走！」

哥哥猛然站起身來，對我大喝一聲。

「你一個頂多殺害了金一等兵的傢伙……小子，你都讀過了吧……你殺了可憐的金一等兵……那小姐會討厭你也是應該的。」

雖然語無倫次，但也明確表達了想說的話。我瞪著哥哥看，此刻哥哥也對我怒目相視，所以我轉開了視線。他一面用眼睛瞪我，一面用手繼續撕扯稿紙，丟進火堆裡。

「小子，你就是一個蠢貨白痴。你知道嗎？」

哥哥又吼了一聲，彷彿那句話再正常不過，點了兩、三次頭。然後語氣一轉。

「可是啊……」

哥哥突然帶點惡作劇地做了個手勢，拋掉手上的稿紙，揪住我的耳朵。

酒氣順著呼吸滲入我的內臟，哥哥彷彿要說些連大嫂都不該聽的話似的，嘴貼在我的耳邊呢喃。

「你竟然不問我燒掉小說的原因……」

太過一本正經的聲音，讓我想轉頭看看哥哥的臉，哥哥卻揪著我的耳朵不放。

「你應該也讀過了，但是被我殺死的那個寬模其實不存在，今晚我遇見那傢伙了。」

接著哥哥就不說話，仔細觀察我的反應。那雙眼睛染上酒氣，但思緒似乎飄得很遠，這絕對不單單是因為酒的緣故。然後哥哥彷彿要安撫人心似地大聲說：

「是啊，這些都沒什麼用了……你這蠢貨！」

說完就把我的耳朵用力一推。

於是又拿起稿紙，丟到死灰復燃的火堆裡。

「可是真奇怪啊……那傢伙好像不太認得我……看起來也不像是故意的……？」

哥哥看著火堆，嘴裡不斷喃喃自語。

「就在我想著如今我已經讓那傢伙死得澈底，所以從明天開始……我就能工作了，從座位上站起來要走出禮堂的時候……沒錯，就在離門口還剩下兩步左右的距離時，有人拍拍我的背說：『喔唷，你還活著啊！』」

哥哥說這話像是意識著我的存在，又像是自言自語。

「我嚇了一跳回過頭來，這不是寬模那傢伙嗎！那傢伙拍了我的背之後，又不再裝蒜了，嘴裡說著真不好意思……人也嚇得踉踉蹌蹌往後退。我就想，過了這麼久，我變得這麼可怕嗎……反正那傢伙應該會怕我吧！不管怎樣，我慢條斯理地走出禮堂大門，但是……一出門我就落荒而逃……那傢伙還活著，現在這些東西還有什麼用？」

哥哥把剩下的一疊稿子都丟進火裡去，然後瞥了我一眼。

「你這膽小鬼，聽什麼聽？還不趕快滾回你的窩去！」

這麼大聲一吼，我就被趕回了房間。

這時，我的全身才傳來一股像脫了一層皮似的疼痛。這應該是哥哥的疼痛吧，哥哥就在這痛苦中一直咬緊牙關活下來。他清楚知道疼痛源自何處，所以他才能堅持下來，就是這份堅持的力量支撐著哥哥活到現在，也讓哥哥能堅持自我。但現在，哥哥的內心受到無比陰暗又沉重的衝擊，變得支離破碎。

即使如此，哥哥現在馬上就要開始工作了。哥哥有勇氣坦白承認自己，不管最後寬模的出現是不是一種錯覺，現在哥哥擁有了更能順應現實、更能破除觀念的力量，因為哥哥知道他的疼痛來自哪裡。無論如何，哥哥一直以來守護那疼痛觀念的城堡已經坍塌，那般的勇氣也讓哥哥得以繼續揮舞手術刀，這也可能是一股令人畏懼的創造力。

但是——

我愣愣地躺在床上，費盡心思集中思緒。

那麼我的痛苦從何而來呢？就如慧仁所說的，哥哥是六・二五戰爭的受害者；但我這只有疼痛、不知痛來自哪裡的患部，又位在什麼地方呢？慧仁說如果疼痛無來處，就應該不痛才對，那麼我現在是無病呻吟嗎？

我的工作，我那張畫紙就像破碎的鏡子一般四分五裂。為了重新開始，說不定我得猶豫和浪費掉比到目前為止更多的時間。

或許那是以我的力量永遠也找不到的一張臉，在我的疼痛之中，沒有一張清晰可見的臉，就像哥哥所看到的那張臉。

（《創作與批評》一九六六年秋季號）

挖掘真相第一人

李清俊，一九三九年出生於全羅南道的長興郡，畢業於首爾大學德文系。自一九六五年以短篇小說〈出院〉入選為文藝雜誌《思想界》的新人佳作後，正式在文壇嶄露頭角。此後，他又以〈妊婦〉、〈繩子〉、〈可怕的星期六〉、〈枷鎖〉等短篇小說確立了他在文藝界的地位。他一九六六到一九六七年在文藝雜誌《創作與批評》連載的短篇小說〈白痴和傻子〉於一九六八年得到第十二屆東仁文學獎，此後又以《傳言之壁》、《登山記》等小說探討了人在面臨現實和理想之間的鴻溝時所引發的複雜心理。比起單純對外部事物的表象，他更擅長描寫隱藏於表象之內的真實。在為期四十多年的創作生涯中，李清俊留下相當多的作品，也獲得無數文學獎項。除了東仁文學獎，他也獲得了大韓民國文化藝術獎、大韓民國文學獎、韓國日報創作文學獎、李箱文學獎、怡山文學獎、二十一世紀文學獎、大山文學獎、仁村賞和湖巖賞等多種文學獎。創作之外，他亦在漢陽大學和順天大學任教，致力培養新生代作家，並曾擔任大韓民國藝術院的會員。李清俊在二〇〇八年於故鄉長興郡過世，享年六十九歲，死後韓國政府授予他大韓民國的金冠文化勳章。代表作品尚有長篇小說《他們的天國》、《沒被寫成的自傳》、《殘忍的都市》、《西便制》等。其短篇小說〈螻蟻的故事〉、長篇小說《西便制》各被翻拍成電影《密陽》和《西便制》。

燔祭

吳貞姬

大海如一條橫陳的巨蛇閃爍著成千上萬的銀鱗，每當它扭動翻騰的時候，就會露出白色的肚皮，陽光灑下碎成粼粼波光。

走在浪潮侵蝕下變得參差不齊的海邊，牽著我的母親，時不時放開我的手，撩一撩頭髮。母親撩起髮絲的那瘦弱的手，總會輕輕滑向脖頸，看似不經意的動作，卻像她蒼白纖細的脖頸，顯得那麼優雅。就算我正氣喘吁吁地跟著母親的腳步走，也總是為之讚歎不已。

我經常停下腳步，彎下腰裝作在抖落膠鞋裡的沙子，因為我害怕自己鼓脹得連裙子前襬都撐了起來的肚子，會暴露在母親眼裡。

大海像在陣痛般以一定的間隔扭動身軀，吐出白沫。我總擔心會不會一不小心就被海浪捲走，浪潮從目力所不及的遠方悄悄襲來，一個不察就撲上岸邊。我望著湧上海邊的浪尾，急切地目測後快速撩起裙子，但浪潮總是比我估計的瞬間更快撲過來，弄溼了裙襬。

母親一直在說話，聲音低沉，語速很快。但與其是在說話，更像在嘮叨，所以我聽不懂她在說什麼，只是茫然地猜測母親在說小時候外祖母和外祖父的事情。母親偶爾會停下來，像清嗓子般低聲地笑，有時還會回頭看著我問「是不是呀？」，尋求我的肯定。

我弓起身子，狼狽地拉過裙子蓋住腳背。「哎，不會吧？」母親睜大眼睛看著我。我避開母親的視線，腰彎得更低，用裙子裹住腳背。為了躲避母親滿眼驚訝欺身而上想抱住我的動作，我往後退了一步，就看到海浪露出利齒向我撲來。我驚叫一聲，卻生出一種微妙的安心感，任由海浪那令人費解的力量扯我下水。

一瞬間，母親和我之間出現了一尺的距離，我想往回走，海浪又把我推得更遠。

海水還冷，母親大概以為我要游泳吧，一直擔心地大聲喊。我不停掙扎，但圈套十分牢固，那凶猛的利爪緊勒著我不放。「母親，看得見我嗎？」「當然看得見，快回來吧！」我拚命潛泳，卻愈來愈游不動，肚子裡的孩子就像掛在脖子上的石頭，以難以掌控的重量感拉著我下沉。

「快回來呀！」母親喊著，在遠處揮手的母親看起來就像一朵花。

海浪如花在海邊翻飛，孩子喊著「救救我！救救我！」，手臂更用力地纏住我的脖子。我毅然扯開孩子如蚯蚓般纏在我脖子上的雙臂，隨即身輕如羽地向著母親游去。

每天早上總是以自來水聲拉開一天的序幕。凌晨，在高水壓的水聲勢浩大地落入洋鐵桶裡片刻後滿溢而出的聲音，以及清潔工忙亂的動靜中，我睜開了眼睛。仍未完全清醒的身體裡，還微微留著昨夜夢裡的殘痕，我用力抓撓脖頸，彷彿孩子的手還纏繞在上面似的，撓出一道道指甲紅痕。

當走廊上開始響起薄薄的橡膠鞋底走在水泥地上發出的啪啦啪啦聲，或偶爾是拖鞋拖拖拉拉的走動聲時，再過個兩、三分鐘，手上拿著一千毫升點滴瓶的醫生就會打開病房門走進來。醫生一如既往地敞開我的胸口，將溫度計夾進我的腋窩底下，再將空的點滴瓶換為他帶來的新瓶吊掛上去。在一連串的動作中，醫生沉默如金，我也一直把視線固定在窗戶上看也不看醫生一眼，但我對房間裡正進行的事情卻瞭若指掌。

有一次我對醫生說：「請拆掉窗櫺吧！」好一陣子之後才傳來他的回答：「那關妳什麼事？」他的語調就和把溫度計拿到眼睛前方喃喃自語「三十七度五」時一樣，充滿了倦怠感，沒有任何嘲諷的意思，從那以後我就一直忌諱和醫生攀談。我不是受不了那窗櫺，只是很想說說話而已。我想聽聽自己每到早晨或傍晚就會慢慢沙啞且變得溫柔低沉的嗓音在這地下的房間裡響起，聽起來就像是別人的聲音。但是，我無法接受類似對著鏡子自說自話之類的低劣幼稚把戲。

這劇本是我徹夜苦思準備好的。

——請拆掉窗櫺吧！

——現在風很大哦！

——我覺得眼睛被分割成十二塊。

——應該會吧。

——還不只這樣，連陽光都被分割成了十二塊，路人的腿也變成十二塊。你們以為我的眼睛是果蠅或蜻蜓的眼睛嗎？

——窗櫺拆掉的話，妳打算做什麼？

——我馬上飛走。

——哎呀呀，可別飛得太高，翅膀說不定會融化，那就會掉下來嘍！

最後，我再用我溫柔低沉的嗓音迷惑他，預言一天中會有多少人經過窗外，昨天有幾個，今天一定有幾個，明天又會有幾個人經過。醫生絕對不可能知道我有一本藏在床底下的祕密筆記，所以他一定會很驚訝我的預言應驗。第二天我就會認真和他討論他對我的飼養方法，或許他會對我先抱有強烈的好奇心，然後認同我，最後愛上我。

可惜浪漫愛情還沒開始就結束了，我也對無法預料發展方向的浪漫愛情失去了興趣。我的浪漫愛情，在他看來也不過是瘋病發作吧，事後每次聽到他經過窗前的爽朗笑聲，我就會想起那件蠢事。此處的病房結構是以窗框為界分為地上和地下兩種，所以躺在靠窗的床上，根本無法看到路過者的全身。我之所以知道發出笑聲的人就是醫生，是因為那天早上我注意到醫生的白色罩袍下穿著黑底灰色細條紋長褲和白色棉襪。醫生和一個腳踝特別細的女人並肩同行，兩人是否挽著手臂，我就不知道了。

醫生從我腋下取出溫度計。

醫生就如生活在室內的大部分人，有著透明的黃皮膚。我常常有股衝動，想狠狠地咬上醫生偶爾不經意放在床角上那如新鮮枝椏般布滿青筋的手。每當此時，我的眼睛就會閃閃發亮，彷彿看見他乾淨的手背上如種子般成排印下的牙痕。可惜實際上我從來沒有咬過他的手，取而代之的是將視線轉向窗外或緊緊抓住床單。

我怕醫生怕得要死，從他身上傳來的氣息總像一股乾燥的風，他一離開，我就像吃了滿嘴灰塵，不停地吐口水，還是會覺得嘴裡糙糙的。

每天早上醫生都來更換點滴瓶，再連接到我手臂上的金屬針，以此規範我的活動範圍，藉以張揚他的權威。他是醫生，所以我只好在他限定的現實領域裡接受他的支配，包括我的思考在內都得聽從。但不得不承認，他供應我飲食和藥物，而我接受這些東西，就等於接受他的飼養。我不會拒絕他的任何一種儀式，也不會藉機造反，心甘情願地維持著植物狀態。我不記得這種關係是從什麼時候開始的，也毫不質疑自己為什麼會在這裡，質疑這種事不是我該盡的義務。

拿著溫度計和空點滴瓶正要離開的醫生，突然轉身看了看我說：

「妳今天有訪客。」

我一時聽不懂他在說什麼，只是睜大眼睛望著他。醫生遲疑了一下，似乎覺得很不耐煩，搖搖頭便走了出去。

醫生出去之後我重新思索他的話，才感到心跳如雷。

我沒有想到要整理已經敞開多時的胸口，但毫無疑問的，醫生的話讓我感到很興奮。自從我住進這裡，從來沒人來找過我。倒是最近手術之後確確實實找上我的，是我突然開始變老。衰老現象所表現出來的，就是我前所未有地不斷想像，還未謀面就被殺死在我腹中的孩子模樣，以及對那孩子產生的模糊母愛。

我什麼也做不了，唯一能做的，只有等待。為什麼醫生沒有明確指出是上午還是下午，如果是下午的話，那下午幾點，而只是籠統地說了今天呢？如果不幸正好碰上我在懶洋洋睡午覺的話，那位陌生的訪客會輕輕打開門看一看，然後就離開了吧。難道就沒有什麼辦法防止這種事情發生嗎？等待一個人，對一個意識到自己開始變老的女人來說，激動和期待會倍增。那是一種冒險，在等待的情況下，事物在那五色稜鏡的背後，就會像沒受到汙染的處女地一樣開始變得五彩繽紛。但期待為什麼總是遭到背叛？期待為什麼總像間諜一樣，暗藏背叛呢？

沒有陽光的上午，無所事事的我一直洗手，這是最近我新養成的習慣。每當想起被殺掉的孩子，每當想起醫生頑固乏味的眼睛，或者像昨晚一樣在夢中見到母親，我就洗呀，洗呀，不停洗手，一直洗到強鹼性肥皂把皮膚上的油脂都洗光了才罷休。沒了油脂角質外翻的雙手並排放在床單上，看起來就像木乃伊。

外面的霧逐漸散去，四月的霧還很濃，而且這裡背陰，長期待在這種溼冷的地方，神經痛總是好不了。在霧氣消散處的乾枯枝椏上，泛綠的嫩葉在陽光下閃爍，一整夜不停挪移鳴叫的小鳥，正拍打著潮溼的翅膀。我一邊茫然，但如飢如渴地急切等待，眼睛望著老樹不再冒出新芽的枯樹樁。

窗，對我來說，是一幅動態的畫。窗上釘了直排的五根窗櫺，中間再橫釘一根，就把窗戶分割成十二塊。下端與地面齊平的窗戶，總是展現固定的風景，也就是過路人的腿，再往上除了晃動的高聳笨重屁股之外，什麼也看不到，因此我的每一天從早到晚都在數著有多少條過路人的腿。這習慣單調乏味，但就在如同揮之不去強忍下來的煩躁一般不斷重複的例行公事中，我發現了一個驚人的事實。也就是說，根據我祕密筆記的紀錄，每天路過的人數量幾乎相同，而且路過的男生和女生比率也幾乎一樣。這裡是天主教系統經營的慈善醫院，因此安息日（星期天）不看診。但這不代表來往的人就會顯著減少，反而雨天的人數，相較於安息日少了很多，看來去醫院也像去郊遊一樣，要趁著風和日麗的天氣吧。

有時是一群人經過的時候，或者是一場傾盆大雨，女人們修長的美腿製造出蛇樣斑紋的時候，我可以以九、十一、十三的方式來數，但是「獨腳鬼」指的不是鬼怪嗎？我哈哈大笑立刻修正了自己的錯誤。這雖然是頻繁發生的事情之一，但只要夜裡睡不著覺，我就會翻開筆記本，手指一一數著上面黑壓壓一片的♀和♂，統計出人數，沉浸在奇妙的愉悅中。

過去我對外界，對我死後人類依然活著、陽光依然普照大地的情形，感到十分嫉妒。但自從我開始在祕密筆記本上記錄數字之後，我很高興地發現，我會像所有死在夢想、欲望、挫折之中的人一樣，實現完美的自我毀滅，這也解脫了我的痛苦。

不管是像條蟲一般在我心裡蠕動的性愛也好，色情也好，就連不時降臨沁入我心的愛情，也總有一天會結束。過不了多久，我就會變得身輕如燕，藏在我出生的黑暗神祕陰影下，成為一顆新芽重新萌發。

醫生並不愛我，反而從他更換點滴瓶時那青筋暴凸的手，看得出他對我毫不掩飾的厭煩和憎惡。自從我建議他拆掉窗櫺以後，我就放棄了對他的浪漫幻想。讓我夜不安枕的不是對醫生的妄想，而是整夜縈繞耳邊的啼哭。如果可以的話，醫生一定會毫不猶豫地再釘上三、四根粗大的窗櫺。

陽光如陣雨般傾瀉而下，扯開玻璃的透明帷幕散落開來，從窗框的稜角處彈起，再滑落到圓桌上，片刻後又流淌下來。光不是直線前進的，如果瞇細眼睛，就可以窺探到光在穿過物體時會像《浮士德》裡的惡魔梅菲斯特，製造出無數螺旋光圈，還可以看到其細微的波長。

陽光停留在圓桌上的三、四顆蘋果和橫放在果盤的水果刀上頭，驟然勾起的怠惰在水果刀的鈍刃上閃耀出七彩的光芒，麻煩請解釋一下這種情況，以及從這裡所感受到的殺意。

白日溼氣全消，偶爾有男女混合的明亮笑聲夾雜在從某處傳來的噴水池滴水聲中從窗前經過，那齊聲高笑的聲音就像一種無形的現象刺耳得令人頭皮發麻；或者是修女如正午飛落的烏鴉般出現，伴隨著玫瑰念珠在黑衣底下晃動發出的喀拉拉撞擊聲，從窗前經過。

床頭掛著的一千毫升點滴瓶空了三分之一左右，我從插在手臂上的金屬針和水果刀的鈍刃裡，感受到閃閃發光的殺意。刀刃切入物體，透過沉重的鎳製刀把，感受手上傳來的活物蠕動和厚厚脂肪層溼軟感，這種近似肉欲的快感，讓我渾身戰慄。

窗框上一塊吃剩的牛排溼答答地逐漸腐敗，沙門氏菌，沙門氏菌跳起了圓舞曲。我抱著對活物、對生命體出於本能上的厭惡和反感，執拗地觀察著，手臂上起了一層細密的雞皮疙瘩。

時間在陽光中分解，消融殆盡，而你，就在這樣的一個午後到來。在我預感茫然的等待就快變質的某一瞬間突然出現的你，除了「你」之外，我不知道該如何稱呼。

門不是鎖著嗎？在兩、三次低低的敲門聲響起之後，門打開了，手臂上掛著一籃黃色水仙花，以僵硬姿勢站著的你，讓我看到貧民區的傍晚和猶如從欄杆破損斷裂的陡峭木造臺階上險些滾落的絕望色彩，那是童年的色彩，是盤踞在那臺階陰影下的無情陰謀所準備的一把匕首。

我迎你入門，卻無法走近你。「過來！」我作勢竭力要支起上身，擠眉弄眼表示歡迎。我一再強調，醫生在我手臂上插了金屬針，再透過管子連接到點滴瓶，所以我除了躺著，整天躺在床上望著釘上了粗窗櫺的窗戶外面，其餘什麼事都做不了。

你就像一個上緊發條的人偶，直直地走了進來，站在房間的角落裡。儘管你的動作僵硬，看起來卻像一隻想振翅飛翔的黃色小鳥，或許是因為掛在你手臂上的水仙花是鮮黃色的，鮮豔到很不自然的黃色。

我不知道你手臂上掛著的那一籃水仙花，那耀眼的花束代表什麼。但我知道，你不久後就會依照某個人的命令站在那裡不動，像一面閃亮的鏡子一般盯著我看。我一直插著一根點滴瓶針躺在這裡，你則猶如整齊縫在你剪裁合身的上衣上八個鐵鈕釦，被固定住沒有再多的能力，但我們好歹該對兩人連一步都無法互相接近這一點感到羞恥吧。

「請為亡者祈禱！請為死去的人祈禱！」

公共運動場的擴音器裡，如漣漪般擴散開來難以捉摸輪廓的聲音，在夜晚軟綿綿的質感裡傳了過來。我在夜晚帶來的奇異陌生的感覺中，突然睜開了眼睛。

我常在夜裡睜開眼睛，尤其是雨夜。匆匆而來的救護車輪胎行駛在溼淋淋瀝青路上發出的黏膩摩擦聲，和照得窗櫺像張符咒映在牆面上之後隨即消失無蹤的燈光，將我驅逐出每一個夢中。偶爾從產房傳來在漫長陣痛之後出生的嬰兒啼聲，也許就像是一種預感、一種啟示，閃電般觸動了我，讓我只能裝出趴在床上哭泣的樣子。

「為殞落的胎靈祈禱！」恐懼所帶來的噁心如鯁在喉，讓我難以呼吸。站在房間一角的你，那藍色如貓眼般的假眼珠裡，正燃燒著熊熊火花。而你始終保持不動如山的姿態，偶爾想起就扔過來這麼一句話。聲音在陰暗的房間裡淒涼地蕩漾，撞上水泥牆面嗡嗡作響。

我試著像《舊約》故事裡的牧羊少年撒母耳那樣，下到冰冷的地板上跪下，你卻不停地發出同樣的一句呼喊。

「孩子，讓我抱抱你！」

我向你伸出雙手，這時我才清楚地了解這個白日來訪者對我代表什麼。

你沒有走近，似乎絲毫也沒有要靠近我的意思。事實上，如果你走近我觸手可及的範圍內，說不定我就掐死你了。

我跪在床上，這就是在搞笑而已。即使如此，我還是屈起膝蓋，在併攏的腳跟上用力，床的彈簧胡亂晃動，我還在等待。但我也知道，我已經不再是一個天生純潔無瑕的牧羊少年撒母耳了，即使跪一整夜，也只能聽到蒼茫夜色籠罩下來的孤寂聲音。

你不再喊叫了，每當關上警笛的救護車亮起頂燈，就會映照出高掛在牆上的聖母瑪利亞低垂的脖頸。

燈光經過之後，房間又會恢復原有的黑暗。黑暗中你又喊了起來。我無法忍受你那強烈迴盪在我耳際的聲音，就把手伸進枕頭底下找出一截蠟燭。火柴一劃亮，火苗發出嘶嘶聲燃燒起來，照亮了四周。令人驚訝的是，每當你的聲音響起，火苗就會無風自晃。因此我不得不時時攏住雙手來保護，以免火苗熄滅。

火光就是一條通道，光線所及之處，聽說有個像光環般飄飄蕩蕩存在於某個地方的無限寬廣世界，回憶就像隻小鳥，拍著翅膀飛了上來。

「再用力一點拉，這就對了！手臂要彎，眼睛睜大看著箭靶！」母親去世多年後，有一次我和他一起去了舊王宮後面的射箭場。

我按照他在我耳邊誘惑般呢喃的聲音彎起手臂用力拉弓，但箭每次都射偏了。自認應該矢不虛發的十支箭，竟然那麼輕易就脫出我的掌控。隨著箭一支支減少，意外的狼狽感和背叛感，讓我逐漸焦躁起來。然而在一旁盯著的他，似乎反而比我更焦躁。

「再試一次，打起精神來！」

他氣鼓鼓地喊了一聲，把箭放進我手裡讓我握住，現在他手上只剩下兩支箭了。我遲疑著再次瞄準箭靶，面對他急迫的態度，我的膝蓋逐漸發軟。

我咬緊下唇，彎弓用力拉弦，如針尖般遙遠的靶心逐漸放大，箭從呈弧形的手臂另一端飛了出去，發出尖銳的破風聲。

「閉上眼睛！」

他大聲喊。箭射出中靶的一刻，我簡直快要暈倒，大概太緊張了，眼前突然出現數不清的圓圈如漣漪般散開，一波又一波的浪尾、成千上萬的銀鱗向我襲來。一瞬間，我聽到了在我心中滋長的所有情緒蠢蠢欲動，發出如蜜蜂振翅的嗡嗡聲，與之呼應。這讓我陷入無可抑制的暈眩和恍惚中，我突然看到了那片拆散母親和我的銀鱗大海。我無精打采地放下弓箭，正中靶心還在微微顫動的箭才映入我眼中。

「不錯，不錯！」他毫不掩飾讚歎的神色，將剩下的唯一一支箭遞到我手上。「不要！」我搖了搖頭。

「射得很準呀！」

他詫異地看著我，我一再拒絕。

他的肩膀後方，大海還是像一條蛇般翻騰不已。

他悶悶不樂地轉過身去，順著我的視線眺望舊城牆的盡頭。

當我們從射箭場走下來的時候，天色已經相當昏暗，走在漆黑的山路上，兩人都保持沉默，一句話也沒說。他狠狠地踢開小石子，藉此表達他的憤怒。這種情況讓我感到非常彆扭，但我也不知道該如何讓他接受，不知道該如何講述童年的記憶，害怕溺死造成我恐懼大海的故事。

走下山路通往市區的路口，有一座小教堂，我為了躲避這蓄意的沉默，從他身邊走了開去，站在教堂的公布欄前面。

火與柴都有了，但燔祭的羊羔在哪裡呢？亞伯拉罕說：我兒，神必自己預備做燔祭的羊羔。[1]

我高聲讀了幾遍，看來是今天布道的內容。

雖然母親在世時也一樣，但母親去世之後，始終縈繞在我腦海中的是《舊約》裡的幾個故事。特別是亞伯拉罕為了把自己的兒子獻給他的神，一大早就前往摩利亞地的故事，總是以一種茫然的絕望感動著我。我無法原諒自己接近迷信的多愁善感，總是懵懂地數著日子等待野合的機會，但偶爾在臨近子夜時分空蕩蕩的車上像看著別人一樣，看著自己映在車窗上的蒼白臉孔時；或者走在通往他租屋處的黑暗巷道，感覺自己就像一頭不得不溫馴的幼獸時，我就會想

1《舊約聖經．創世記》第二十二章七、八節。

起那則故事。但是我的迷信要祭拜哪個異邦的神呢？神，尤其是猶太民族的神，一個善妒易怒老頭的傳說故事，一直橫亙在我和母親之間，以一種閃爍不停的絕望感，指責從一顆受精卵誕生之後的天地萬物。

「畢卡索會寫詩哦，帕布羅．畢卡索！寫了什麼，我想想。好像是『真想扭斷所有用頭唱歌的鳥脖子』吧？」

他突然來到我身邊，指著公布欄笑到站都站不住。他又沒喝醉卻老是這樣大笑，害我也跟著笑了起來。為什麼他會突然從「燔祭」那令人心寒的布道主題聯想到帕布羅．畢卡索呢？不過這類胡亂牽連的關係倒也隨處可見，譬如從「戰爭」一詞沒來由地突然跳到「花的形象」等等。可能是因為所有類型的戰爭都標誌著庸俗的愛情故事，所以才會產生這種隱喻吧。戰爭↓賣淫女↓花↓燔祭↓畢卡索。

我們在十字形的壓克力燈下停留了好一陣子，教會裡傳出哭吼聲，我們只能生疏地認同他們想以淚水淨化的情感，那是一種極致的感覺，近乎性愛的感覺。「從贖罪的一群人中獨自脫離而出」，或說是「失去連帶感」等等的通俗概念所產生的甜蜜悲傷，讓我們更加貼近，我被他摟著腰走上了街頭。我們步行前進，經過他工作的醫學院大樓三、四次，只要看到偶爾亮起燈的窗戶上映出無疑是他同事的年輕男子身影，他必然會停下腳步，眺望良久。

當我們在街道上徘徊，夜色驀然深沉，我們有些慌亂。霓虹燈熄滅、大門緊閉的街道突然間就出現在我們面前，讓人感到十分陌生。

他砰砰地敲著路口上正準備打烊的香菸店玻璃門，買了一包菸，抽出一根叼在嘴上。我們繼續向前走，找不到火柴的他，放開了環在我腰上的手，眼神凶狠地望著我。一路走來已經離香菸店很遠了，他和我都沒有勇氣再回去敲那打烊小店的門。

他在臨近宵禁的街道上攔住行色匆匆的路人，一副要吵架的口吻嚷著：「借個火吧！借個火吧！」卻沒有一個人為他停下腳步。等到第五個人、第六個人都不理睬他的時候，站在路中央張開雙臂不知所措的他，突然把我推到行道樹下，用著粗暴的手法猛力抓著我的頭髮扯向自己。

水銀燈的映照下，映在他白色翻領襯衫上的法國梧桐葉子不停晃動，我數著那些葉子等待著。他的動作似乎早有預謀，當他強有力的拳頭飛向我臉頰的那瞬間，我感到一陣暈眩，彷彿樹枝上沉甸甸的濃密葉子都紛紛掉落下來似的。他的拳頭又接著飛向我的肩膀、後背，只要我一個趔趄，他就會一把捲住我的長髮扶正我的身子，玩味般一拳又一拳慢慢地打。

聽到巡警的哨聲，他把我拉進了偏僻的巷子裡，我們交戰了一整夜，這是一場你死我活的戰鬥。

他就像一個要把我從深陷的苦海中、從老人的魔掌中拯救出來的騎士一樣，英勇地奮戰，而我在天快亮的時候，幾乎陷入昏迷狀態，他說話的聲音聽起來很不真實。

「我們的結合需要那麼多的線索、那樣的扭曲嗎？我們就不能像一對鳥、一對野獸那樣交配嗎？我們早已不是神的子女，也不是戲子。讓我們編織樹葉遮掩惡行，彼此肩併著肩，肯定那兩條乾枯難看該遠走他鄉的腿吧！」一整夜他都像在演話劇一樣不停地絮叨著。

我們之間如此的交戰變得愈發激烈，頻率也更頻繁。我的面前出現童年時的大海，從沙灘上退卻的，一條閃著成千上萬的銀鱗翻騰不已的巨蛇，我不停地掙扎想划動雙手，努力回到母親的身邊。和母親相關的最早、最鮮明的記憶開始於對溺死的恐懼。當我童年在和母親同去的海邊落水之際，我在水裡手腳胡亂掙扎，茫然地感覺到從此再也無法回到母親身邊，這是我從她的子宮落地之後兩人之間最明確的分離，真的好孤獨。我無論如何也無法理解拆散母親和我的那一波又一波的浪濤，為何會像上了一層鱗片一樣閃閃發亮，但這片以絕對的力量推擠著我的大海，即使在母親伸手將我從水裡拉了出來之後，始終存在。

母親手執十字架辭世當時，我反而比任何時候都和她更緊密地結合在一起，產生出只存在於活人和死人之間的絕對親和力，一躍跳過橫亙在母親和我之間的閃爍浪潮，還原成一顆受精卵，附著在她的子宮裡。在這種安心的感覺中，我堅定地告訴自己，再也不要離開了，不要離開！

然而，每天夜裡我仍一再與他堅持不懈地交戰，直到有一天突然從指尖初次感覺到自己似乎懷孕的跡象時，我不得不品嘗再一次從母親子宮裡完全脫離而出的強烈衝擊，我不得不承認我的身體裡正孕育著另一顆受精卵。

我下定了決心要殺死這個孩子。做出決定的那一刻，我的雙手彷彿沾滿了鮮血，有種毛骨悚然的感覺，就像看著流著血的羊羔正逐漸死去。我可以悄悄地、不為人知地解決這件事，因為這東西太容易就能被處理掉，容易到讓我驚訝的程度，反而想像母親會不會正高興有這種東西當祭品。

在被乙醚麻醉後轉移到手術臺時，我清楚地意識到自己的聲音正說著：「媽，我怎能生下孩子呢？」我宰了羊羔把血塗在門框上……我對自己出奇的作為、對絕對談不上悲劇的自己感到絕望。「我們早已不是神的子女……」在孩子被殺害的過程中，我一直呢喃著他的話。

那天晚上，我寫了一封相當感傷的信寄給他，藉此徹底告別母親。「對我來說，總想把最珍貴的東西獻給你，我一直希望自己能像從前的女人一樣成為你可信守節的妻子……將你的白頭枕在我的膝蓋上，我唯一的願望就是和你一起白頭到老。」這封充滿虛情假意的信一點也沒能緩和我的狀態，我的眼前總是出現閃閃發光的大海，每天晚上我一次又一次殺害肚裡的孩子，但是孩子依然一次又一次地從陳年舊傷裡流出的濃濃鮮血中誕生，突如其來地找上我嘶聲哭喊。

「為殞落的胎靈祈禱！」我的耳朵裡充滿你尖厲的聲音。「為殞落的胎靈祈禱！」你的聲音聽起來依然像離水飛翔的鳥兒般靈巧輕盈。你不斷重複地喊叫，我的心，就像併排在一起、同聲作響的十二面銅鑼般回應你的呼喊。而你就像第十三個孩子[2]，用著可愛又邪惡的聲音大喊。我聽著你的聲音，覺得自己死後，你或許會捧著一束黃色水仙花再次踏上巡禮之路，對此

2 話者以十二面銅鑼暗喻《舊約聖經》裡雅各的十二個兒子，而那未出世的孩子就被當成第十三個。

我感到無比嫉妒。

「過來！」我向你伸出雙臂，但你仍舊不動如山，依然以燃著怒火的藍色假眼珠望著我繼續喊叫。

如今我們同在一起，在陽光照見房間深處的午後，你明亮的金髮為你打造出一圈光環。牆面高度的黑框聖母瑪利亞周圍，朦朧地環繞著三、四個像影子一樣的孩童，我不停地徘徊在早已遺忘的道路上，不知道自己去向何方。但是，隨著陽光愈來愈淡薄，這種情景也逐漸消失，我發現了站在房間一角望著我的你，心裡才終於感到踏實。我想抱你在懷哺餵母乳，但醫生一直沒好氣地說那是復活節當天幼童部孩子帶來的玩偶，不讓我享受哺乳的喜悅。

「那請你買長度十幾庹[3]左右，尼龍做的，比臍帶更結實、更堅韌的繩子給我吧！」每次看到醫生我都這麼拜託他，但第二天早上醫生出現時，就一臉忘得一乾二淨的樣子。我沒空天天譴責醫生的所作所為，自從你來找我之後，我忙得很，你一直纏著要我講故事，我只好把自己唯一知道的一個童話故事講了又講，直到你厭煩為止。

「聽說還沒出生的胎靈會化為花朵，開滿上帝的花園。那一朵一朵的花就是即將誕生的胎兒靈魂。但是壞心的老魔女不時會偷偷溜進花園剪下花朵藏在裙襬裡消失不見，於是枯萎的花朵就再也不能得到生命了。」

「我的花也在那裡嗎……」

你把問了好幾次的問題又再問我一次，我每次都停下故事想了又想，你的花在哪裡呢？

「我的花在這裡，我總是隨身帶著，所以魔女偷不走！」你從掛在手臂上的籃子裡拿起一束水仙花給我看。黃色的水仙花上積滿灰塵已然枯萎，褪了顏色，變得醜陋不堪。

真奇怪，自從你來了以後，我就不再夢見母親。但少數幾次在耀眼陽光普照的下午，會出現超過十二個以上的孩子把房間擠得水泄不通，而我則在濃稠的時間裡不停地走著，被夢中總是和母親一起出現的大海擋住去路。醫生餵我吃了安眠藥，並且拉上窗簾，告訴我單純只是陽光所致。我遵照醫生指示，躺在床上閉上眼睛，但眼前依然殘留著在海波蕩漾的大海對岸，一隻羊羔流著血逐漸死去。所以我總是不停地洗手。

（一九七一）

3　量詞，計算長度的單位，為成人平伸兩臂，兩手間的距離。

女性文人的教母

吳貞姬，一九四七年出生於首爾，一九七〇年畢業於徐羅伐藝術大學（現為中央大學）藝術創作系。一九六八年就讀大學期間以短篇小說〈玩具店的女人〉入選《中央日報》「新春文藝獎」，就此步入文壇。吳貞姬擅長以細膩的筆觸描繪人類內在的不安、緊張等涉及人類存在論的內在苦惱，以及女性內心的衝突和掙扎，是女性主義代表作家。雖然她的作品並非全部標榜女性主義，但在她之前幾乎沒有一個作家把韓國女性在韓國近現代史中的真實生活與感受如實描寫得淋漓盡致。吳貞姬作品中的女性在面對失怙、男性家人的暴力、母親的軟弱所造成的痛苦下，依然堅強地以各種方式生存下去，清晰地為韓國女性代言，而她的文體也可說成了韓國文學女性主義作品的典範。一九七九年她以〈傍晚的遊戲〉獲得李箱文學獎，一九八二年以〈銅鏡〉獲得東仁文學獎，並在一九九六年各以〈彎曲的道路那方〉和〈煙火〉獲得吳永壽文學獎和東西文學獎。二〇〇三年，她被翻譯成德文的長篇小說《鳥》獲得了德國相當著名的Liberaturpreis文學獎，也是韓國文學首次在海外獲得的文學獎項，因而對韓國文學界極具意義。其主要作品還有短篇小說集《火之江》、《童年的庭院》、《風的魂魄》、《華人街》等。

完整的靈魂

鄭贊

1

回憶，不管是愉快還是痛苦，都屬於思維的日常領域。對人類來說，時間是永遠的鎖鍊，同時也是自由的湛藍空間。因此時間就是絕望、恥辱、希望、革命；也是思念，淚水、悲哀、誕生和死亡。回憶是在人類深入時間底層的思考行為，總是觸及具體的靈魂和具體的肉體。人不能單純只回憶事物，就算回憶的對象是事物，在事物的核心裡也有人的面貌、人的靈魂。這是人類對時間能享有的唯一特權，而時間永遠無法剝奪這個特權。

我現在想透過回憶一個人來享受這個特權，他的名字叫張仁夏，一九九一年五月七日晚上十點左右，以四十歲的年紀結束他的人生，一段殘酷、微妙、美麗、奇異的人生。

2

一九八七年的冬天對我來說是一段殘忍的時間，那年十二月舉行了總統大選，結果慘遭失敗。對戰戰兢兢害怕會失去既有權利的人，對沉溺在反共意識形態的人，對比起憎恨軍事獨裁政權更擔心改革理論的人來說，是勝利、歡喜、安心；但對身處生活腐敗、欲望變質的封閉社會裡，渴望有丁點進步的人來說，大選結果是殘酷的失敗。還不如說現實就像魔術，讓深切的渴望瞬間淪為絕望。雖然需要痛苦地分析慘敗的原因，許多人卻被世界正上演的那絕妙魔術所迷惑。

我曾經是這些人之中的一個，每天都鬱悶地狂喝酒。大學時期很早就被歸類到社運界的我，在畢業前一學期被開除了，之後邊以翻譯工作餬口，邊觀察社運最前線。當我看到朴鍾哲拷問致死事件[1]發生之後，六月抗爭的吶喊形成熾熱的火焰進入這塊土地的中心時，就預感改革的到來。現在想想，那不是預感，而是一種渴望，想到當局對改革的圍堵，就令人不寒而慄，乾脆自己斷絕改革的可能性，才會使渴望以預感的形態出現吧。但我對揭開面紗的世界深感驚恐，就在地下室租房裡不斷喝悶酒打發時間。於是有一天，太陽徐徐落下的時候，池成洙找上門來，扔給我一本藍色裝幀的書。

「你翻譯一下，出版社實力雄厚，稿費會給得很多。」

這是看到我窮困潦倒，助我一臂之力的極致之情，我卻醉眼惺忪地望著池成洙。

工作是為了生計，但當生活變得如此慘不忍睹的時候，我們工作又是為了什麼？對著有如此想法的我，池成洙卻說出了一番不著邊際的話。

「遠方有一道風景，昏暗、貧瘠、荒涼、空蕩。世上怎會有那麼貧瘠的風景呢？伸手無法觸及，再怎麼掙扎也一成不變，甚至脫離了時間的長河，就是一道充滿殘忍和絕望的景觀。我看到了那道風景，一片潰敗和死亡的景象。但那些為改革而參與社會運動的人，就必須忍受這一切。」

我聽不懂他在說什麼，只是愣愣地看著他。

「總統大選的失敗只是貧瘠風景的一部分，我對勝利的渴望也不亞於任何人。但那些對勝利存在野心而變得焦躁不安的人，自己招致了失敗。如果他們能稍微謙遜一些，結果可能就有所不同。但這一切已經成為貧瘠風景的一部分，如今我們能做的就只有忍耐。」

池成洙的表情很平靜，過於平靜反而有股沉穩的味道。包括我在內的大多數參與社會運動的積極分子都很喜歡他。社運前輩通常會把為後輩開創正確成長之路視為己任，而這也是他最重視的一件事。

——參與社會運動的人，赤身裸體地暴露在敵人的利齒之下。他所受的傷會成為走向更大

---

1 一九八七年一月十四日首爾大學學生朴鍾哲遭警方水刑致死，這事件也成了引發六月民主抗爭的導火線。

規模社會運動的墊腳石，但同時也可能成為凶器。他的創傷既會製造失衡的憎恨，也會將社運推向無法掙脫的挫折中。社運前輩應該要記住後輩的創傷，共同努力克服這個傷痕。

我一面想著池成洙曾經說過的話，一面思考貧瘠風景的意義。忍耐，還有風景。但我依然感到模糊而混亂，黑暗一點點吞噬掉光明，現在開始侵蝕他的臉。

「池前輩所說的風景是指……？」

我找不到適當的話來表達，感覺就像被禁錮在陰沉、空蕩的風景中。

「那不是虛無主義者的內在風景。所謂虛無主義，是被命運的力量所淹沒的狀態，但是，那不是一道被淹沒的風景，應該說是注視著命運嗎？如果真有所謂的命運存在……」

他言盡於此，黑暗掩去他的面容，靜寂落在那遮掩之上。稍後，他默默起身，我跟著他走出了大門。

「那是一本好書，好好翻譯！」

他「啪」地拍了一下我的肩膀就轉身離去，我愣愣地站在那裡，望著他瘦長的背影消失在黑暗中。

然而離池成洙來訪都過了一個星期，我連翻也沒翻開那本藍書。日子依然痛苦，我還是天天酗酒。然後有一天，我口渴難耐醒了過來，蹣跚地走到水龍頭邊。清冷的月光灑滿整個院子，我吞嚥著冰冷的水，仰望天空。

天上有星，星子在遠方閃閃爍爍。我們對世界的渴望到哪裡去了？那熾熱的渴望，那撞擊人心的吶喊都到哪裡去了？那渴望是我們伸手無法觸及的嗎？淚水凝聚在眼眶裡，隨即淌下了臉頰。

一棵樹緩緩浮現，是棵連片樹葉都沒有的枯樹。荒涼的原野上，風呼呼地吹，枯木晃動不止。那是什麼？是誰的風景？我閉上了眼睛，樹身彎向我，這殘酷的歲月，難道還得再次承受嗎？我咬緊了嘴脣。第二天早上我翻開那本藍書。

3

舊屋改造的出版社，實際上比看起來還要寬敞。穿過陽光照不進的長廊，走上階梯，就看見一間堆滿書籍、稿件的辦公室。怎麼搞的竟然一個人都沒有，看看錶，差不多到了約定的五點鐘。我疑惑地走了進去，才望見一個男人坐在書桌前的背影，之所以從外面看不到，是因為桌子緊貼著入口處右邊的牆壁。一頭白髮十分顯眼的男人一側肩膀微微下垂，正埋首工作中。我故意做出動靜，他卻彷彿沒聽見。

「不好意思。」

我走近一步說出這句話，但他文風不動。我提高音量又說了一次，聲音大到連自己都嚇了一跳，他卻依然無動於衷。我有點惱火和尷尬，低頭望著他，他傾斜的背影散發著奇妙的靜寂。該怎麼說呢，像是凝聚在事物上的一種孤寂吧……我把手伸向他的肩膀，一個陌生人不發一語突然搭上別人的肩膀是無禮的行為，但我的手還是搭上了他的肩膀，而他也轉過頭來。我還在擔心自己的無禮行為所可能引起的尷尬局面，沒想到他竟然笑了，是一張比想像中還要年輕的臉孔。仰望著我的大眼睛看起來很善良，和圓圓的臉相比，瘦削的下巴形成了微妙的對比，給人一種開朗的印象。

「請問……」

我一臉尷尬，小心翼翼地說。

「對不起。我的耳朵聽不見了……」

完全料想不到的話從他嘴裡吐了出來。耳朵聽不見？聾人會說話嗎？就算會說話，又是怎麼在職場工作呢？莫非他在開玩笑，還是在耍我？我滿眼疑惑地看著他。

「沒有耳朵，還有眼睛呀！」

這麼說著，他就把筆和紙往我面前推了推。我遲疑地拿起筆，但腦子裡一片混亂，無法對下一步動作下達指令。這時，開門聲響起，人們一窩蜂走了進來，其中就有池成洙。

「噢，來了呀！我們開編輯會議，在別的房間。等很久了嗎？來打招呼，這位就是社長大人！」

池成洙拍著一個頭有點禿、身材魁梧的男人的肩膀說。

「我叫韓基俊，久仰大名，以後請多多幫忙。」

他親切地跟我握手。

就在池成洙帶來的藍書翻譯接近尾聲的時候，他打了電話過來，說預計出版那本書的出版社要找一名職員，如果沒有其他打算的話，要不要考慮這份工作？我雖然沒能馬上回答他，但池成洙又附帶說了一句，短時間內先找個工作比較好。我沒有適當的理由拒絕他的提議，池成洙一直都很熱心。

池成洙和出版社的社長韓基俊是朋友關係，不是每天來上班，而是以企畫委員的身分每星期來辦公室一、兩次，協助出版企畫。聽了韓基俊說完我該做的工作和薪資等等之後，我說我下星期開始上班。太陽都還沒下山，池成洙和韓基俊就把我拉到酒館去。木板東一塊西一塊搭建而成的酒館裡，瀰漫著香噴噴牛雜碎湯的味道。酒過一巡，韓基俊憂心忡忡地說起總統大選過後陷入分裂泥淖的社運團體的未來，但池成洙一聲不吭只是喝酒。仔細想想，感覺上也就只勇敢地堅持了過去兩個月的時間而已，敗選痛苦的強度雖然大大減弱，但依然存在。

「對了，剛才我們進辦公室的時候，老李[2]好像在跟張仁夏說話，說得還順利吧？」

韓基俊嘴角掛著調侃的微笑問。

「那位名叫張仁夏嗎？他說他耳朵聽不見……」

「看來是老李先搭訕的，沒發生什麼尷尬事吧？」

韓基俊似乎是想改變沉鬱的氣氛，故意用詼諧的語氣說話。

2 老李指的是敘述者。

「當時非常驚慌。他說他聽不見，是真的嗎？」

「當然是真的。呵呵！」

「耳朵聽不見的人怎麼會來工作呢？」

「還不是因為他！我拜託他幫我找一個有能力的校對職員，他給我帶來一個聾人，說這人能力出眾，要我給他特殊待遇，真讓人哭笑不得！」

韓基俊張大了嘴，彷彿在重現當時的表情，他的詼諧渾然天成。這是在他與池成洙的敦厚友誼中自然流露的一種幽默。

「但是真正讓人覺得不可思議的是……」

韓基俊的眼睛亮晶晶的。

「張仁夏的校正速度。稍微誇張一點說的話，比其他職員快了兩倍，而且還很正確，絕對不會出錯。」

韓基俊晃了晃腦袋，池成洙開懷大笑。

「我仔細觀察，發現張仁夏驚人的工作量正來自於他的耳朵。」

「耳朵？」

「怎麼會是耳朵呢？」

韓基俊就像拋出意味深長問題的人一樣，瞇著眼睛問。

「我現在不能告訴你，希望你以後邊工作邊觀察，我會把你的座位安排在張仁夏旁邊。」

與張仁夏的邂逅就這麼開始了，後來我才知道，我的座位安排在張仁夏旁邊不是像韓基俊所說的為了好好觀察他，而是因為當時只有那裡一個空位。

4

我對張仁夏格外感興趣，僅憑初次見面時的經驗和韓基俊所引發的好奇心就足以讓人產生興趣，但聽到他是池成洙推薦的，更讓我興趣倍增。我費盡心思想盡量跟他多聊聊，但筆談比想像的更糟糕。首先，即興對話就不要想了，為了生計的工作崗位上，有什麼話題可以和一個完全沒有精神共鳴的人分享呢？我們能聊的只有公務或是周遭瑣碎的事情。一天坐在座位上八、九個小時，一定會有無聊的時候。這時和鄰座的人聊聊日常瑣事，開點不傷大雅的玩笑，能發揮清涼劑的作用。但和張仁夏就無法這樣，要用筆描寫出窗外晚霞瑰麗或午餐食物如何如何，實在很做作，那種話題就該從嘴裡說出來才對。順口就能說出的話，要用文字來表達，就有種無法淋漓盡致的感覺，自然神經緊張，下筆再三斟酌。也就是說，盤旋在舌尖上的話語活力，於握筆的瞬間就蒸發掉了。而且看著寫在紙上的文字，就有種看著一條掛在魚鉤上的死魚同樣的感覺。不管是釣魚竿上生命的彈性觸感，還是陽光下銀光閃閃的鮮魚鮮活感所帶來的喜悅，都突然消失無蹤，只剩下發青的魚身，碰上這種事情真的很糟糕。

張仁夏對我每次寫的內容都表現出敏感的反應，時而點頭，時而微笑，時而眨眼，時而沉思，甚至明明不是那麼回事，卻眼眶含淚。我眼裡的死魚，在他看來似乎成了活蹦亂跳、閃著銀光的活魚。

張仁夏的校對能力的確驚人，當初韓基俊說的「比其他人快了兩倍」這句話，一點也不誇張。他的能力源於他的專注力。

只要我們醒著，就無法擺脫「聲音」這種實體現象。當我們坐在辦公室裡，就會聽到街上的車聲、椅子吱嘎作響聲、職員的腳步聲、竊竊私語聲、細細的書寫聲等種種聲音。但張仁夏早已擺脫所有的聲音，他雖然與我們同在一個空間裡，但同時也是一個人獨處著，這就是他驚人專注力的祕密。

張仁夏所展現的內心世界裡有著獨特而微妙的回響。該怎麼說呢？是單純的透明嗎？還是透明的單純？不是過於單純而顯得透明，就是過於透明而顯得單純。韓基俊對張仁夏的照顧非常周到，我覺得這與其說是因為張仁夏出色的工作能力，不如說是因為他和池成洙的關係。有一次，趁著池成洙到出版社，我悄悄問了有關張仁夏耳朵的事情。在此之前我知道的只有他在七、八年前因為一場事故失去了聽力如此而已，但到底是什麼事故，為什麼別的部位都好好的，只有耳朵出問題，這些我全不知道。其他的職員也同樣不知情，流言五花八門，有說是車禍，有說是拷問後遺症，甚至有傳聞說是受到某種衝擊，突然耳朵就聽不見了。

「那麼好奇，你不妨直接問。」

池成洙莞爾一笑避開我的詢問。

「有可能是他的傷心回憶，我怎麼好直接問？」

池成洙對我的話點頭表示贊同。

「很遺憾，我無法回答你的問題，因為他不願意讓別人知道。張仁夏想要藏起自己的耳朵。」

我無話可說，因為池成洙不是那種當面答應保密、背後卻竊竊私語的人。

「前輩是怎麼認識張仁夏的？」

這部分也和張仁夏的耳朵一樣讓人好奇。池成洙介紹工作的對象主要是社運界的後輩，不是幾乎是，而是全部都是。抵抗權力的這些人能工作的職場有限，而池成洙為了他們費了很長時間的心思。然而張仁夏不是社運界的人，那麼池成洙對他的愛護之情從何而來，不得不讓人感到好奇。

「偶然認識的。」

池成洙簡短的回答代表了「以後不要再問」的意思。

5

我對張仁夏的興趣超越了好奇心，通向了某種情感，這都是因為郊遊那天他在江邊所散發的純淨感才開始的。冬天只餘留些許痕跡，春天溫暖氣息迎面而來的三月某一天，韓基俊即興提議去郊遊。

郊遊的那天早上我不知為何感到身體疲憊，微微發燒，雖然不想去，但這是進公司以來的第一次旅遊，心裡有些過意不去就出門了。對張仁夏的好奇心也發揮了一定的作用，對於只在書桌旁看著他的我來說，非常好奇他會如何應對郊遊這種新的情況。在出版社前面搭車行駛了一個半小時之後，我們到達了目的地清平附近的江邊。因為是平日，幾乎看不到什麼人。遼闊的沙灘、碧波蕩漾的江水，還有對面低矮的群山都令人感到心曠神怡。雖然疲憊和低燒並未消失，但呼吸著清新的空氣，心情好了很多。韓基俊簡單的問候語結束之後，燒酒派對就開始了。

我和坐在對面的張仁夏默默地喝著酒，看來他很喜歡喝酒。早就聽說他非常愛杯中物。觥籌交錯之際，氣氛變得熱絡起來，間或冒出來的笑話讓人捧腹大笑。

這時張仁夏的嘴角泛起淡淡的微笑，這是非常符合氣氛的笑容。大家都笑的時候，如果有個人一臉僵硬的話，會非常尷尬。坐在旁邊的同事會用筆談告訴張仁夏笑話的內容。

真奇怪，醉意愈濃，身體狀態就變得愈差，反胃、噁心、頭痛欲裂。是酒的緣故嗎？雖然無法完全排除是受到酒的影響，但在喝酒之前還有其他因素。早晨感到的疲倦和低燒讓我很不舒服，我悄悄從座位上站了起來，每踏出一步，腳下沙沙作響的聲音就覺得很刺耳，平時聽起來很愉快的聲音，現在讓人心煩意亂。當大夥都脫離視線之後，我無力地坐在江邊沙灘上，悄然流動的江水和對面的山都變得模糊不清，我兩手按壓著太陽穴。

哭聲傳來，茫茫白霧中有個人在哭，他跪在地上搓著雙手痛哭哀求。

那個人是誰，為什麼那樣跪著求饒呢？閉上眼睛，恥辱湧上心頭。我全身發抖不停求饒，求求你別再讓我痛苦了！當痛苦停止時，我終於能走出地獄般的房間。一走出那裡，站在充滿陽光的道路上，我才察覺了一個事實，察覺自己曾雙膝落地，察覺原本應該堅持到底的兩條腿被折彎了的事實。在陽光中我又羞又愧，為了躲避羞愧我走進了一處洞穴，一處充滿恥辱和絕望氣息的洞穴。

把我從那裡拉出來的人就是池成洙，他走進無人留意的陰森如廢墟的洞穴裡，握著我的手低聲細語。

——酷刑之前沒有贏家，連死亡也算是失敗，失敗也屬於一部分我們該進行的運動。在痛苦面前跪地求饒，會被真正的社會運動包容為自己的一部分。不容許失敗的社會運動只是一種觀念、一種幻覺。現在，你也成了社會運動的一部分。

池成洙發自內心說出的這番話，讓我得以走出痛苦和恥辱的洞穴。

但為何現在，卻又突然浮現在這春日的江水上呢？我把臉埋入雙膝，兩手握緊拳頭。對世界充滿渴望時，雖然會遭渴望所蒙蔽，但就在渴望消失之後，傷痛又會再度冒出頭來，也許這傷痛永遠也無法治癒吧。眼淚流了下來，淚水一發不可收拾。有人伸手搭在我的肩膀上，溫柔又溫暖，我想是池成洙吧。每當我哭泣時，他總會走到我身邊，為我拭去眼淚。

抬起頭，淚眼朦朧中看到一個人的臉孔，我眨了眨眼睛，這人不是池成洙，是張仁夏。他兩手擱在我肩上看著我，兩眼淚汪汪。我至今還清楚地記得張仁夏的眼睛，一雙充滿了悲傷的眼睛。我感到很困惑，雖然也可以和某個人一起抱頭痛哭，但現在這淚水應該由我獨自來流，他理應佯裝不知，這是對獨自哭泣者的禮貌。我慌忙起身，一陣頭暈目眩，身體踉蹌了一下，他抓住我的手，卻被我用力甩掉。

「我可以在這裡嗎？」

他的聲音溫柔而小心，我直直地瞪著他看，在我的注視下，他靦腆天真地笑了起來。真奇怪，他羞澀又天真的笑容，竟然消除了我的羞愧和慌張，溫暖了我的心。

從那之後，我和張仁夏很快就親近起來，隔在他與我之間的堅硬高牆被推倒了，我們都欣喜地向對方敞開心扉，愈了解他，我就愈清楚地感受到他的天真。

不管是誰，都有不可侵犯之處，該說這是性格上促使對方小心翼翼對待的某種模樣吧。這算是自尊心的領域，表達出不容侵犯的警告。再怎麼微不足道的人也有自尊心，隨著在對方面前所表現的方式，暴露出這個人不同的人格。自尊心的領域理應受到尊重，當尊重遭到破壞時，就會產生創傷。當然也有妄自尊大的人，相處久了，自然而然就會暴露出來。但是在張仁夏身上看不見自尊心，說看不見其實是不正確的說法，應該說他讓人感到自在的微妙溫柔，包裹住了他的自尊心。

人與人之間有條路，那條路真是千姿百態。有崎嶇陡路，也有遍地石頭的路。相反地，也有平坦的，或者雖然陡峭，卻如山間小徑一樣涼爽的路。張仁夏展現在我面前的就是一條僻靜小路，那裡有鬆軟的泥土和青草，有涼風習習，有草聲沙沙。張仁夏就站在那條路上，對著我笑得天真爛漫。

偶爾我會拿張仁夏和池成洙比較，池成洙雖然也站在和張仁夏類似的僻靜小路上，但感覺卻截然不同，一個是以激情武裝的改革運動家，另一個是散發著青草味的孩子。

受過傷害的人總是心懷怨恨，怨恨在生活中可能會成為一股巨大的力量，也可能會成為敵視他人的一根刺。聽不見人的聲音，也意味著聽不見下雨聲、孩子哼唱聲、弦樂器清脆的彈奏聲、人的腳步聲，張仁夏的創傷非比尋常，我很好奇，他的創傷所製造出來的怨恨又隱藏在哪裡？

「你知道耳朵的起源嗎？」

我們喜歡在午飯後到出版社後面的小山坡散步，有一天，張仁夏望著西邊的天空，低聲問道。我很緊張，因為在此之前我就想知道他為什麼失聰，但由於內容非常敏感，在當事人主動說出之前不好開口詢問，但是，張仁夏首次談起了耳朵。

「我不知道。」

我一顯出不知道的表情，他就微微笑了起來。

「四億五千萬年前，有種名為甲冑魚的神奇物種生活在溫暖的海洋裡，這傢伙有刺和甲殼，卻沒有下巴和牙齒。牠是脊椎動物中最古老的生物，只留下漩渦狀的骨化石後，就永遠消失在世界上。但後來發現，這種漩渦狀的骨頭很類似掌管耳朵平衡器官的半規管，耳朵就是從原始魚類的平衡器官所進化而來的。請想像一下，在四億五千萬年前的遠古海洋中，生活著一種小而柔軟的生物。那時，海底很溫暖，沒有人類這種動物存在。那時代還沒有鐵器，小傢伙以輕柔敏捷的動作在海裡到處遊蕩，四處張望，嗅嗅鼻子，豎起耳朵。人一定會反問，這種原始魚類哪來的眼睛，哪來的鼻子和耳朵？但是這種想法不過是出於人類傲慢的思考方式罷了，那時候當然沒有今天這樣的眼睛、耳朵和鼻子。甲冑魚沒有和我們一樣的眼睛、一樣的耳朵，因為牠們是極端簡單的小生命。在簡單的小生命裡，自然有著相應的小而簡單的生命結構。人類傲慢的思維雖然將牠稱為低等動物，這生命卻擁有在我們難以想像的世界裡觀察、聆聽、感受事物的感覺器官。」

張仁夏說著與我的期待相悖的話，神經緊繃的我一下子洩了氣。他依然站在僻靜小路上，發出熟悉的風聲，散發著青草的香味。

「甲冑魚就這樣在水裡游來游去，在世界裡與世界面對面地生活。可是不知從何時開始，小傢伙感覺自己柔軟的身體接觸到一種陌生的感受。該怎麼說呢？那是一種冰冷、驚心，又或是堅硬、頑強，無論四下如何張望都看不見的奇怪觸感，有時會深入內心，在裡面恣意妄為一番之後，悄悄地消失。甲冑魚感到害怕，那沒有形體的貼身存在到底在哪裡？小東西蜷縮在溫暖的大海一角，偶爾翻翻身，一心一意地思考那未知的存在。有一天，甲冑魚感覺到一陣像利刺刺入眼睛的疼痛，讓牠差點尖叫起來。甲冑魚趕緊閉上眼睛，稍後才小心翼翼地抬起眼皮。疼痛雖然沒有消失，但比開始時減輕了很多。

「那是什麼？牠的嘴裡不由自主地發出讚歎，數不清的透明小水珠發出絢爛的光芒不停地舞動，這是甲冑魚在溫暖黑暗的海洋裡從未見過的美麗景象。那瞬間，甲冑魚才意識到自己在這之前的一段時間裡一點一點從黑暗的海洋裡浮了上來。牠這才明白，那種無形而陌生的感覺都是因為自己浮了上來。」

張仁夏把朝向西邊天空的視線轉向了我。

「甲冑魚第一次看到了地球上的光芒，牠從溫暖黑暗的海底爬上了陽光普照的地面，被陽光的燦爛所吸引，最終踏上遍布野獸腳印的乾燥土地，之後牠就變成了人類的耳朵。」

張仁夏摸著自己的耳朵輕聲地說。人的耳朵是由原始魚類的平衡器官進化而來，這是一個科學的事實，但張仁夏將這個事實改編成童話故事。

那當下，我不是在聽某個科學事實，而是在聽童話。張仁夏就像個孩子一樣眼睛亮晶晶的，自己化身為原始魚類，隨著故事內容時而皺皺臉，時而縮縮身子，以這種自然的表情和動作將科學事實轉化為童話空間。童話是為了孩子所編織的想像和抒情故事，換句話說，這是三十多歲男人聽不進去的透明故事，我卻不知不覺地陷入了張仁夏所編織的想像和抒情的羅網中。

「水裡的生命竟然爬上了乾燥的土地，真是驚人！」

張仁夏的眼睛變得迷濛，似乎在探尋遙遠的地方。

「根據學者的研究，地球的年齡大約是四十五億年。至少從三十五億年前開始，在地球上的水中，棲息著類似細菌的生命形態。此後至少三十億年的時間裡，地球上的生命只局限在水中。貧瘠的土地上沒有生命，這是理所當然的事情。因為地球上的水，尤其是海洋，具備了適合生命生存的條件。海底沒有氣候這種東西，溫度幾乎保持不變，但陸地則有夏冬，有雨雪風暴等無情的自然現象。在水中有浮力消除了實際上的重力，一百噸重的鯨魚也可以自由自在地行動。但在地面上有被稱為重力的無形力量不斷地拉扯，所以生命體不得不發展出支撐自己的骨骼結構，否則只能止於極小的形態。但時間解決了所有的一切，生命就在時間的長河中……」

張仁夏嘆了一口氣。

「在四億五千萬年前生活在溫暖海洋裡的甲冑魚，牠柔軟的身體所接觸到的那陌生的感覺，那冰冷、驚心、堅硬、頑強的東西，就是時間。是時間碰觸到甲冑魚的身體，時間緩慢冷酷地、不斷改變甲冑魚，將那小傢伙推上海面，再推上乾燥的土地，最後成了耳朵的模樣，這一切的罪魁禍首就是時間。」

張仁夏再次摸了摸自己的耳朵。

「我偶爾會想，我們的耳朵會不會懷念原本那黑暗溫暖的海底，就像人在無意中懷念羊水的幽靜溫暖一樣。」

我無言以對。他摸著幽禁了自己生活的耳朵，以童話的方式吟詠它生命的根源，這模樣極其純真。我想知道的，是躲藏在純真裡的傷痛洞穴，而那傷痛的洞穴卻以完全意想不到的面貌曝了光。

6

春天的陽光晒得人懶洋洋的五月某一天，辦公室裡安靜得只聽得到紙張沙沙作響的聲音。韓基俊深陷在椅子裡埋頭苦思著什麼，其他職員也全都沉浸在工作中。我翻閱著報紙，耳邊卻不時傳來粗重的喘息聲。

剛開始我沒注意，但喘息聲一再傳來，迫使我不得不尋找聲音的來處。是張仁夏，他低著頭，一手撐額一手捂住嘴的樣子很不尋常。就在我的手要搭上他的肩時，他就彎起脖子雙手捂住自己的耳朵。這是出於本能的緊急動作，就像面對難以承受的光線閉上眼睛一樣，他似乎在面對難以承受的聲音捂住了耳朵，讓我一時忘記他根本聽不見聲音。隨後傳來的尖叫聲震驚了整個辦公室，那不是張仁夏的聲音，那尖叫聲不可能是站在僻靜小路上帶著孩子般天真笑容的他發出來的。

張仁夏捂著耳朵的手「啪」地一聲垂了下來，他汗溼的臉色蒼白如紙。就像尖叫聲不屬於張仁夏所有一樣，那張臉也不屬於張仁夏所有，那是一張不適合站在有著泥土、青草，有著微風和植物清香的僻靜小路上的臉孔。我愣愣地望著他一言不發走出辦公室的背影。

第二天，張仁夏沒來上班，也沒打電話過來，韓基俊不知道他的電話號碼。驚慌之餘甚至還打電話找上有事暫時到外地去的池成洙。池成洙只告訴了我們地址，他也不知道電話號碼。

手上拿著僅有的一個地址，韓基俊感到十分為難，他在身為社長理應直接上門找人的責任感和與張仁夏見面帶來的心理拘束之間猶豫不決。於是我便自告奮勇說我去，韓基俊很高興。

我們不斷地邂逅不同的人，我們的生活就是由人際關係所架構而成的框架，生活就在框架的規則裡不停打轉。製造出這個框架規則的機械式日常生活，是構成當今世界無數本質的實體，人們就在這本質與本質的交會和交錯中營造自己的生活。在機械的日常生活中所遇到的臉孔，往往是毫無個性的。雖然每個人都有各自的生活和個性，但是在日復一日的日常生活中被不斷磨平和喪失。在我的回憶中，張仁夏已經脫離了這種日常生活，他的臉上帶著在一家小出版社以校對維生的三十多歲平凡人很難擁有的表情。更何況他還是喪失聽力的殘障者。我不知道他為什麼會失聰，但我不認為是那殘障造就了他一張孩童的面孔，反而更容易造出一張因創傷和敵意而咆哮的老朽面孔才對。

在張仁夏失蹤了十天之後，我才終於見到他。張仁夏的家十分老舊，位於新林洞的邊緣地區，這段期間裡我曾經去過兩趟，但他都不在家。正確的說法應該是，我只聽到他妹妹說他不在家，我覺得他應該在家只是躲著不見人，但也無可奈何。第二趟又白跑了之後，我感到筋疲力盡，心裡也暗自生氣，所以對韓基俊說我不會再去找他了，韓基俊只露出為難的表情，沒再說什麼。就這樣過了兩天，張仁夏的妹妹打電話來，說的話讓人頗為意外。

她說希望我能見見張仁夏，他已經好幾天不吃飯光喝酒。那一刻，我的眼前浮現張仁夏的另一個面貌，隱藏在孩童臉孔後的另一張臉。後來我才知道，張仁夏的妹妹叫美敬，今年二十歲，幾年前寡母過世之後，和唯一的親人哥哥一起生活。

在大門迎接我的美敬說，希望我隱瞞她打了電話這件事，我同意了。先進入張仁夏房間的美敬過了一會兒之後才叫我進去。張仁夏在黑暗的房間裡一個人喝著酒，他一見到我就笑了一下，那是一個苦澀的笑容。他的臉明顯消瘦了，我小心翼翼地拿出事先準備好的紙和筆，雖然覺得在沉重、尷尬的氣氛中筆談有些麻煩，但也沒辦法。我寫下因為沒有他的消息，我感到納悶才過來。他只是點頭，閉著嘴不說話。我又拿起筆來寫著：

——我來這裡是為了勸你去上班，社長懇切地拜託我一定要將你再請回來。

看了我寫的內容，張仁夏臉上顯出夾雜著高興和難以置信的表情。

「這……當真嗎……？」

對著好不容易才有了回應的他，我笑著點點頭。他的臉上變得明朗起來，嘴邊漾開一個微笑。這是之前我經常看到的帶著天真表情的微笑。我問他為什麼會以為自己被解雇了？

「像我這麼微不足道的人那樣大喊大叫的……豈有可能獲得原諒？」

我歎了口氣。要說謙虛，這也太謙虛了；要說天真，這也是太愚蠢的天真了。

——你當時為什麼大喊大叫？

看到我的詢問，他一臉陰沉地把玩酒杯。

「要不要喝一杯？」

我點點頭，他馬上把手裡把玩著的酒杯遞給我。

「我的腦中不時會響起一些聲音，和耳朵裡的鼓膜受到振動所發出的聲音不同，不是外在的聲音，而是我內心的聲音。當然也有美妙的聲音，像是風的聲音、風吹樹葉的聲音、樹葉掉落的細微聲音、陽光灑在臉上的聲音、光線穿透的聲音，這些聲音自己會出現、自己會動。聲音其實是一種動作，也就是生命，我所聽到的就是生命的聲音。生命中自然也有甲冑魚，小東西以嘩啦啦的水聲來呈現自己，從溫暖的深海裡不斷發出溫暖的氣息聲接近我，我非常喜歡牠。」

嘴角掛著微笑的張仁夏臉上，洋溢著夢幻般的表情，讓我不禁想著，那夢幻或許就是他天真臉孔的源頭。

「只要有這樣美好的聲音存在，我就是一個備受祝福的人。不過偶爾我也會聽到痛苦的聲音，有什麼被摧毀的聲音，一些生命受到傷害的殘忍聲音。這些聲音間歇地折磨著我，但我還是撐了下來，因為有那些美好的生命對我不離不棄。可是每到五月……痛苦的聲音就會變本加厲。」

我聽不懂他在說什麼，什麼一到五月就變本加厲，難道是說溫暖的春天對他起了什麼作用嗎？

「那天也出現了痛苦的聲音，我本來應該忍住的……我本來應該咬緊牙關挺過去的……本來不應該大喊大叫的……」

我感到混亂，他的話跳來跳去，很難理出頭緒。

——為什麼一到五月痛苦的聲音就變本加厲？

他的頭微微歪向左肩，靜靜地看著我寫的內容。

「因為……」

他說的是一九八〇年五月的光州，我愣住了。那一瞬間浮現在我腦中的想法是，這又是什麼老生常談的故事呀？如今回想，這種想法實在太不可理喻了。一九八〇年五月以後，我們無比地渴望真相，那個被掩蓋、被隱匿、被屠殺的真相。但隨著時光流逝，隨著隱藏在時間稀疏縫隙中的事實被一一揭露之後，我們緬懷的渴望也逐漸褪色。真相依然被掩蓋著，但緬懷已經凋謝，逐漸習慣了虛妄所製造的冷嘲熱諷。當張仁夏提到一九八〇年五月的光州時，我毫無疑問屬於虛妄嘲諷的一群。如果要辯解的話，或許可以用我對張仁夏單方面的想像和對他不符期待的失望來表達……我被他所曾經展現透明純粹的童話世界所迷惑了，我想看到的，是一個和我們的挫折和鮮血淋漓的歷史面貌完全不同的世界，連歷史痕跡也看不到的絕對單純的空間。儘管如此，這也是一種無禮的貪心。

張仁夏吃力地講述了他在該以禽獸理論來觀察才能勉強看清的時間和空間裡，所經歷的不正常悲劇。

7

一九八〇年五月，當時的張仁夏是印刷廠的排字工人。當然，那時他的耳朵也沒問題，對自己的工作非常滿意。尋找被拆解的活字和標點符號組成語言的這份工作，不僅有趣，也讓他心滿意足。能觸摸到表達個人思想的文字，能感受到那種文字的觸感，進而還能聞到一種獨特的香味，對他來說是多麼驚人的事情。偶爾跟同事們提起這種事情，他們會當成笑話一笑置之，或當成他在胡說八道。張仁夏卻因為他們不懂那種樂趣，而覺得惋惜。

五月十八日這一天，張仁夏還在地下室的廠房裡埋頭排字。下午四點過後，他把一直彎著的腰伸直，每到這個時間，他通常會去散散步。因為從下午一點午餐時間結束後就得再度開始工作，到了四點，眼睛就會變花，身體也感到痠痛。這個時間就需要去散散步，地下室的廠房裡連一絲風、一縷陽光都進不來。

張仁夏從地下室的樓梯爬了上來，緩緩走在通往後門的走道裡。打開後門，就有一條鬧中取靜的小路在等著他。那條小路不只沒有大樓，還是一條死胡同，無論何時都很安靜。雖然是連棵樹都沒有的粗糙水泥地面，但有陽光，有風，有靜謐。張仁夏會在這條小路上走來走去，時而回想剛才製作的文字模樣和香味，時而預想接下來會出現什麼樣的文章。但是五月十八日這天有所不同，他才剛打開後門，就聽到了粗重的喘息聲和凌亂的腳步聲，他睜大眼睛，看到三名男子在死胡同的圍牆上被嚇得臉色發青，兩名軍人拿著棍棒和槍朝他們衝了過去。他懷疑自己看錯了，士兵們竟然用槍托和棍棒無情地毆打那幾個男子，慘叫聲響起，鮮紅的血噴湧而出。張仁夏不知不覺地尖叫起來，兩名軍人轉過身來。

「看到他們的臉那一瞬間，我嚇得心撲通撲通地跳，該怎麼形容呢……他們看起來就像是被一股連自己都無法掌控的力量所箝制的人，眼睛失去焦點，滿臉通紅。我出於本能地意識到，如果我不把他們從那股箝制的力量中喚醒的話，就會有慘劇發生。我估量著要把他們喚醒，就必須先將他們手裡的槍和棍棒奪過來才行。」

當張仁夏說出這番話時，我想到了池成洙。這情況感覺很孰悉，我趕緊提起筆來。

——那條巷子該不會就在樓門洞吧？錦南路附近。

張仁夏點了點頭，我深深吸了一口氣。池成洙和張仁夏之間那條看不見的連接線實體，突然就出現在眼前。

一九八〇年五月，當時的池成洙是全南大學的復學生。五月十八日下午三點四十分左右，光州市北區北洞一百八十號前的大馬路，也就是被稱為「錦南路」的路上，穿著迷彩軍服的特戰傘兵部隊所屬軍人以三列隊伍向道廳[3]挺進。他們背後以對角線的方式斜背著M16步槍，右胸上有一枚徽章，上面繡著一匹白色飛馬。據池成洙說，他們的軍靴規律地發出低沉、冷漠、無情的聲音。

立定！

對齊！

士兵整齊畫一地停住腳步，這是一條距離柳洞三岔路五百公尺左右的人行穿越道，四周肅

3 道廳即道政府廳舍。

靜無聲，那是一種不祥的寧靜。池成洙看了看手錶，下午四點，彷彿已經過了很久，沒想到才只過了二十多分鐘，真令人不敢相信。當視線離開錶面的那一瞬間，跟隨在軍人隊伍後方綠色車輛上的喇叭裡，傳出尖銳的金屬聲。

「街上的市民，請趕快回家，請趕快回家！」

不只是示威的學生，還有在人行道上觀看警方鎮壓過程的人，以及偶然路過好奇徘徊的路人，都在聆聽喇叭裡充滿脅迫的聲音。不到一分鐘吧，逮捕街上所有人的命令就下達了。軍人手上握著警棍和刺槍，朝著人群衝了過來，只要有人進入攻擊範圍，就毫不留情地揮動警棍和槍托。他們拚命追趕逃跑的人，甚至跑進了大樓。

池成洙和兩名陌生的同伴一起跑到了樓門洞一帶的巷子裡，不幸的是那是一條死巷。追在他們身後的兩名軍人瞄準著M16步槍衝了過來，才沒過幾秒，就看到刺刀猛然往旁邊人的肋下刺了進去。池成洙的嘴裡冒出一聲短促低沉的驚呼，隨後他自己也在槍托狠命的敲擊下，滾到了水泥地上。旁邊人的身影進入了他模糊的視線裡，只見那人頭破血流卻依然呆呆地站著，槍托擊打在他的肩膀上，他頭一偏重重地撞向水泥牆，卻只是踉蹌了一下而已，還是堅持站著。就在這時，一聲奇怪的聲音傳了過來，像是驚呼，卻不是驚呼。兩名軍人被嚇了一跳，停住了動作，那個渾身是血靠在牆壁上的男子這才終於倒了下來。池成洙轉頭望向怪聲來處，驚訝地發現那裡站著一個身材矮小的男人。那個穿著黑色工作服的男人瞪大了眼睛，微微張著嘴走了過來，池成洙懷疑這人是不是瘋了。這是一條死巷，他就算有事走進巷子裡，面對斑斑血跡和慘叫聲，也應該轉身逃走才對。這男人矮小寒酸，看上去一點力氣都沒有，儘管如此，他還是愈走愈近，抬起雙手像要抓住什麼似的，卻不知道他到底要抓什麼。

原本一臉驚慌的兩名軍人，表情轉為目瞪口呆。男人就這麼舉著雙手，開始搖晃著頭，這動作是在哀求，表示不可以這麼對待人的懇切哀求。男人的手終於搆到了軍人的槍，他想抓住的是槍，這景象真令人難以置信。隨著一聲鈍重的聲音，男人身體搖晃起來，軍人用槍托敲了他的頭，就看到男人的身體軟倒下去。

「這傢伙不會是神經病吧？」

一名軍人嘴裡叨念著，另一名軍人一臉憔悴地低頭看著倒在地上的男人，他們拿著槍和警棍的手垂了下來。

「走吧！」

一名軍人努努嘴，另一名軍人點點頭，他們走出小巷的背影顯得那麼渺小，散發著淒涼感。當他們的身影一消失，池成洙就拖著疼痛的身體跑到附近大樓裡喊人，這才把倒在地上的人送進了醫院。

那個試圖用雙手奪槍的古怪男子就是張仁夏，因為他的出現不僅改變了暴力的標的，而且他荒唐的舉動也讓軍人感到驚惶失措，最終讓他們放下了凶器，這點就值得池成洙將張仁夏視為救命恩人。當被問到「做出這種舉動難道不害怕嗎？」的時候，張仁夏露出困惑的表情。

「這個嘛……當然會害怕。但當時我一心一意只想阻止眼前就要發生的慘劇，所以……」

「你認為你可以奪下軍人的槍嗎？」

「聽起來也許很奇怪，但當時我相信我能奪下來。」

張仁夏垂下眼睛低聲說。這讓我想起了一段早已遺忘的回憶。

我還是中學生的時候，故鄉村子裡有一頭牛從牛欄裡跑了出來，在村子裡到處亂竄。大人們抓不住牛的韁繩，全都心驚膽戰，幾經周折雖然把牛逼到了死角，但誰也不敢挺身上前抓住牛韁繩。這時，一個十歲左右的小孩突然從人群裡冒了出來，朝著黃牛的方向走去。大家的注意力都放在黃牛身上，完全沒想到一個孩子會跑出來，根本來不及抓住他。人們嘴裡發出「哎呀，哎呀」的聲音，有人大喊危險，孩子卻像想抓什麼似的張開雙臂，泰然自若地走近黃牛。黃牛對著這個伸著手突然靠近的孩子用角一頂，孩子的身體就飛到了半空中，再重重栽倒在地上，其間牛又恢復到原本溫馴的模樣。小孩腰部撕裂，腿骨骨折，在醫院裡住了半個月。後來聽說，小孩之所以走近黃牛，就是為了抓住牛的韁繩。也就是說，以為黃牛很聽自己的話，不認為有危險。

「我正要抓住槍的時候，就聽到身體發出了什麼聲音，一種有什麼在崩塌的聲音。那是內部破裂的聲音，然後我就昏了過去。」

當意識恢復過來時，他發現自己被放在車上要送到哪裡去。身體晃得厲害，但幾乎感覺不到疼痛。天空晴朗，青青柳樹一掠而過，世界平靜如水。在如水的世界裡，隨風搖擺的柳樹孤零零地站著。

「當我睜開眼睛，發現自己躺在醫院的病床上，醫生和一位陌生的男子正低頭望著我。後來才知道，那位就是池成洙先生。他好像在說著什麼，但我不懂聽不清楚，而且聲音聽起來很壓抑。」

聲音很壓抑？我一時聽不懂這話的意思，歪著頭一臉疑惑。

「那聲音類似哀號，低沉而微弱的哀號。不只是說話的聲音，所有傳進耳朵裡的聲音聽起來都像低沉而微弱的哀號，世界就像一個充滿哀號的房間。」

「我不是很理解。那個軍人既然打了你，為什麼別的地方都好好的，偏偏只有耳朵……」

「他們用凶器毆打了我的大腦，那時感知聲音的耳蝸管就被破壞了，也因此造成聲音錯亂的現象。就和電話機出現異常的時候，對方說話的聲音聽起來會很怪是一樣的道理。醫生說這叫認知錯亂。」

「當時並非像現在一樣聽力完全喪失。」

張仁夏點點頭。

「還傷到別的地方嗎？」

「就像頭蓋骨和裡面的腦髓各玩各的一樣，頭很暈，一動就會覺得周圍所有東西都在晃，因為平衡感被破壞了，完全無法控制身體的重心。還有下巴掉了，肩骨出現裂痕，但和耳朵的創傷相比，這些都算不了什麼。」

低沉而微弱的哀號有時就像頻率不對的收音機雜音一樣，變成一種刺耳、聒噪的聲音。對他來說，聲音就等於痛苦。然後有一天，他突然聽到了新的聲音，是孩子的哭聲。彷彿是從遠方傳來的哭聲和其他的聲音不同，如水般溫柔地流進了他的腦海裡。

「這是我在醫院恢復意識之後第一次毫無痛苦聽到的聲音，聽起來不僅不痛苦，還溫柔地撫慰了我疲憊的神經。我失神地追著那聲音而去，腳步蹣跚、小心翼翼地尋找那聲音的來源。」

聲音來自醫院地下室的太平間，四處都看得到一具具慘死的屍體。一臉髒兮兮的孩子在白布覆蓋的屍體旁嚎啕大哭，看似孩子母親的年輕女子失魂落魄，滿臉皺紋的老人在孩子身旁掉眼淚。

「從那之後，我一有空就跑到太平間，那裡總是充滿了悲痛的哭聲，抱著慘被亂刀刺死的屍體，握著拳頭捶牆痛哭的人……」

他蹲在太平間的一角聆聽他們的哭聲，只要這麼靜靜地聽著，聲音就會如水般流向某個地方。他自然而然地發現了他們的哭聲為什麼會像水一樣流進受創的耳朵裡，因為他們的哭聲本身就是創傷的聲音，聲傷和耳傷並無二致。這或許是極不科學的想法，難道受創的聽覺器官會因為是悲傷的哭聲就放過了嗎？難道如醫生所說，故障的電話線懂得區別聲音種類嗎？彎路自然得彎著走。即使如此，結果還是一樣。儘管悲慟欲絕的哭聲再次變得扭曲、破碎和變形，又會有什麼不同呢？就算有了不同，對他來說依舊是珍貴的聲音。這是世上唯一鮮活的聲音，從封閉房間的窗縫中滲進來的人親切的聲音，走過崎嶇坎坷的道路來到他受創心中的生命之聲。

「也是在那個時候聽到了軍人將撤出道廳的消息，無數的人蜂擁到道廳前。車輛將接連不斷的傷者送往醫院，死者入殮後就運到噴水池前面。」

每當救護車在道廳噴水池前放下棺材的時候，人們的哭聲就會益發高昂。打開棺材，就會看到血跡斑斑的屍體。無頭的屍體、內臟外露且臉部被壓碎的屍體、斷手斷腳皮膚發黑的屍體，種種慘狀難以用言語形容。為了尋找失蹤的家人徘徊在屍體之間尋覓的人們受到驚嚇，有的癱坐在地上，有的用手帕捂住嘴。有人抱著或許還僥倖活著的希望卻在這裡看到屍體的時候，就會撫棺痛哭，也有人甚至昏厥。

「你可能也知道，當時找到的屍體都被安置在道廳裡，確認了身分的屍體入殮後就被送進商務館的靈堂。」

他閉上眼睛像在回想當時的情景。

「我去找收拾對策委員會，拜託他們讓我在停屍房工作。我懇切地拜託他們，幸好他們允許了。」

他茫然地看著躺在棺材裡的一具屍體，不知道被毒打得有多厲害，渾身都是血。棺材上孤零零地放著兩張面值一千韓元的紙幣和一串陳舊的鑰匙鍊，遺物十分寒酸。這個貧窮的年輕人垂死前在想什麼呢？他小心翼翼地拿起鑰匙鍊，銀色的鑰匙也搖晃著隨之而起，我不禁好奇用這把鑰匙能打開什麼。

從停屍房的另一端傳來了哀號聲，一個抱著屍體扭動的女人身影映入眼簾。很難過吧？他背靠著牆閉上眼睛，耳中突然傳來女人低沉的說話聲。睜眼一看，原來是她。有個年輕女人連睡覺都顧不得，整天在停屍房裡做事。有人說她是酒家女，也有人說是妓女，流言四起，但誰也不知道她的真實身分。她用水仔細清洗血肉模糊的慘死屍體，還為每具屍體換上自己準備的襪子和內衣。當她為屍體脫掉沾滿泥土和鮮血的衣服，換上新衣服的時候，經常會讓人陷入她在給活人穿衣的錯覺當中。

「抗爭領導總部判斷戒嚴軍隊可能會在二十七日晚上進駐，所以一過午夜就關掉了道廳內所有的電燈。我站在道廳的院子裡，看著這個沉浸在黑暗和寂靜中的城市。這是個悄無聲息的夜晚，萬籟俱寂。」

「你為什麼沒有離開道廳？」

「領導總部勸我回家，但是我不能離開。我掙扎著走過崎嶇而遙遠的路來到這裡，實在捨不得離開那以悲傷的手撫慰我受創的耳朵、輕拍我破損胸口的聲音。」

「你不怕死嗎？」

「死？」

他眨了眨眼睛看著我。

「很奇怪，我完全沒想到自己的死，我害怕的是……聲音的死。」

聲音的死？

「死亡之手顯然正步步接近，在伸手不見五指的黑暗裡，誰也阻擋不了死亡的手伸過來……」

他感到死亡之手為了掐住聲音的脖子正悄然降臨，就是那洗刷血水、整理殘肢斷臂破胸裂腹，蜿蜒流淌的聲音。死亡之手正在接近，試圖扼殺含著眼淚撫慰死者的聲音。這時伴隨著刺耳的警笛聲，一個女人纖細的聲音也一起傳了過來。

光州市民，緊急報告！戒嚴軍隊現在正開著坦克車挺進光州，我們將死守光州到最後一刻，戰鬥到最後一個人，請市民不要忘記我們！

「我無法忘記那個聲音，那令人心如刀割的悲痛聲音。」

他的眼睛變得模糊，水氣漫了上來。

「死亡之手終於迫近，張開了巨大的手掌。撓鐵般的槍聲響起，在照明彈慘白的火光下，沒有花卻四處翻滾的花壇護欄暴露在眼前。不久，手榴彈爆炸開來，濃煙消散之後，一具支離破碎的女人屍體映入眼簾。是那個女人，那個在停屍房裡不眠不休工作的女人，她的斷手籠罩在清晨的曙光中。

張仁夏仰望天空，晨星在遠方升起，風吹過汗溼的額頭，野花散發著清新的香氣。就是這種味道，停屍房裡的野花香。

有位老母親抱著放在道廳停屍房一角、身體已經冰冷的中學生兒子，嘴裡反覆喊著：「救救我兒子，治治他的傷！」連走路的力氣都沒有的老母親，哭喊著：「我就這麼一個兒子啊，我就這麼一個兒子！」爬著出了停屍房。過了一陣子，老母親抱著一大捧野花進來，是黃色和白色的野花。她把花一朵一朵地放在兒子身上，放在不知道是不是被子彈射穿只剩下表皮的額頭上，放在已經腐爛浮腫的土黃色腳上，放在棺材頂凝固的血跡上，撒下了一朵一朵的花。花香隨風沁入了張仁夏的身體裡，他閉上眼睛，花朵隨風搖擺，白花、黃花、藍花……年邁的母親哭著撫過一朵朵的花，滿是皺紋的臉上不停淌著淚水，粗糙的手隨著在風中搖曳的花一起抖動。

他的身子癱軟下來，全身一點力氣都沒有，精神也變得恍惚。可能是風停了，搖曳的花朵靜止不動，老母親趴在地上哭。他的臉頰觸及冰涼的地面，看見了血，笑了起來，我在流血呢，我正流著和躺在那裡的死者一樣的鮮血。

「隨著一陣刺痛，我的身體不止地顫抖，隨即失去了知覺。等到我睜開眼睛的時候，什麼聲音都聽不到了，就連呻吟之類的聲音、粗嘎的聲音都聽不到了。」

「怎麼會變成那樣？」

「醫生說是聲音的認知器官耳蝸管完全損壞，原本就已經是受損狀態，因此面對一般人能承受的普通衝擊也很容易毀損。醫生還安慰我，耳蝸管是現代醫學無法治療的領域，即使沒有受到這種衝擊，已經受損的耳蝸管也會慢慢失去功能。」

第二天，張仁夏來上班了，他像往常一樣埋頭苦幹，臉上掛著孩童般天真的笑容。韓基俊為張仁夏恢復了平常模樣感到慶幸，對他的曠職一聲不吭。我小心翼翼地觀察張仁夏，沒有發現任何與以前不同的地方，他的僻靜小路依然顯得清平自在。

8

現在該說說張仁夏去世的事情了。生命的結束，也意味著回憶的開始，而這回憶比任何時候都更清晰、更令人刻骨銘心。就在張仁夏的生命結束之際，池成洙才暴露出張仁夏長久以來所隱藏的形象。在我的眼裡，張仁夏就是一個站在僻靜小路上的孩子，那是一種虛幻的美好，就連在光州現場那充滿鮮血的空間裡，張仁夏也沒有偏離那種形象。在他身上完全看不到憤怒，他也沒有踏上生命與歷史的土地，而是在空中營造出夢幻般的美好世界。張仁夏對我來說就是這樣，但是池成洙所暴露出的張仁夏卻腳踏實地。張仁夏沒有飄浮在空中，而是以堅強的人類形象站在池成洙的思想精神裡，這令我感到十分驚訝。

張仁夏的死是足以預料的，但實在死得令人無言以對。

一九九一年四月二十六日下午五點十分左右，在首爾西大門區南加佐洞明知大學正門前，與四百多名同校學生一起示威的姜慶大（二十歲，經濟學系一年級）遭到五、六名鎮暴警察毆打，頭部受傷，送醫途中不治身亡，這是由警方過當鎮壓示威所引發、預料之中的事件。死者是遭被稱為「白骨團」的便衣逮捕小組無情揮舞的鐵棒所打死，這也暴露出政權非道德性和組織的暴力性，在野社運界宣布展開對政府的全面鬥爭。

四月二十九日下午三點十五分左右，在全南大學五・一八廣場旁的草坪上，朴勝熙（二十歲，食品營養學科二年級）企圖自焚，陷入命危狀態。在舉行「譴責殺害姜慶大同學暴行暨要求盧泰愚政權下臺團結大會」的五．一八廣場上，朴勝熙渾身是火地高喊「兩萬學友團結鬥爭」、「打倒盧泰愚政權」等口號跑了出來，最後倒在了馬路上。

繼朴勝熙的自焚之後，安東大學的金暎均和暻園大學的千世容也相繼自焚，四天內造成三名學生死亡，引起了巨大衝擊。對此，保守輿論批評這是在社會運動的實踐中最壞的選擇，所反映的不是踏實認真的改革意識，而是暴露出感性的理想主義者軟弱的虛無主義。這種自殘對自己、對國家和民族都沒有任何意義，是分不清夢想與現實的幻覺行為。這種耳熟能詳的批評，顯得陳腔濫調。

如果說權力是人類的欲望，改革和革命也同樣是人類所渴望的。若說前者是渴望增殖，那麼後者就是渴望淨化。因此有權有勢的人是不會自尋短見的，果真如此，那將會是翻天覆地的事情。但渴望淨化的改革家和革命家可以捨棄生命，捨命不是增殖的行為，而是走向淨化，是過激的欲望試圖掌控淨化世界的短暫火花。這種火花的形態雖然不是最佳的選擇，但也不能說是最壞的選擇，更不是分不清夢想和現實的幻覺行為，這只是淨化欲望所能選擇的各種方法之一。儘管如此，在增殖欲望日益高漲的資本主義社會裡，如果沒有一顆熾熱的心，是不會想起那些站在與增殖欲望對立位置上自焚的人。

那天晚上我喝醉了，難得和在仁川從事勞工運動的好友見面，大白天就開始輪流請客喝酒。我已經逐漸衰老成一個只懂生活的平凡人，而他們對蘇聯和東歐的巨大改革所造成的傷害感到惶恐不安，對政權用鐵棒殺害一條生命的暴力和學運界接二連三的自焚感到悲痛，對依然充滿矛盾的世界感到絕望。我們喝了一整天，東倒西歪地走在深夜寂靜的馬路上才依依告別。我進屋時，午夜剛過，洗個臉正想睡覺，電話就來了。深夜的電話鈴聲太嚇人了，尤其打電話的人還是池成洙，他從未在午夜過後打電話給我。

「這裡是醫院的太平間。」

我深吸了一口氣。

「張仁夏死了，車禍。」

那天是一九九一年五月七日。

凌晨時分醫院太平間空蕩蕩的，除了幾位親戚之外，只看到池成洙、韓基俊和出版社的兩、三名職員，前來弔唁的人實在太少了。我焚香磕頭，默默地看著張仁夏的遺照。僻靜小路的另一邊，張仁夏微笑的身影浮現在朦朧的霧氣中。

車禍的經過是這樣的。張仁夏和往常一樣七點下班，十點左右在他家附近的酒館前馬路邊，遭到卡車撞擊，當場死亡。據身為酒館老闆的目擊男子表示，張仁夏在八點稍過獨自進來喝了兩瓶燒酒後就走了出去，老闆透過窗戶望見他的背影。

他說，因為覺得人有點奇怪，所以多看了一眼。一向都有很多一個人獨自喝酒的客人，所以剛開始沒多留意，但時間長了，他的眼睛就老往那裡瞧。不只是因為那個人一直坐在那裡一動也不動，還有店員不小心把瓷碗掉在地上，別的客人都轉過頭來看，只有那個人文風不動，看起來真的很奇怪。當他要穿過沒有紅綠燈的馬路時，卡車猛按喇叭疾駛而來，據說喇叭聲音大到連身在酒館裡面的老闆都皺起眉頭來。但是張仁夏並沒有停下腳步，轉眼間就被捲入了卡車輪下。

池成洙背靠著牆閉上眼睛，臉色蒼白疲憊。

「張仁夏一個人喝酒的時候在想些什麼呢？」

這句話與其說是質疑，不如說是獨白。池成洙一直沒有睜開眼睛，也一直維持著靠牆姿勢。韓基俊曾兩次上前試圖和他說話，但看著他一動也不動的樣子就退了下來。不知過了多長時間，池成洙才開始有了動作，他直起背不再靠牆，挺起肩膀，吸了一口氣。

「張仁夏……」

池成洙慢慢睜開眼睛說：

「是我很珍惜的人。」

珍惜的人？我不知道該如何回應這句話，那重量和色彩的深度無可衡量。

「我把張仁夏送到醫院之後，就在父親的強迫下離開了光州。幾個月後，當我再回到光州時，無數的朋友和同僚或死、或傷、或被關進了監獄裡。我瘋狂地到處打探，張仁夏也是其中之一。我不知道他失聰了，當我把他送進醫院的時候，曾經聽到醫生說他耳朵有問題，但我只擔心其他受創的部位，沒有把耳朵放在心上。當我終於找到他時，他已經完全失去了聽力，他需要一份工作，卻找不到願意雇用失聰者的地方。」

池成洙把燒酒斟滿大杯子，慢慢喝下去，聽說在我過來之前，他就已經喝了很多酒。

「第二年，張仁夏北上來到首爾，在一家小印刷廠找到了工作。他打電話告訴我這個好消息，我默默聽著他的聲音，才發現自己這些日子以來已經忘記他。我不太了解張仁夏，直到第二次被通緝，我才對他有了進一步的認識。」

通緝犯的生活是另一種類型的時光，走在路上偶然接觸的視線和公車上無意間流露的表情，都會讓通緝犯感到窒息。從張貼在全國各地的通緝海報中，我清楚看到自己的臉孔。只要在黑暗中躺下來閉上眼睛，不祥的想像就會伸出冰冷的觸角碰觸我的心臟。通緝犯首先要做的，就是圈出可能被緝拿到的範圍，一步都不能踏進家人、親戚、朋友、同志的居所。如果藏匿通緝犯，就會以窩藏罪被抓起來，通緝犯無處可去。即使如此，晚上還是得睡覺，時間到了還是得吃飯，通緝犯只能走上通往黑暗洞穴的路。

「我之所以找上張仁夏，最主要是因為他不在情報警察的搜查網內，他的家很安全。當我對他說想麻煩他幾天，他欣然允諾。雖然知道窩藏我會是何種羈絆，但他是出自內心很高興見到我，而我還在估算哪天應該離開。」

起初都很高興，但過了一天、兩天、三天之後，就會開始出現「拜託別再住下去」、「趕緊離開」的表情，所以在那種表情赤裸裸地暴露出來之前就應該先離開。

在討厭自己之前。

「就在我衡量著何時該離開之際，我知道了張仁夏擔心自己家又窄又簡陋，會讓我感到不自在，於是我再次提到了窩藏通緝犯的行為可能招致的危險。因為我想揭露他的偽善和隱藏在偽善中的自私本能。對於一位真心幫助我的人，我的行為真的很失禮，我為什麼那麼做呢？」

因為他不信任無意識形態的人，池成洙說。

「擁有意識形態的人在透視世界本質的同時，也以科學認知與科學之愛來武裝自己，將全身化為一把利刃，對準欲望、墮落和不道德的心臟刺去。張仁夏是無意識形態的人，我深切體會到無意識形態者的愛是多麼地脆弱。」

在我痛苦呻吟的時候，池成洙是唯一向我走來、撫慰我傷痛的人。不管這是否就是他所說的「科學之愛」，愛的價值都沒有改變。

「張仁夏是一個完完全全沒有意識形態的人，我並不喜歡『完完全全』這個詞，因為在形容一個人的時候，這也是一個極端危險的詞。即使如此，我還是想使用『完完全全』這個詞來形容他。他對邪惡力量一無所知，看不見這個充滿混亂、瘋狂和矛盾的世界，是一個完完全全沒有意識形態的人。我用意識形態的重量來衡量一個人的重量，張仁夏就是一個沒有重量的人。在意識形態上，他就像一個隨時會蒸發的無足輕重的存在，但是我……」

池成洙雙手搓摩著臉。

「我終於領悟到我想揭露他偽善的行為是多麼愚蠢，他對世界的邪惡一點概念都沒有。那時我才明白，張仁夏在樓門洞的小巷裡，像個孩子一樣朝著瘋狂畜生走去的荒謬行為，源於他對邪惡毫不知曉的無意識形態精神。」

「有這種不知邪惡的精神嗎？」

我小心地提出異議。

「我也同樣無法想像那種精神，人怎麼可能不知道邪惡呢？怎麼可能因為他名叫張仁夏，就不知道邪惡呢！儘管如此，之所以只能稱之為不知邪惡的精神，是因為他在面對痛苦時的植物精神。」

植物精神？我茫然地看著池成洙。

「雖然是陳腔濫調，但人是一種社會性動物，失聰就意味著被流放到社會的存在之外。一個語言被隔絕的世界，一個被集團排擠的世界，是非常嚴厲的懲罰，張仁夏以他微妙的精神接受了這種懲罰。他不是在忍受，而是接受，進而在其中生根，他天真的微笑和對他人的溫暖，就是那種行為的標誌。一直沉浸在傷痛中的靈魂，是無法擁有那種微笑的。當我藏身在他家的時候，我一直想提醒他的，是憎恨。但他無憎無恨，對權力給自己生活造成無法挽回傷害的暴力，張仁夏蒙昧無知，我判斷就是這種無知抑制著他憎恨的情緒。我一直相信憎恨邪惡就是善，現在也這麼相信著，但張仁夏的無知不一樣。」

池成洙說，受到傷害的精神會讓人憎恨加害者。他說那是本能，是一股不知深淺的能量。

「這種憎恨是惡的源頭，同時也是與惡交鋒的善的源頭，對邪惡的憎恨才是改變世界力量的原動力。然而張仁夏的精神裡沒有仇恨，對那些傷害自己、使自己失聰的人的暴力行為，他的精神並無憎恨。即使在回顧只有血跡和屍體的道廳停屍房時，他也毫無憎恨，只有悲痛和哀傷。難道是悲痛和哀傷過大，才讓憎恨無隙可乘嗎？當我問他時，他只是笑，沒有回答。」

池成洙在半個月之後離開了張仁夏家，而且在民主運動的激流中自然而然地忘了這個人，直到他身處殘酷的肉體痛苦之中時，才重新想起了張仁夏。一九八六年五月被逮捕的池成洙經歷了嚴刑拷打，那是一場暴虐的酷刑。

「那種酷刑讓我不自覺地只能哭喊，我那彷彿從深邃洞穴中所發出的哀號有時又長又低沉，有時又短又尖銳，不斷持續著。嘴裡充滿著血腥味，粗暴的手伸入我的嘴裡把舌頭硬拉出來，地獄般的那瞬間，我看見了一個人的臉孔。模糊的臉孔從遠處一點一點地接近，是張仁夏。即使他一臉哀傷的表情，嘴角依然泛著微笑。那微笑如水般淌進了我的身體，撕裂的身體也像水一樣流動起來，重新匯聚在一起。就像小水滴聚為大水滴，我的身體成了圓圓的水滴，世界變得愈來愈遙遠。我無法理解，以為是他們降低強度或停止了拷打。但緊接著，深入身體裡的電流撕裂了皮肉，切斷了血管，我想在他們面前筆直地站著，但很快就崩潰了。我流著眼淚哀求他們不要再折磨我，但他們無情地拒絕了。隨著時間過去，酷刑終於停止，我被關進了封閉的單人牢房裡。」

像個死人一樣躺在空蕩蕩的牢房中，池成洙睜開眼睛，看見了一扇小窗，但看不見窗外的風景。有棕色建築物、有樹、越過樹可以看見藍色天空的風景，不知消失到何處，只有茫茫白霧般的東西在眼前晃動。

「我眨了眨眼睛，還用手揉了揉，一點變化都沒有。啊，原來我精神崩潰了，連看清眼前事物的力量都消失，我感到一陣絕望。面對分裂的自我，我連一根手指頭都動不了。霧氣慢慢消散，遮蔽眼前的茫茫白霧消散的同時，也浮現了一道風景。荒涼貧瘠、空無一物的風景，是我觸手不可及的風景，也是再怎麼掙扎都不會改變的風景，我的人生永難逃離的殘忍、絕望風景。」

池成洙重複說了一九八七年冬季總統大選失敗之後對深陷泥潭的我所說過的話。

「風景並沒有消失，即使過了三天，風景依然歷歷在目。閉上眼睛，就會有一隻看不見的手不由分說地過來揭開我的眼皮。只要我一沉睡，就會有一隻冰冷的手拍著我的臉頰，對著那風景撐起我的身子。我還在想這是不是發瘋的症狀。」

發瘋，就是精神崩潰，在崩潰的廢墟中陌生的精神東山再起，架構新的世界。看見無形的世界，聽見無聲的聲音，觸摸虛幻中的事物和生命，這就是發瘋的症狀。

「我流著眼淚搖著頭，要我忘記心愛的人，離開愛人所在的世界被關在另一個世界裡，還不如死了算了。死了，就能夠永遠存活在我所愛的人的記憶中。然而有一天，在陌生的風景中出現了某種聲響，就像風拂過樹枝的聲音。隨著聲響，靜止的風景開始有了變化。我很好奇是誰改變了風景，就在風景裡東張西望，在灰暗的景色中我看見了一個人的身影，那個人就是張仁夏。那一瞬間，一種感悟如光一般迅速、如火一般熾熱地鑽進我身體裡，我終於明白自己被酷刑蹂躪的身體為何會化為一顆圓圓的水滴。」

池成洙說，那是因為張仁夏悲傷的表情和天真的笑容使得他身上沸騰的恐懼、憤怒、抵抗與渴望化為烏有。

「那一刻，我成了一棵植物，任憑風吹雨打，任憑野獸撕咬斷裂的植物。」

稍早前，在池成洙以「植物精神」這個詞來形容張仁夏的時候，我還不明白是什麼意思。如果說不抵抗痛苦的精神就是植物精神的話，這個對張仁夏的形容是非常正確的說法，我想像不到憤怒和反抗的張仁夏會是什麼樣子。

「我相信世界是客觀存在的，世間也有著客觀的真理推動世界走向進步。死亡的風景撼動了這個信念的根源，當絕望愈深，對進步的信念就愈美麗。一九八〇年代，我們美麗的靈魂不就是在光州的絕望中孕育出來的嗎？但是那時為什麼會浮現如此殘酷的風景呢？難道是因為在拷問者面前流著眼淚哀求別再折磨自己的緣故嗎？在屈辱中產生憎恨，憎惡又強化了信念。但那風景不是由憎恨所製造出來的，風景中找不到任何熾熱的火花，只有冰冷的死亡。我無法接受，我之所以會懷疑自己的精神出了問題，就是因為我無法接受只有死亡存在的風景。神智不清，就意味著認識這個世界的力量也變得模糊。我清楚地感覺到自己要瘋了，這是將世界絕對化的人應該受到的懲罰。」

懲罰？我在心中反覆沉吟，等待池成洙接下來的話。

「我相信人類該追求的絕對世界是存在的，只有我走著的這條路才是通往那處的唯一大道。將世界絕對化，就意味著將我看世界的觀點絕對化。在那裡有我的絕對性，不容許有不同路的人存在。絕對性會產生先知的熱情，不信這條路的人、不站在這條路上的人，你們都是邪惡之徒，一定會滅亡！先知的肉體沾滿泥土，精神卻充滿了光芒，來自世界與自我完美結合的耀眼光芒。這耀眼的光芒是改革運動家最強大的武器，同時也是一個陷阱。」

池成洙再次斟滿空酒杯，沒人能阻止他的狂飲。

「宗教先知在他的靈魂之上有神這個十全十美的存在。在神面前，自己只是一個不完美的人。一個不完美的存在才會跪在神的面前，因為他知道只有無盡的謙卑才是接近神唯一的通道。對不完美的認識是對人類無止境之愛的源泉，製造出鋼鐵般的靈魂。而我呢，充滿先知熱情的我呢？我的靈魂之上沒有神，沒有一個能讓我下跪、能用盡全力讓我知道自己不完美的存在。酷刑之後之所以會出現死亡的風景，就是因為我的靈魂之上沒有神。」

他的聲音滿是悲傷。

「崇拜神的先知，即使肉體被撕裂，精神也不會崩潰，因為靈魂沐浴在神的光輝下。我不是宗教先知，我的眼睛朝著天上，因為人間的悲慘太沉重。我雖然可以背負人間的悲慘上天，我的靈魂卻無法同時擁抱這兩個世界，也許這就是改革運動家的命運。沒有神光輝的先知，靈魂一旦崩潰，會出現什麼呢？那就是死亡的風景。就算對歷史客觀真相的信任在絕望中顯得更鮮活美麗，但如果絕望超過了界限，美麗就會崩塌。那時我武裝的精神承受不了痛苦，一個堅持不住的人能做的還有什麼？只能面對一個自己被澈底否定的世界，看著一道死亡的風景。那景象澈底動搖了我信仰的根基，隨著根基的動搖，我的精神也走向崩潰。當一個人無法接受眼前的世界時，唯一做得到的就是發瘋。阻止我走向崩潰的人，就是張仁夏。張仁夏是死亡風景中唯一出現的生命，當我在封閉的房間裡為殘破的肉體痛苦呻吟時，也反覆鑽研了名為『張仁夏』這個奇怪的人。他對世界和現實近似白痴的無意識形態、他對屈辱和痛苦毫不反抗的精神單純性，還有他的微笑和謙遜。」

池成洙的故事即將結束，從他深呼吸的話語中我感覺到了這一點。

「靈魂之上沒有神的先知既危險又脆弱，他的激情根源是一個絕對化的世界，以及走向那個世界的絕對化的自己。如果說對世界和人類的愛是在反省和謙遜的養分中開出的花朵，那麼絕對化的生命則不斷否定反省和謙遜。理念所創造出來的愛十分高貴，其中卻缺乏反省和謙遜，所以是既危險又脆弱的愛。既然愛如此危險脆弱，又能用什麼來灌溉強韌的生命呢？那就是創造出一個能讓我認識到自身不完美的神。對我來說，那個神就是張仁夏。這不得不令人感到驚訝，一個意識形態者崇拜無意識形態者，一個以對世界之惡的憎恨來武裝自己的實踐家的激情，在無憎無恨的單純精神面前下跪，乾枯的強韌在溫柔脆弱面前低頭，尋找人間鎖鑰的人珍惜天上的鎖鑰。這種行為不是拋棄了意識形態，而是將生命注入意識形態中，讓人間的鎖鑰更加耀眼。」

現在要結束回憶了。張仁夏被埋在了光州近郊野山上他母親的墓旁。

池成洙在小小的墓地前低泣。下山的時候，我想著張仁夏，一個人就這麼離開了人間，他在人間留下了什麼痕跡呢？什麼痕跡都沒有！除了幾個人之外，誰也不知道他死了，誰也沒有在屋頂上大聲喊出他的死，這是沒有向世人透露的小小死亡。當小小的死亡以完整的靈魂浮現在回憶中時，我們應該接受他嗎？接受這個不存在於人間、跨越時間飄向人間的虛幻靈魂。我回頭看了看，春天的山靜靜地橫臥在明亮而溫暖的陽光中。

權力的深刻思維

鄭贊，本名鄭燦東。一九五三年出生於釜山廣域市，一九七八年畢業於首爾大學師範學院國語教育系。他在同年進入《東亞日報》出版局擔任月刊記者，並於一九八三年在文藝雜誌《語言的世界》上發表中篇小說〈語言之塔〉，就此進入文壇。鄭燦的文學創作深受五・一八光州事件影響，因為事發當時，他正任職於《東亞日報》。但光州事件對他的影響並非只局限在政治上的意義，而是促使他更深入思索人性和權力腐化的問題，以及死亡與救贖之間的關係。他認為權力的腐化是來自對於他者的異化，以及意圖占有他者的欲望。因此他的小說大都試圖揭露權力和欲望的機制，企圖藉此恢復他者的本性，並尋求救贖的可能性。

主要作品有短篇小說集《記憶之江》、《完整的靈魂》、《幽靜的道路》、《鵬鴞》、《黃金梯子》、《死於威尼斯》、《又白又亮的月亮》、《二人的生涯》、《鳥的視線》。長篇小說則有《世界的傍晚》、《羅騰樹下》、《影子的靈魂》、《曠野》、《彼拉多的耶穌》、《流浪者》、《道路的那一邊》。曾獲得東仁文學獎、二〇〇二年的年度文章獎、東西文學獎、二〇〇六年的年度藝術獎、高陽幸州文學獎、樂山金廷漢文學獎和吳永壽文學獎。現任教於東義大學文藝創作系。

開朗的夜路

孔善玉

雨下得又粗又乏味，整個家瀰漫著一股潮溼的味道。入梅至今已經一個星期了，這段期間雨一直下個不停。

「……我忘不了你，獨自呼喚著你，至今依然愛著你……飛呀飛呀，飛到親愛的你身邊……讓我輾轉難眠的人啊……飛呀飛呀，整夜不停地飛……讓我輾轉難眠的人啊……下雨天就會想起初戀，想到初戀，心裡就難過，真希望雨季快點過去。聖心醫院護士長……秀&真的歌〈芭蕉〉……生命要如火花，每天都像草原上的小草一樣，不被風吹倒。珍惜愛護陌生的人，別讓他們一轉身就恨我們……接下來請聽李恩美的歌〈三十歲之際〉。又是一天逝去，是什麼如煙霧繚繞般填滿我小小記憶，如今逐漸遠去，還以為我留住了青春……」

收音機裡的聲音沒完沒了地傳過來，就算到了世界末日的那一天，收音機也會繼續播送趙容弼、尹度玹、秀&真、李恩美的歌曲吧，人會離開，收音機卻似永恆。如今才過了六十歲的母親，在進入梅雨季的這個星期裡，分辨力明顯下降。四面八方的溼氣，刺痛了母親的骨、母親的肉，還有她的心。

「丫頭呀，妳爸不要我了！」

母親是從去年辦完父親葬禮之後的第四天，開始出現失智症狀。從那時起，母親時時喊著父親拋棄了自己，為此悲傷不已。起初還沒感覺到，後來發現整整一個月，母親嘴裡一直重複著同樣的話，這才知道母親失智了。但我對此束手無策，我才二十一歲，不知道該怎麼處理母親的事情。不過可以肯定的是，我暫時無法離開母親到很遠的地方去。當初就是因為我渴望離開自己生長的故鄉到遠方、到城市去生活，所以才去上護佐[1]學院的。護佐學院才剛結業，父親就離開了人世，兄姊也各自回去自己的住處，家裡只剩下母親和我兩個人。哥哥對我說：

「面政府所在地就有兩家醫院。」

姊姊也說：

「既有牙科，又有韓醫院[2]。」

我有兩個哥哥和一個姊姊，兩個哥哥是信用不良者，姊姊是離婚後帶著兒子生活的單親媽媽。兩個哥哥臭味相投，以連帶保證的方式舉債，一個哥哥蓋了花卉溫室，結果颱風一來，溫室倒塌，一夜之間就破產了。另一個哥哥還不了破產哥哥的債，也跟著破產了。

我撐著傘出來院子摘冬葵菜葉。

「丫頭呀，我身體這麼不舒服，這裡痛，這裡也痛，還有這裡。」

冬葵菜葉摘十片就夠了，但冬葵菜葉很老，要摘十片很不容易。

「丫頭呀，妳爸真的不要我了嗎？」

要放棄冬葵菜葉嗎？看到開了花的冬葵菜，我突然感到害怕。比起鮮嫩的冬葵菜葉給予的喜悅和摘下嫩葉煮豆醬湯吃的幸福感，看到密密麻麻的花朵盛開之後變得又老又硬的冬葵菜葉，有一股對生命的渺茫絕望感迎面襲來。我種了這菜之後才煮過兩次，但不是因為才煮了兩次所以感到絕望，而是在鮮嫩的冬葵菜不知不覺開了花的時間，我完全忘了這塊冬葵菜地，我對遺忘了冬葵菜地期間自己的所作所為感到害怕。我已經預料到自己會在冬葵菜花開花謝，逐漸變老，最後化為泥消失後才再次來到冬葵菜地，然後蹲在菜地裡，為了再也找不到一株冬葵菜而悲傷，這種不祥的預感讓我不寒而慄。無論如何，我還是摘了些不算太老的冬葵菜葉。雨再怎麼下，一點也不肥沃的冬葵菜地就像老人沒了牙齦的牙齒，只有硬硬的一層土裸露在外。和混雜了許多石礫的冬葵菜地相比，辣椒地還因混雜了莧菜和狗尾巴草，散發出一股黏答答的土腥味。

「丫頭呀，妳爸說要來。」

---

1 又稱助理護士，指接受醫生或護理師的指示，協助各項簡易護理業務的助理人員。

2 原本寫作「漢醫院」，「韓」、「漢」兩字的韓文發音相同，韓國人認為韓國傳統醫學所使用的藥方和依據有自己的獨到之處，例如《東醫寶鑑》，與中國不盡相同，為了區別，後來就統一將漢字寫為「韓醫院」。

我只摘了三根辣椒，母親說自己只吃一根就好，但總希望我多摘幾根。今天晚上我就拿幫母親摘一根時順便多摘的兩根辣椒來吃，辣個痛快。這麼一來，晚上我的胃一定會很痛。

「丫頭呀，妳爸說什麼時候來？」

冬葵菜湯、豆醬碟和三根辣椒呈圓形擺放在晚餐的飯桌上。當我正要拿起湯匙筷子的時候，番茄地裡突然有什麼鮮亮的東西在隱約晃動，我趕緊跑到泥濘的院子，就看到剛好有兩粒小番茄熟得發紅。兩粒紅紅的小番茄端了上來，寂寞的晚餐飯桌上就像點起兩盞花燈。紅紅的小番茄放中間，我們母女倆終於可以慢條斯理地開始動湯匙了。

延世家庭醫院每週六下午三點關門，醫生已經下班了，這時刻我和秀雅正要鎖上醫院的門。我打算鎖好門之後，就和秀雅一起到環繞面政府所在地的河濱堤壩上散散步，然後在小店買飲料喝了再回家。在堤壩上說不定還可以用秀雅最近買的MP3播放器聽聽她下載的最新抒情歌曲。

一到春天，堤壩上櫻花盛放，每當秀雅和我走在堤壩小徑上，就會看到這個年輕女子稀貴地方的年輕男子雙眼發亮地望著我們。風一吹來，秀雅和我相互搭配穿著的天藍色洋裝和綠色波浪裙就會柔軟地纏在我們的腿上。僅此而已，接著我們就會加快腳步各自走向寧靜的歸途，不然秀雅和我的同學、學長、學弟等等此地的年輕男子，也許就不會放過我們了，更何況還有最近眼看著變得愈來愈多的外籍移工。

下班的路上，碰到認識的農工園區內塑膠工廠老闆萬培，在他「喝杯咖啡再走」的邀約下去了萬培的工廠，第一次看到了實際在工作的外國人。不知從什麼時候開始，荒山野地和農田上蓋起了家具工廠、醫療器械工廠、塑膠工廠，於是此地就被正式指定為農工園區。萬培原本在農工園區旁邊養了大概兩百頭豬，後來因非法污水處理事件被警察局叫去，經過一番奇恥大辱之後，他的豬圈搖身一變，成了塑膠射出工廠。後來，又不知道從什麼時候開始，農工園區的周圍開始出現外籍移工。萬培的工廠裡充斥了射出機運轉的聲音、塑膠射出成型的聲音，還有收音機的聲音。機械聲和收音機聲各自聲嘶力竭地衝上工廠天花板，再暴跌在工廠地板上。一名邊工作邊跟著收音機的韓國歌謠哼唱的外籍男移工瞟了我一眼，萬培馬上破口大罵。

「小子，別亂流口水，快點快點工作！」

結果這個臉黑、脖子黑、手黑、身材瘦小、眼睛細長的外籍男移工嘻嘻笑著回嘴。

「小子，拔卵遛溝水，快點快點！」

這下咖啡什麼的我全都倒盡了胃口。

「在農工園區工作的男人，不管是老闆也好，員工也罷，都太無知、太粗暴、太沒教養了，總之都很惡劣！」秀雅厭惡地說，她似乎也有和我同樣的經歷。我也同意秀雅的話，無論如何，萬培絕對是需要注意的人物。而且最重要的是，不管是經營工廠的萬培，還是在工廠裡工作的男人，都不是有能力為我打開新世界的人，多看他們一眼都讓我感到噁心。但不管情況如何，除了茶室女人之外，這地方為數不多的年輕女子之二的我們，之所以走在櫻花飛舞的堤壩上，就是因為我們青春洋溢。我們的青春無論如何也拒絕不了春天的櫻花路，在花蔭下裙襬纏在腿上的感覺酥酥麻麻的，秀雅和我光是一點小事也會咯咯地笑起來。

但就在秀雅和我正要鎖上醫院大門的瞬間，一輛白色休旅車停在了延世家庭醫院的前面，一個英俊的男人一臉扭曲地下了車，來到我和秀雅面前，我一眼就看出他不是農工園區的人。

「我胸口很痛！」

他上氣不接下氣，幾乎是呻吟著說出這話。秀雅冷靜地回答：

「我們要關門了！」

我感覺到這男人不理會秀雅，心急如焚地望著我。我趕緊打開醫院的門，給醫生打電話，但醫生沒接。不久前離婚的醫生最近忙著談情說愛，尤其是星期六的看診更是心不在焉。他對本地女人一點興趣都沒有，一下班就返回開車一個半小時車程外的市區住處。可能是因為他擔心如果住在這裡，本地女人中會有誰半夜襲擊他的住處吧，所以才住到市區去。醫生平時看都不看我們一眼，對我們從不假以辭色，秀雅和我常常在下班後，一邊喝飲料，一邊說他的壞話。說不定他回到市區也會說我們的壞話，只不過我們住在這裡不知道罷了。

不管怎樣，我先讓那男人躺在沒有醫生的醫院病床上，解開他的上衣鈕釦，然後再次打電話給醫生，可惜醫生還是沒接電話。秀雅把病人交給我就走掉了，醫院裡只剩下我和病人。我只是一個助理護士，根本不知道該怎麼辦才好，只能拿水給那男人。男人喝了水之後還是覺得胸口很痛，我只好輕拍男人的背。那男的一動也不動，我就幫他按摩手腳，順便擦拭額頭上的汗水。在助理護士能做的範圍裡，我竭盡全力照顧病人。

過了一會，病人的狀態逐漸好轉，我靜靜地望著他，這人也緩緩抬眼看著我，眼裡噙著淚水。但病人，不，男人一轉眼又嘻嘻地笑了起來。之前雖然幫他擦了汗，但現在男人又是滿頭大汗。我秉持護理人員特有的本能，拿毛巾放在男人的額頭上，男人說沒關係，這極為短暫的一瞬間，我感到很不好意思，職業上做到盡心盡力的自豪和面對相貌英俊的陌生異性時的害羞，同時爆發出來。

「謝謝妳！」

這下我真的感到手足無措，男人看著驚惶失措的我，面帶微笑，用著有點遲疑的口吻說：

「我得戒菸了。先不說那個，我該怎麼報答妳的恩惠呢？」

「說什麼恩惠？」

我跳了起來，聽到男人說感謝，我已經手足無措了，現在又聽到什麼報恩的話，嚇得我跳起來。我現在才二十一歲呀！男人這次毫不遲疑，用著更洪亮的聲音說：

「不，妳就是我的救命恩人，我要報答妳。」

雖然不是故意要這麼做，但此刻我不由自主地低下了頭，心臟顫動的聲音在我耳邊撲通撲通震盪。現在情況，就好像我不讓他報恩就成了壞人似的，所以我只好勉強答應。

「那，好吧！」

男人又用著洪亮的聲音再次感謝我，要了我的電話號碼，並留下自己的電話號碼，然後就離開了，那天大概沒有時間讓他報恩吧。

晚上秀雅打電話過來，問我怎麼處理那男人，我說先解開了他的上衣扣子。

「解開上衣扣子？」

「然後給他喝水，輕拍他的背。」

「輕拍他的背？」

「然後按摩手腳，擦拭他額頭上的汗。」

秀雅突然驚叫起來。

「什麼！」

我靜默了一會才問：

「我可以繼續說嗎？」

秀雅說：「好！」

「他滿頭大汗，我幫他擦乾，他說謝謝，然後說要報答我的恩惠。」

「報答妳的恩惠？」

「嗯，說要報恩，所以要走了我的電話號碼。」

秀雅那邊傳來「嘟——嘟——」的聲響，可能秀雅安裝了通話中有其他電話進來會發出訊號通知的裝置吧。我不知道要到哪裡、怎麼安裝這種裝置，但我知道嘟嘟聲代表什麼意思，不過我明明知道卻佯裝不知，吃驚地問：

「什麼聲音？」

「嗯，好像有別的電話打進來。蓮伊，我只強調一件事，男人啊，妳愈喜歡就要愈冷靜。」

「我知道了！」

秀雅匆忙掛斷電話。電話才剛掛斷，鈴聲又響了起來。

「幹嘛？」

「我想報答妳。」

不是秀雅，是那男人打來的電話。我要像秀雅說的一樣，冷靜！

「……已經，已經很晚了！」

「因為我沒時間了！」

而我已經手抓著電話，正穿著衣服。春寒料峭，我急急忙忙穿好衣服出來，薄衫裡的肌膚起了一層雞皮疙瘩。坐上男人開過來的白色休旅車，男人打開暖氣，還開了音響播放音樂，我低低地哼唱，這是廣播電臺節目《星夜》的背景音樂。

「這是Franck Pource Poucel的〈Merci Cherie〉。」

我感到很羞愧，同時也開始尊敬他人。我覺得一個能正確指點什麼的男人，確實值得女人尊敬。我對自己的羞愧和男人的可敬感到難過，我只知道這是廣播電臺節目《星夜》開始時的主題音樂，這男人則連是哪個人的哪首曲子都知道得很清楚。我明確感覺到男人和我分屬不同的世界，所以才難過，然而難過歸難過，但也無可奈何。男人開著自己的車，在繁星閃爍的夜路上奔馳了將近十分鐘，把我帶到了他的住處。

男人的家正是之前忘了是什麼時候秀雅說總有一天要進去看看的那棟房子。下班路上，秀雅曾經帶我來過這家門前，從醫院算起，依次是醫院，我家，男人家，秀雅家。我下班的路上不會經過男人的家，可是秀雅一定會經過。在她經過的這段時間，不知從哪天開始，秀雅察覺到從男人家所流瀉出來的陌生氣息。每到夜裡，男人的家就會傳出隱約可聞的音樂聲。秀雅呢喃般地說：

「我總有一天要進到那房子裡看看。」

「知道是誰家嗎？」

「不知道，但一定是個帥氣的男人自己獨居。」

「妳怎麼知道？」

「晾的衣服經常是一個人的。」

房子外表看起來很普通，就是一般的鄉下房子。和其他房子略微不同的地方是，在通往房子的路口處種了幾株三色堇，本地人絕不會種什麼三色堇之類的東西。男人把車停在大門口，帶著我像走進祕密花園般，以某種神祕的姿態走進自己的家裡。一打開房門，裡面堆滿了許多我從未在一般家庭裡看到的書，不僅排滿了整個書架，甚至堆放到地板上來。不只是書，書架和牆壁上還用圖釘釘滿了電影海報、明信片、照片和剪報。房間裡大致來說還算乾淨，男子一進屋就放音樂，這回我不出聲只動嘴跟著哼，想起了是什麼歌。啊！是雀巢金牌咖啡嗎？不對，是厄瓜多咖啡吧？男人煮了咖啡端出來，濃醇的咖啡香氣瀰漫在整間房子裡。

「這妳知道吧？Billie Holiday的〈Smoke Gets In Your Eyes〉。」

我根本聽不懂的曲名，男人輕柔又不近人情地說得飛快。那些男人說出的曲名讓我感到十分陌生，奇怪的是，我竟然漸漸地想發火。突然間，我想問個問題──煮咖啡給我喝、放音樂給我聽，就算報恩嗎？母親現在會不會在院子裡徘徊，只為了尋找偷溜出去的女兒行蹤呢？會不會步履蹣跚地走出巷子，哭著用拐杖敲地呢？當有人問起時，母親會不會不斷抽泣地說：「孩子不要我了，就跟她爸一樣，我女兒也不要我了。她說不想再養這個老母親，不想再幫老母親洗衣服，不想再一起生活，就走掉了！」但我無法站起來掉頭就走，有種陌生歸陌生，卻很甜美的氣息滲入了我的身體，濡溼了我的靈魂，這種感覺我一點也不討厭。最重要的是，我顯然對這男人不是本地男人的事實感到十分激動。

剛開始，男人有時會在晚上打電話找我出去，他會過來接我，再送我回家。男人不管是在車裡，還是在家裡，都會放音樂。有時是我很耳熟的歌曲，也有從未聽過的。我希望男人能告訴我曲名，我喜歡男人對我說出我不知道的事情。然而男人告訴我的曲名，我就是想記也記不住，都是一些對我來說很難很遙遠的音樂。

「現在聽的歌曲曲名是什麼？」

男人在我的嘴脣上呼出滾燙的氣息，彷彿沒什麼大不了似地馬上報了出來，一如既往地以快到不近人情的速度。

「〈Maria Vergonha〉，Bévinda唱的Fado[3]！」

這是男人停下了吻開始拉扯我襯衫鈕釦時響起的歌曲，我好像也在哪裡聽過。我苦苦思索這首歌是在何時、在哪裡聽過的，突然間嘴裡發出一聲驚歎，是在「Speed 011」節目上聽到的。他可能以為我發出的驚歎是因為他的手法吧，他就像隻餓到急不可耐的雛獸，執拗地鑽進我懷裡。

從我家到他家要走過堤壩，穿越橫亙在江面上的大橋，走上農路，再經過現在已經關閉的碾米坊。碾米坊的鐵皮屋頂鏽蝕斑斑，被棄置在農田已有三年之久。他每次經過碾米坊前面，總喜歡一頓一頓地踩煞車。我知道他想做什麼，但他一次都沒能將我推進磨坊裡去，只是他突然將車停在磨坊前面時，我就會用力抱住他那比想像中還要小的腦袋。這時，我就會聞到他的頭髮裡所散發出來的、我從未聞過的洗髮精香味，我想知道那洗髮精散發的是什麼味道，卻沒有勇氣問這個，只好問他洗髮精的名稱。他看著我，就像那天我把毛巾放在他的額頭上要幫他擦汗時那樣，片刻後突然說：

「Double Rich Shampoo！」

我感覺我二十一歲的春夜，就是和他一起到遙遠的國度，一個沒有他就無法抵達的國度旅行。那是一個我無論如何也無法獨自抵達的陌生又遙遠的國度，只有他在，我才能到這個國度旅行，為此我感到很悲傷。每當我結束了一次美麗、悲傷又灼痛的旅行回到家時，接下來我就得面對熟悉到不能再熟悉的悲傷景象——母親等著我歸來，在塵土飛揚的院子裡，半夜圍著我打轉。

不知道從哪天開始，男人只打電話，不來接我了。男人說：

「搭計程車過來。」

計程車錢你出嗎？

我默不作聲，於是他像是又對著我的耳垂吐著熱氣般呢喃地說：

「我想快點見到妳。」

我的心稍微動搖。

「那你開車過來。」

「我正在做好吃的東西。」

原來是忙著做菜才無法來接我呀！

我搭了計程車，一開門走進去，他喊著「快進來！」的聲音就溫柔地纏了上來。他煮了一鍋罐頭秋刀魚湯，吃了一匙湯後，他突然說：

「妳家裡種地嗎？」

3 譯作法朵或法多，或稱葡萄牙怨曲，是葡萄牙代表性的大眾歌謠，以數種吉他伴奏的哀怨歌曲。

「是呀！」

我家現在沒有耕種的土地，也沒有耕種的人。

「誰種？」

「我媽！」

我不想說出年過花甲的母親患上了失智症這件事。

「哇，真好！住在鄉下就應該種種地。」

那天晚上沒有音樂，我不想再繼續說謊下去，就轉開了話題。

「不放音樂嗎？」

「音樂？筆記型電腦壞掉了，氣氛整個都不對味！」

「沒有筆記型電腦就無法聽音樂了嗎？」

「妳以為只有音樂無法聽嗎？連文章都不能寫了！」

我雖然不知道他寫了什麼，但也因此知道了他是個「寫作人」。

「不說這個，妳家的地種什麼東西？」

「什麼都有呀！辣椒、蔥、菠菜、生菜、茼蒿、茄子、菊苣、大番茄、小番茄、冬葵。」

「哇，很好吃的樣子！自己種的蔬菜味道最好，對吧？」

「是呀！不過，你為什麼要問我種地的事情？」

「我是想，如果這鍋湯裡面放點自己種的有機生菜和蔥的話，那就太棒了，所以我才問的。」

「那我拿一些送你。」

「真的？」

「真的！」

那男人高興地吻了我的額頭，然後用溫柔的眼神看著我說：

「我要好好守護善良可愛的妳！」

那天晚上，沒有筆記型電腦就不能寫文章的「寫作人」喝醉了，無法送我回家。我走著夜路，想到了母親，有沒有辦法別讓母親在這樣的夜晚等著我在院子裡打轉呢？我想了又想，最後的結論是，讓母親種地不失為一個好辦法。聽說失智症患者最好多動動手，母親不會打花鬥牌，也不能為了讓年邁的母親動動手就送她去學鋼琴。而且我好像在收音機裡聽過，對有憂鬱症狀的的失智症患者來說，最好能為她開闢一個綠色世界，因此我才下了判斷。再說，母親也有豐富的務農經驗。

但是現在，別說農地了，連我家旁邊的園圃地都沒有了。自從鄰居家把我家旁邊的園圃地都買下，有一天他們就搬來了很多水泥磚放在那塊地上，蓋起了針對外籍移工居住的類似別墅的建築，所以過去肥沃的園圃地早已不存在。我們家沒有像別人家一樣把院子砌成水泥地，雖然是因為沒錢，但從結果來看似乎是正確的作法。坦白說，自己種蔬菜，可以省下很多菜錢。

我一再告訴自己，我絕對不是為了供應男人有機蔬菜才開墾園圃地的。但是當我不分晝夜把院子開墾成菜園，終於看到新鮮的辣椒結果時，我第一個想到的還是那個男人。我希望他能再找我出去，可惜他再也不曾找過我。辣椒密密麻麻地懸掛在枝條上，壓得枝條都快彎了，彷彿一夜之間就多出了很多辣椒，多到讓人害怕。那生菜呢？母親一面哭一面在生長過密的生菜中拔出一些生菜。母親對待農作物就像對待自己孩子，這份心意似乎從未改變。

「ㄚ頭呀，妳爸為什麼不給這些生菜間苗[4]呢？」

母親非常清楚如果不給生菜間苗，哪天下一場雨就可能全部泡爛。母親把拔出的生菜遞給我，說：

「ㄚ頭呀，把生菜做成泡菜端給妳爸吃。」

我和母親吃完一頓寂寥的晚飯之後，我把母親拔出來的生菜整理乾淨，用報紙包好，整齊地放進保鮮盒，菊苣也拆了開來，放進塑膠袋，就帶去了男人家。母親絕對已經忘記自己說過要我把生菜泡菜端給父親吃的話，而我卻帶著生菜要去給絕對已經忘記自己問我會不會送他有機蔬菜，得到肯定答案後一臉高興的男人做泡菜。男人不知怎麼回事沒讓我進到屋裡，我馬上猜到有人在男人家裡，而且這個和他在一起的人是個女人。我想，這個女人應該就是秀雅吧。透過男人堵在門口的雙腿之間看到的女人鞋子，很像秀雅的涼鞋。我知道一個禮拜前，秀雅把實實在在存了一年的零存整付定期存款解約了。我還知道上個週末，秀雅去了市區的電子商城。秀雅去電子商城買了筆記型電腦嗎？現在從男人的家裡傳出了音樂聲，那是從秀雅買來的筆記型電腦裡放出來的歌曲嗎？我把帶來的東西遞給男人，男子連聲讚歎。男人的讚歎彬彬有禮，自從不再找我過來之後，男人就決心對我以禮相待嗎？

「謝謝妳！可是辣椒太多了。」

「是呀，我家辣椒很多。去年春天，我在市場買了五十株種了下去，生菜好像也撒了太多種子，土壤雖然不怎麼肥沃，結果卻像雨後春筍都冒了出來，從顏色就看得出來跟外面賣的不一樣。」

「是呀，我會好好品嘗的。」

「嗯，我覺得……這個院子，比我家院子肥沃得多。放任院子裡長滿野草，不如長滿蔬菜看上去更好。能不能找個時間讓我幫忙開墾一下？」

「不用了，妳別操心。」

「我呀，原本就在農家長大，種東西我很拿手。」

「我知道，可是今天不行！」

「好吧，再見！」

我離開男人的家，有氣無力地走夜路回家。母親蹲在黑暗的院子裡，在月光下拔出多餘的生菜。

「丫頭呀，給妳爸飯桌上端了生菜泡菜嗎？」

---

4 幼苗生長太過茂密時，必須拔掉一些弱苗，以維持生長距離和空氣流通，稱為間苗或間拔。

「端了，媽！」

我決定辭去延世家庭醫院的工作，轉到預定擴大營業的金韓醫院。雖然延世家庭醫院比較方便，薪水也給得更多，但我沒有信心和可能每天晚上跑去男人家的秀雅若無其事地一起工作。在我辭掉延世家庭醫院的工作，等待金韓醫院重新開幕的期間，時節進入了梅雨季，雨下得又粗又乏味。

吃過晚飯，我摘了辣椒、生菜、菊苣和茄子，用報紙包起，裝進塑膠袋。

「丫頭呀，把生菜泡菜端到妳爸的飯桌上。」

「好的，媽！我給爸爸端了生菜泡菜以後就回來。」

我開朗地回答，就像個二十一歲的年輕女孩。

雨停了，傍晚天空的一角出現了久違的星星。星星在厚厚的雲層之間，勉強從裂縫裡忽明忽滅地閃爍著。到男人家要步行一個小時，我踏著夜路緩緩走去。有時醫院下班較晚或到面政府所在地遊玩後回家，路上會感到害怕，但是現在我一點都不恐懼，我打算在把自己辛辛苦苦種的有機辣椒、生菜、菊苣和茄子拿給他的時候，順便問他——是否忘了過去的某個夜裡以一句「我想妳」把我叫出來之後說過的話？是否忘了在我耳邊呼著熱氣的某個夜裡，問我真的會送他有機蔬菜的話？又是否忘了在那些激情的夜裡，頭貼在我胸口上說過的話？而我還記得他在每個接送我的夜晚，對我說過的話、做過的事情。如果他說忘記了，那就是他對不起我。

他在家，我聽到家裡有音樂聲，但他還是一樣沒讓我進門。我把帶去的東西遞到男人面前，忽明忽滅的幾顆星星不知何時又消失在厚厚的雲層裡。

「有機蔬菜！」

「什麼有機無機的，以後不要再拿來了！」

「我為了送你這些蔬菜，花了一整個春天把院子開墾成菜園。開墾菜園的時候，我的手還流了血。」

「我從來沒有叫妳開墾菜園到流血的地步。」

「我因為要花錢搭計程車到你家，別人都安裝了……通話中有其他電話進來會發出訊號通知的裝置，只有我沒錢安裝。」

是這樣嗎？但我不知道該用什麼話來表達我內心的悲傷、憤怒和陌生的情緒，所以才會連來電插播這種莫名其妙的話都脫口而出。我害怕說出自己的真心話——你是大壞蛋。

「什麼裝置？」

我一時窘得說不出話來。

「那不叫安裝，叫設定，妳連這個都不知道？」

男人嘲諷地說，那嘲諷瞬間給了我勇氣。

「管他安裝還是設定，我不像某人有MP3，也沒辦法買筆記型電腦給你，我能給你的只有有機蔬菜。你不要玩弄我，我現在才二十一歲，你對一個二十一歲的年輕女孩這麼做會遭報應吧？況且你是一個學了很多東西的人，就算沒有筆記型電腦就無法寫東西，但至少也是一個有能力買下這樣的房子、在這裡寫寫文章的人，不是嗎？」

我的心臟跳得好厲害，但我還是盡量說得慢一點，一字一句地說。

「喂！之前我對妳多好，妳說這種話？妳每次來，我都做飯給妳吃，放音樂給妳聽，妳都忘了嗎？妳如果還記得，就不該這麼說，妳這是在耍賴！妳以為只有妳會耍賴嗎？我也會！可是我對妳耍賴過嗎？最明顯的例子就是碾米坊那時，如果我心懷不軌的話，經過碾米坊的時候，我就不會放過妳，可是我一次也沒有欺負過妳。而且我也沒有必要非得跟妳這種女孩說心裡話，所以我從來不說。我如果事業有成，幹嘛窩在這種地方？如果我有誰誰那種條件，我就不會在這裡受妳這種缺德女孩的侮辱，妳知道嗎？喂，就算我住在這種房子裡，過著這樣的生活，妳就把我看成是乞丐嗎？我不需要這個，妳拿走！他媽的，鄉下村姑自己剝得精光還好意思說。呸，倒楣死了！」

男人把塑膠袋扔了過來，辣椒、生菜、菊苣、茄子全都散落出來，我一一撿了起來，手抖得厲害，心跳得更劇烈，但我沒有哭，天上嘩啦啦地下起了大雨。

在我淋著雨走路的時候，身後也有人在淋雨走路。這是個漆黑的夜晚，我身後的是男人，從互相交談的情況來看，是兩個人。我感到害怕，在我前往那男人家的時候，因為怒不可遏，根本忘了什麼叫怕，但歸家的路上害怕的感覺就竄了出來，我害怕對我連番惡言轟炸的男人，害怕這黑漆漆的夜晚，害怕走在我身後的陌生人。那天晚上我才深刻體驗到世界如此恐怖，我悄悄跑了起來，這時眼淚才模糊了我的雙眼，讓我看不清前方。腳上絆了一下，我撲倒在地，鞋子掉了，有什麼尖銳的東西刺進了腳掌裡。直到我躲進碾米坊之後，我才發現那袋蔬菜掉在了路上。那兩個男人就在碾米坊前面停下了腳步。

「等等，這是什麼？」

兩個男人在碾米坊屋簷下打開了什麼，我隱沒在黑暗中，屏住了呼吸。

「甘朱，會不會是錢？」

「這是辣椒，薩布丁，還有生菜。發薪水那天，我們喝燒酒，把五花肉包在生菜裡吃。」

想想就很愉快吧，甘朱唱起歌來。

「真的愛過你吧？才會忘不了你，總是想你想到難以忍受。後悔了吧？才會一直等待著你……」

我躲在黑暗中，卻不自覺地翕動著嘴唇，跟著男人唱了起來。

「我是個傻瓜吧，才會連一句簡單的問候『你過得好嗎？』都說不出來。你很幸福吧，如昔的微笑總讓我變得愈來愈渺小……」

男人的歌聲戛然而止，我也閉上了嘴，雨聲變得愈來愈粗暴。

「薩布丁，老闆太可憐了！」

「我恨死老闆了，甘朱。因為你，今天的事情都搞砸了。」

「我不敢跟老闆要錢，老闆沒錢，生病，他媽媽生病，老闆難過。」

「可是還是要跟老闆說。」

「我說不出來老闆給我錢，因為老闆沒有錢。」

「甘朱，什麼時候走？」

「後天！今天睡一晚，明天睡一晚，就是後天了。明天我要去市區裡買尹度玹的音樂光碟、橡膠手套、燒酒、衣服、鞋子一大堆東西。我是尹度玹的狂粉！」

「甘朱，你回國要做什麼？」

「我不知道。回去先和媽媽、爸爸、姊姊、妹妹、堂兄弟見面，然後上山看月亮，看看我的國家尼泊爾的月亮，再問月亮以後我要做什麼。薩布丁你呢？」

「我妹妹和韓國人結婚，在鄉下，妹妹被丈夫打，妹妹很難過。我哥哥和韓國女人結婚，哥哥女人跑了，有一個姪子，哥哥和姪子很難過。我爸爸媽媽去世了，我回去我的國家孟加拉也沒有人。我的家人都在韓國，我不能走。哥哥受傷了，手指頭切掉了，我要養活姪子。」

「薩布丁，我在韓國難過的時候就唱歌，韓國抒情歌。老闆亂罵人，我這裡，心臟亂跳，手指一直抖，眼淚一直流，那我就唱歌。失戀了，委屈了，我也唱歌，然後就睡著了，然後在夢裡看月亮，又大又漂亮的尼泊爾月亮。」

甘朱又唱起歌來。

「秋天我在郵局前面等你，看著黃色銀杏葉隨風飄散，像路過的人一樣遠去……」

我藏在黑暗中，再一次跟著唱起來。

「世上美麗的事物能持續多久呢？天底下所有的一切是否都像盛夏暴雨中依然頑強支撐的花朵，和嚴冬風雪裡依然堅強挺立的樹一樣，能獨自屹立不倒呢……」

薩布丁也唱起歌來。

「哎呀，哎呀，別這樣，別再這樣對待我……」

歌聲攙雜在雨聲中，滲進了充斥著米糠味的碾米坊裡。

「薩布丁，這裡有生菜，也有辣椒。家裡有辣椒醬，要買燒酒，沒有五花肉，還要買五花肉。我們來喝燒酒吧！」

「好呀！」

兩個人消失在黑暗的雨中，消失得那麼開朗。薩布丁和甘朱消失的這條路那一端，是我來時走過的路，而這條路的另一端看得見那男人的家。好不容易平靜下來的心又劇烈地跳動起來，我唱起了歌。

「真的愛過你吧，才會忘不了你，總是想你想到難以忍受。後悔了吧，才會一直等待著你……」

走出碾米坊，我在雨中大喊大叫，眼淚從眼裡奪眶而出，但我還是唱著歌。遠方看得見從尼泊爾雪山上升起的月亮，我向著月亮前進，迎著雨慢慢地，一步一步，開朗地向前走。

強韌的現實主義

孔善玉，一九六三年出生於全羅南道谷城郡。在一九八〇年五月十八日光州事件發生當時，正就讀於全南大學師範學院附設高中的她就親身經歷了此一事件。一九八三年進入全南大學的國文學系就讀，並在歷經休學、復學過後選擇自行退學。一九九一年在文藝雜誌《創作與批評》上發表中篇小說〈種子的火〉後正式展開創作活動。但隨著家道中落，以及母親的離世，面臨現實經濟壓力的孔善玉不得不選擇與「五一八市民軍」出身的男子結婚。但其婚姻生活並不順遂，不久後便選擇離婚。此後，她曾擔任保母，也做裁縫維生，只能抽空寫作。或許由於這樣的人生經歷，其作品主要都在描寫韓國社會中身處邊緣的貧困階級及其疏離的的生命經驗，其中又戮力於描繪女性，特別是母親堅忍不拔的生命力。

主要作品有短篇小說集《盛開吧，水仙花》、《我人生的不在場證明》、《帥氣的世界》、《開朗的夜路》、《我是絕對不會死的》；以及長篇小說《流浪家族》、《我最漂亮的時候》、《如花似錦的歲月》、《那首歌是從哪來的呢》等。她曾在一九九二年獲得女性新文學獎，二〇〇四年獲得第三十六屆當代青年藝術家獎，二〇〇五年獲得年度藝術獎，也曾得到白信愛文學獎、萬海文學獎、吳永壽文學獎和樂山金廷漢文學獎。

針

千雲寧

男人要求紋一隻世界上最大的蜘蛛，他帶來的印刷品上，與其說是蜘蛛，看起來更像一隻巨型紅蟹。捕食鳥類的巨人食鳥蛛，就是世界上最大蜘蛛的名字。

「看看這完美的對稱，像不像對摺攤開的樣子？」

男人盯著印刷品裡的巨人食鳥蛛說。

「要一模一樣，要幫我紋得一模一樣，連全身上下的這些絨毛都要。」

男人要的不是蜘蛛的絨毛，也不是對稱張開的腳，而是節肢動物的表皮。蜘蛛體型雖小，之所以能成為威脅其他動物的存在，歸功於牠們有堅硬的表皮。大部分來找我的人都想得到節肢動物堅硬的表皮，因為相較之下人類的皮膚更像是水果，很容易受傷，但也因為脆弱，反而能輕易在人類的皮膚上紋出蜘蛛表皮。

趁我在床上鋪毛巾的時候，男人脫掉上衣，拿著蜘蛛照片這比比那比比，斟酌紋身的位置。男人的背部和胸部看來都沒有可供三十公分長的巨型蜘蛛結網的地方。以肚臍為中心的蝴蝶正搧動華麗花紋的翅膀，從手腕延伸到肩膀的竹子，讓男人的臂膀顯得更結實。

在酒精燈上點火焚香，松脂味的煙氣如幽靈般在屋裡飄盪，香味一旦消失，我可能會在手裡拿針的情況下發作，所以工作結束之前，我會重複插上好幾支香。從針盒裡拿出五號針在酒精燈上烤了烤，火花裡的針被燒得從褐斑點點轉為通紅。

「最近因為愛滋病，大家都用機器紋身，色澤均勻，更加安全。但我還是喜歡妳的手工紋身，機器紋身就好像坐在牙科椅子上一樣。知道麻醉針穿透牙齦刺進去的感覺吧？就像啃到澀柿子似地有口難言。醫生麻醉完之後一定會轉身先治療旁邊的患者，那時聽到的機械聲，讓人雞皮疙瘩都起來了。」

男人一邊看著針消毒，一邊慢吞吞地說。我放下針，用消毒棉擦拭男人的大腿內側和我的手。在進行紋身作業的時間裡，我一般保持沉默，平常本來也不怎麼愛說話。以言語表達自己想法的欲望，就跟蛀牙一樣。蛀牙會在舌尖凝事造成疼痛，又深埋在牙齦裡，宣示自己的存在，等想拔掉蛀牙公諸於世時，蛀牙早已散發惡臭，一碰就碎。

不知道男人在紋身結束之前，會不會繼續說著需要我回答的話。從他和我的兩次交易中，我也了解到這個人就像大部分想要紋上蜘蛛或蠍子的人，無法用沉默來克服恐懼。我給男人倒了滿滿一杯沒加冰的干邑白蘭地，在我這裡絕對禁用毒品或大麻。只有能克服痛苦的人，才有資格獲得節肢動物的表皮。男人很緊張，或許是因為我沒有用油性筆先打好底稿，就直接上手用針刺的緣故吧。比起上色的過程，最開始的針刺底稿我反而更加謹慎，所造成的淺淺傷口不會出血也不會紅腫，同時無法磨滅的紋身圖案就在此刻決定成敗。

我拿著針從距離男人膝蓋一拃[1]左右的地方刺出蜘蛛的身軀。軀幹呈八角形，上面有放射狀紋路，只要先刺出輪廓就行。身軀下面的尾部呈圓珠狀，裡面彷彿藏著用之不盡的蜘蛛絲，五對步足[2]如男人所說的形成完美的對稱。隨著針尖的移動，蜘蛛也慢慢成形。

男人呼吸平穩，閉上了眼睛。男人彷彿在喊萬歲似地雙手高舉，雙腿隨意張開，躺著不動的身體呈現一副放棄掙扎的姿勢。針雖然不能成為致命性的武器，我若加以攻擊的話，這男人也會像被蛛網逮住的蜉蝣般，一點力氣也使不上來。

在大腿內側紋身比在背部或胸部要花更多精神，因為必須在工作時，看著沿對方小腿一路往上到內褲縫隙中冒出來的毛。我平穩的呼吸和從鼻子裡噴出的溫暖鼻息，足以讓男人的褲襠鼓起來。男人的生殖器從我下針的瞬間開始就一點一點變硬，到底稿完成之際，必然會昂揚到難以掌控的程度。但從我開始從事紋身工作至今，還沒碰上向我要求性愛行為的舉動。

「妳該慶幸自己長得一點都不好看！紋身結束的時候，會很想做那種事，而妳的紋身技巧雖然好，我卻完全沒有那種想法。再說，妳給這麼多人紋身，如果都撲到妳身上的話，妳不就

1 指手掌張開從大拇指尖到小指尖之間的距離。
2 蜘蛛身上應該是一對觸肢和四對步足，而不是五對步足。

得每天吃抗生素了。」

突出的顴骨、令人聯想到駝背的彎曲脖頸、背部團團的肉、破鑼嗓子、粗短的腳趾……這些都是如男人所說的，造成男人完全沒有那種想法的原因。聽到男人這麼說，我感到「醜」這個抽象詞彙在眼前清楚地呈現具體形象，而且我說話還結結巴巴的。不過在看了我針尖下所紋出的圖案之後，沒有人會聯想到「醜」這個字。

為了給蜘蛛圖案上色，櫥櫃前陳列著一整排染料，我選擇了威尼斯紅、印度墨汁和氧化鋅來調出蜘蛛身軀的暗紅色。而毛茸茸的蜘蛛腳，使用鉻綠和深藍色靛藍染料應該就可以了。男人想凸顯的蜘蛛毛，用鈦的話，就能顯出鮮活的感覺。鈦雖然是用在噴射機或火箭材料的金屬，但也可以作為染料使用，會呈現出閃閃發亮的銀白色澤，在給金屬性質的刀或弓箭紋身圖案上色時，經常會使用到。就算用在巨人食鳥蛛這樣剛毛僨張的情況，也可以呈現出極致的效果。

八根針都在酒精燈上烤過之後，再將絲線穿過每根針的針眼，將線小心地纏繞到離針尖還剩下零點五公分的地方。纏線的時候，要小心別讓線重疊，這樣墨水才不會凝固或一次全流下來。也別忘了要在針眼部分留下一公分左右的裸針讓手可以握住。我先將威尼斯紅染在絲線上。

刺進肉裡的第一針，是我最愛的瞬間。屏息在皮膚上刺下第一針的瞬間，就會有血凝結在針刺下的縫隙裡，我們稱之為初露（第一滴露珠）。初露凝結的同時，飽含在絲線裡的墨水就會沿著針身流下來。紅色墨水流到針尖時，會快速滲入皮膚上出現的小縫。這時的心情就像盤旋在腦中的言語痛快地脫口而出，每次下針，我就不再是個結巴。

我用紗布吸掉血珠，確認墨水的濃度。如果確認第一針成功上色的話，接下來我的手速就會加快。維持一定的速度，是讓色澤均勻呈現最重要的技巧。我一面調整蘸在絲線上的墨水量，一面為蜘蛛添皮加肉，晃眼間蜘蛛紅色的表皮躍然眼前，現在就輪到用骨骼來包裹表皮了。蜘蛛和人類不同，骨骼突出在表皮之外，稱為外骨骼，但我認為這就是一層堅硬的皮膚，因此使用印度墨汁和氧化鋅來完成這層表皮。再加上鉻綠調和，現在蜘蛛就具有完美的外骨骼了。

拭掉沾在皮膚上的色料和血跡之後，圖案開始清晰地顯露出來。巨人食鳥蛛彷彿是結束了一頓豐盛大餐之後，在密林中享受漫步之樂的模樣。我不知不覺成了藏身在密林中的蜘蛛，張著八隻腳滑步在反射著陽光的透明蛛網上，足尖感應到細微的動靜，一隻青蝶不經意地被蛛網黏住正撲翅掙扎，我靜靜等待青蝶的美麗翅膀遲緩下來，然後以腳上的纖毛如愛撫男人的身體，溫柔地環抱住獵物，就在我要將觸肢如扎針般刺入蝴蝶胴體的一瞬間。

「小女生看到一定愛瘋了吧？」

男人拍著我的肩膀說。

每次紋身結束後，就像完成了一場激烈的性愛，極度令人疲倦，彷彿我身上的所有元氣都被蜘蛛觸肢給吸走了似的。我點起一根菸叼在嘴裡，男人也叼著一根菸端詳暗紅色的巨人食鳥蛛。男人如今得到了巴掌大的表皮，卻不知他的堅韌是否也多了巴掌大的程度。

自稱是文警官的男人毫不猶豫地說，因為牽涉到彌勒庵[3]住持殺人事件，要我以關係人的身分到警察局做筆錄。「彌勒庵」這三個字就像翅膀撲拍般在我心中翻騰。

「妳在聽嗎？金馨子女士是妳母親沒錯吧？金馨子女士供稱她殺害了彌勒庵住持，但沒有證據也沒有證人，真不知道為什麼要把事情搞得這麼複雜。朴英淑小姐，妳得去見見金馨子女士。喂、喂？有在聽嗎？」

文警官不斷要求我的回答和回應，但我的舌頭整個硬掉了。

「彌勒庵住持金奉煥，妳認識嗎？法名是什麼來著，噢對了，玄波，玄波法師。」

在我的記憶裡沒有金奉煥這個名字，但聽到「玄波」兩個字時，腦海裡的巨浪破碎成一堆白沫，想起一個有著桃紅色皮膚的法師。法師剃得光光的頭給人一種一根根修剪得乾乾淨淨的感覺，稀疏冒出的白色髮根如銀灰沙粒閃閃發亮般美麗，就連法師身上的陳舊僧袍也總是泛白得發亮。這樣的法師怎麼會和死亡扯上關係？

我拔掉電話線，長長的黑色電話線就像一條不祥害蟲出沒的通道。母親縫製韓服短襖的手，就像繡在衣料上的高級手工繡品。還有母親和法師的下午茶，碧色茶水隨著母親比茶具上畫的竹子還要筆直柔軟的手傾注而下。那樣的手真的能殺死法師嗎？彷彿是我的這雙手掐住了鷺鷥長頸似的，我仔細端詳著自己長繭粗糙的手。然而就像一個被父母絕情拒絕的人，我很快就冷靜下來，像平常一樣早上起來打掃吃飯，還做好要購買的墨水清單，確認了冰箱裡剩餘的礦泉水數量。

在彷彿是巨型糧倉的大賣場裡，擠滿了推著推車購物的人。我把一組礦泉水和幾種烈酒放進購物籃，隨即走向肉品區，買了冷藏溫體豬的五花肉和腱子肉各一塊，又挑了一條相連的豬脊骨。我其實不那麼喜歡吃牛肉，但還是各挑了一盒帶筋的牛裡脊肉和牛排用的肋排放在籃子裡。

我不吃用醬料醃過的肉，我喜歡切成手指頭厚度，煎成還稍微帶血熟度的牛肉，或者放大量蒜頭、洋蔥下去煮的豬肉。我是不會配生菜之類的青菜一起吃的，煎牛肉的最佳拍檔不是蔬菜，而是白米飯。當略顯發黑的肉類血水滲進微透著米芽的晶亮飯粒時，肉味一級棒。

當我正要離開肉品區時，無意間看了一眼放在托盤上的一團團紅色肉塊。圓圓的肉塊讓我聯想到法師剃光的頭。法師整理得乾淨俐落的腦袋，就像一顆即將升起的太陽，威嚴溢於言表，有時甚至散發著動物的味道。所以我有時會想，如果在看起來圓圓、硬硬的法師腦袋上紋上毛利族血痕紋身的話，不知道會怎樣，那麼腦袋上散發的動物感也會連同我扭曲的性欲一起被稀釋掉吧，我也曾經繪聲繪色地想像過女人細白的手扒著法師光頭偷情的場景。

冷凍庫冰冷的風迎面而來，腿上彷彿有細微的電流通過，遺忘的感覺刺激得全身發麻，讓

3 指佛寺。佛教中，大的佛寺稱「寺」，小的佛寺稱「庵」，庵並非專供比丘尼出家修行之所。

我想起沿著腹部和胸部彷彿急速冷凍一般出現麻痺症狀、最後兩手握緊拳頭倒地不起的癲癇症；為了治療這病，牽著母親的手走在通往彌勒庵的上坡路；母親無休止的跪拜和法師的木鐸聲；母親如同咒語般纏繞全身的念佛聲。

我用力甩甩頭，走出了大賣場。購物袋裡放了礦泉水和盒裝肉品，以及在生活用品區隨手塞進來的馬桶刷，還真重。離家愈來愈近，我的腳步也愈走愈快，我想趕快回家，把肉放進大提桶裡煮熟，感受滿嘴肉質鮮味，就好像我已滿口都是肉，滲出了熱呼呼肉汁。

電梯在七樓停了很久，才把一群人帶到一樓放出來。因為多買了清潔刷，購物袋都快撐破了，我小心翼翼地上了電梯，按了好幾次關門鍵，雙重設計的電梯門才擺著架子緩緩關閉。但就在兩道門完全閉合之前，有人突然將手伸了進來。電梯門重新開啟，手臂、肩膀和頭從窄窄的門中間依序進來，等到左腳也完全站進電梯的時候，梯門短暫敞開又再度關閉。男人背過身去大口喘氣，他的背劇烈地上下震動。

電梯靜止著，依然還停在一樓，我和男人都站著不動，沒有按下任何樓層按鈕。我一手攏住東西，另一手按下八樓按鈕。「八」字亮起綠光的同時，男人的手指頭也按在我的手指頭上。一瞬間好不容易保住的塑膠袋就裂了開來，裡面的東西也散了一地。電梯開始上升，我失去重心一下子跌坐在帶血的盒裝肉品上。我用一隻手把東西都兜攏在懷裡，勉強站起身來。男人撿起掉落在地上的剩餘物品，放在我胸前。

金屬聲響起的同時，電梯門開啟，下了電梯之後，我往右，男人往左，各自轉身向前走。

我把東西全倒在門口，回頭看一眼男人的去處。他跟我以差不多同樣的速度走到走廊盡頭的門前，站在那裡找鑰匙。走廊這頭的最後一間是八〇六號，那麼男人的家就是八〇一號。男人和我應該都是搭電梯在同一層樓出來，走差不多同樣的距離之後，獨自開門回家。如果以電梯為軸對摺的話，男人和我就會在同一個地方相遇，就像是巨人食鳥蛛的步足。

突然想起那男人白淨如米飯的臉，似乎是一張美麗的臉孔。我用腳把買回來的東西掃進屋裡，關上門。滾在地上的肉品袋子滲出了血水，我感到飢腸轆轆，彷彿馬上就會跌坐在地上，撕開塑膠包裝，赤手抓起生肉吃。我想像野獸一樣，嘴角帶血，狼吞虎嚥地吃完，體會飽腹的感覺。

母親真的殺害了玄波法師嗎？

下午兩點。我從家裡出來沿著漢江大路向前走。這條路像一條又粗又長的青筋通往城市的中心，從空中俯瞰城市，就像人剝了皮的軀體，延伸在身體各個角落的青筋和血管正旺盛地全力奔馳。

正想著法師的死，又想起了彌勒庵裡的小貓，想起許許多多曾在彌勒庵裡徘徊的貓群。我很害怕在院子裡，甚至在佛堂裡到處亂跑的貓，但貓實在很美，在小小軟軟的身體裡，似乎有各種美麗如彈簧般捲曲隱藏其中，柔弱、溫暖，又有點瘦。法師有時會在寮舍前將信徒帶來的魚頭或肉塊扔給貓吃，我總會用充滿嫉妒的眼神看著目光灼灼感受肉質美味的貓群。

有一天，我在用來當柴燒的木頭堆看到一隻才剛生下來的貓崽，便伸手碰了碰還熱呼呼的貓崽身體。一瞬間，不知從哪裡竄出一隻母貓弓著背對我採取攻擊姿態，像要襲擊我。我拎起貓崽就跑，一直跑到山下的村莊，躲進公廁。被我拎在手上的貓崽又小又柔弱，十分美麗。我毫不猶豫就把貓崽扔進馬桶裡，一直注視著貓崽在蛆拚命往上爬的馬桶裡消失得無影無蹤。

我站在戰爭紀念館前面，匆匆買了張票就走進紀念館。如同大部分的紀念館和博物館，按照時代不同組成的各個房間裡，被發掘或保存的文物就展示在玻璃櫃中。仔細看的話，可以看出這些都是用塑膠或蠟做的逼真模型。我拿出展示在玻璃櫃中的武器，開始一一對著法師發動攻擊。

鳴鏑[4]離了弓弦，發出鳥鳴聲，貫穿心臟；七支刀[5]的七個刀刃將內臟撕扯得四分五裂。撒在地上阻止馬前進的針狀鐵蒺藜，刺進法師的腳，血噴湧而出。抓捕過赤色分子[6]的四五口徑手槍、機關槍，甚至連坦克等各種武器都用上了，但沒有一種能讓我感到滿足。我想要的，是像母親做到的那樣，更強、更殘忍，不留下證據的方法。

我駐足在走道角落的龜州大捷[7]歷史畫作前，吸引我視線的是姜邯贊[8]這個名字給人強硬粗暴的語感。但這幅畫給人的感覺不是殘暴，而是溫柔，畫的是綠草迎風齊擺的一幅風景。手持長矛飛奔的士兵和噴著鼻息猛衝的戰馬，全都毫不遲疑地朝著同一個方向，就像隨風呼嘯的草叢。飛揚在風中的鬃毛看起來無比柔軟，面臨死亡的士兵舉止也像在跳舞。我無法認同！我所想像的戰爭不是這種以水墨畫方式描繪的風景畫，而是以不加潤色的痛苦和哀號來點綴的寫實畫，但在這幅畫裡一點也看不見戰爭中應有的鮮血和死傷。

我感到頭暈，一股噁心伴隨著耳鳴。我慌忙尋找出口，但標示參觀方向的螢光箭頭規定了觀眾的行進，要想走出去，就只能穿過紀念館內部所有的房間。我像一個被巨人拎住後脖頸的小矮人，掙扎著穿過一個個房間時，抓住了最後的機會——戰爭體驗室。

買了門票之後，我就蹲在體驗室的鐵門前，等著進場的孩子人手一本冊子，過了好一段時間之後門才終於打開，售票員走了出來。售票員一絲不苟地收票，引導大家進場。我落在搶著進場的人群後面，把票遞給了售票員，售票員把收到的門票集中握在一隻手上，伸出另一隻手收了票再塞過去。抬頭看了看售票員，身上穿著筆挺的制服，白皙的頸子在立領之中線條畢露。售票員是八〇一號那男人，票從我手裡滑落到地上，男人彎腰撿起票來。我避開男人的視線，疾步走了進去。體驗室裡黑漆漆的，一點光都沒有。

黑暗中砲聲響起，火藥味刺鼻。腳下有火光閃動，頭上有子彈飛過的聲音，軍人的叫喊聲、慘叫聲、請求支援的無線電說話聲、指示作戰的上司喊聲……在激烈戰鬥的黑暗裡，我突然感到一絲涼風，以及和發作前兆症狀相同的細微戰慄。這就像猛獸在黑暗中尋找狩獵機會的

4 即響箭。
5 一支鐵鑄長刀上兩側各伸出六支短刃，目前保存在日本奈良縣天理市石上神宮。
6 指北韓共黨分子。
7 發生在一〇一九年三月十日，是第三次高麗與契丹之戰的決定性戰役。
8 高麗時代著名的大臣和軍事將領。

動靜，悄然緊張的呼吸聲，讓我的後脖頸頓時起了雞皮疙瘩。

厚耳垂上感覺到一股熱呼呼的氣息，呼吸聲愈來愈粗重，愈來愈急促。砲轟停息，喘息聲也同時靜止，是風掠過嗎，衣領呼地揚起。紅色的照明亮了起來，孩子推開懵懵懂懂站著不動的我，飛快地跑了出去。我邊張望著紅色房間，邊走了出來。

八〇一號男人不見了，會是那男人的呼吸聲嗎？鼻端充斥著一股濃烈的火藥味。穿過陳列著實物大小的坦克和直升機的最後一間房，終於走出了戰爭紀念館。我全身乏力，就橫躺在露天草坪上展示的坦克旁邊，迷迷糊糊中彷彿聽到木鐸聲和母親的念佛聲，縈繞鼻端的火藥味不知不覺變成了淡淡的焚香味。在紀念館看到的長刀從眼前一閃而過，輕巧細緻的刀刃，末端鐫刻的老虎圖案，是一把秀麗而光榮的刀。我做了一個夢，夢裡的我屈服在那秀麗之前，像狗一樣舔著鐵鏽般的刀刃。刺激得我舌頭發麻的味道，既像鐵腥味，又像焚香味或火藥味。

「雖然沒有進行驗屍工作，但我們暫定是因年老體衰造成的自然死亡。信徒出面反對驗屍……其實呢，在法師死前，幾乎已經和活死人沒兩樣。雖然不知道為什麼金馨子女士堅稱是自己殺害的，就因為這樣白白讓一些無緣無故的人辛苦奔波。真是的！」

文警官看都不看我一眼，漫不經心地說。他的話就像凌晨空腹抽的菸，深入肺腑。早晨時分，警察局裡很清閒，但文警官還是忙著整理文件，毫不理會我的視線。

「那就是說，我母親，沒有殺害，法師的意思嗎？」

「對啦，對啦！昨天金馨子女士就已經從拘留所釋放，應該回家了吧。」

文警官說他還有事要忙，就匆匆離開了。我坐在警察局門口的臺階上看著路人行色匆匆的鞋尖，感覺自己就像個迷路的孩子，猶如那天站在韓服店門口，望著母親遠去的路口，動彈不得。

既然癲癇不再發作，母親和我就沒有理由再住在彌勒庵裡。隨著布滿灰塵的韓服店鐵捲門捲起，我決定將彌勒庵的所有事情都從記憶中刪除，包括我殺死的貓、和法師一起度過的下午茶時間，還有濃郁的焚香味道。我要向母親學習製作韓服的方法，和母親一樣做出高雅的衣服。從在線軸上纏線或衣料染色做起，到能挨針縫好前襟的俐落線條為止，我要一直跟隨在母親身邊。這是我的想法，但母親的想法不同。母親花了四天的工夫縫製了一套木炭水染色的棉布韓服上衣和褲子，還有梔子水染色的袈裟，等到上漿、搗平，完美地製作完成之後，母親拿出一個用芥末色包袱布層層包裹的包袱放在我面前。母親給的包袱裡放了不少一札一札的錢，然後母親就帶著法師的衣服出了家門。「我得到那裡去！」這是母親留給我的最後一句話。

殺了法師的人不是母親，之所以會認為是母親殺害的，或許就是因為那像紀念館展示的武器一樣無法實現的殺意。然而正如很多戰爭都被美化了，為了保護大師的美，也有可能有人隱瞞了這件事。我邁步走向彌勒庵。

樹林環繞的彌勒庵，彷彿也化身為樹林般十分靜謐，感覺不到一點動靜。大雄寶殿和彌勒殿被大鎖鎖得緊緊的，院子裡堆滿了枯乾的松針，就像來到了廢墟。進入寮舍的大門也門閂緊鎖，我爬到棄置在大門旁的木櫃上，往裡窺探。彌勒庵陷入了怪異的死寂中，那麼多的貓都跑去哪裡了？我把手伸到裡面解開緊鎖的門閂。

廚房收拾得井然有序，槽口裡連顆飯粒也沒殘留。不管是菜刀、又長又尖的筷子、生鐵鑄的鍋、灶裡燃燒的柴薪、一次點燃就能炸飛寮舍的氟利烷……只要下定決心，什麼都可以成為殺人利器，但是看不到任何足以顯示母親殺害法師的證據。

走進我們母女倆一起住過的房間，裡面只有幾件似乎是母親穿過的衣服，散發著潮氣的棉被堆放在角落，房間空蕩蕩的什麼家具都沒有。窗邊的拉麵箱子上，整齊擺放著母親每天要讀的佛經和麥稈編的針線籃，還有用了一半的廉價化妝品。我翻過針線籃，把裡面的東西全都倒在地上，白色繞線板骨碌碌地滾了起來。裡面只有一個放鈕扣、粉筆、捲尺等物品的信封袋、一個綾絹做的針囊、一包日本製麒麟牌鍍金針、天藍色塑膠梳、黑色髮帶而已。

「把髮絲放進去，針就不會生鏽」，母親每次打開針囊把髮絲放進去的時候都會這樣說。母親烏黑的長髮絲捲成一團放進了針囊，有時母親也會仔細地將我掉落的一堆又硬又粗的髮絲放進去。我把母親的針囊和一整包針都塞進褲子口袋，母親現在不需要針了，這些針我帶走，可以用來刺出美麗的紋身。我就像得了戰利品，把針放進口袋裡，心臟卻跳得厲害。

金老闆帶來的人是個一輩子沉迷花牌賭博的四十多歲男子，他有著一頭濃密頭髮，染得烏黑發亮，眼睛大得像小牛。男子的肩膀上紋了一支藍色的錨，胸前紋了一個大大的四角方框，肚子上則紋了五個正方形。

「這個是我乘遠洋船時大家一起紋的，這個四角方框是『ㅁ』字，說要紋『마산대표（馬山代表）』，結果紋身師傅只紋了一個『ㅁ』字就跑掉了。『ㅁ』字紋得這麼大，還怎麼紋得下全部『마산대표』四個字呀？從那時起，我的人生就一路走下坡。連馬山代表都做不到，還談什麼成功呀，成功！」

男人摸著只剩下孤零零底圖的紋身痕跡說。五個正方形他說本來要紋成「五光」[9]的，男人希望「像符咒一樣抱在胸前，哪怕是沒有的手氣也能上手」，但這希望如今只剩下空虛的幾根線條而已。

從彌勒庵回來後，有人來找我紋身兩、三次，但我都拒絕了。這一次要不是金老闆，我大概還會連續幾天窩在房間裡，只靠礦泉水和肉品過日子吧。金老闆有時會像這樣突然帶客人過來紋身，他帶來的人大部分不是要修正紋身，就是要紋上必須握著針一整天才能完成的複雜圖案。甚至有人要求在自己的生殖器紋上武士刀，而我卻不能拒絕這種無理的要求。

金老闆是教我紋身技法的人，母親走了以後，我徘徊在韓服店門前，遇見了金老闆。當我看見金老闆鋼鐵般的手臂上刺的淡青色痕跡時，突然有種前所未有的奇妙感覺。金老闆手臂上紋的刀真的很美，散發出鐵工廠熔接工身上才聞得到的氣味，混合著鐵腥味和汗臭味的那種味

9 韓國花牌裡牌面上標示「光」的五種牌。

道。我跟著金老闆北上首爾，如果說母親拿針是在衣料上刺繡，我則要拿針在人脆弱的肉體上刺繡，金老闆是助我脫胎換骨的一束光輝。

刺在男人胸前「마산대표」的「ㅁ」字，與其說是字，不如說是一個小方框。從紋在身上的字句，就足以讓人猜到當時的迫切情況。「努力」、「儲蓄」等字眼也是如此，下定決心要好好努力生活的意志，促使一個人克服了剜肉的疼痛。反過來說，紋身的字句裡也包含了今後要承擔的人生考驗。在肉體和紋於其上的字句之間共同存在著某種東西，那是一種美麗的傷痕，也可說是一種令人痛苦的裝飾。

我在男人的小方框裡紋上一隻老虎，一隻有著銳利虎牙的老虎，以雷霆萬鈞的氣勢睥睨天下。我把橡木炭細細地磨成粉，在虎軀上紋下濃黑的條紋。被關在四方框裡的老虎不只表示「馬山代表」，還會成為代表朝鮮時代武官的官補[10]圖案。而五個正方形裡，我則紋上了一月（鶴）、三月（櫻）、八月（月）、十一月（雨）和十二月（桐）五個光牌圖案，這下男人就把可以橫掃一切花牌賭場的「五光」藏在自己身上。人生在世，如果能擁有如此強大的隱藏牌，該會多麼從容不迫呀！

男人對著鏡子照看身體，露出牙齒笑得很開心。紋完身走出去的男人肩膀，顯得十分結實。我點起一根菸，茫然地看著一地亂七八糟的針和染料，然後就叼著菸動手撿起染料桶和拭血的紗布。這時門鈴長長地響了兩聲，我以為是金老闆忘了什麼東西沒拿，便打開了門。

是八〇一號那男人，一動也不動地站在門口，說不定我也一直在等待他的到來。我彷彿被什麼給吸引了，慢慢打開門讓出一條男人能進來的通路。他慢吞吞地穿過客廳走向沙發，然後雙膝併攏坐了下來。他的視線始終沒有離開過我，直到我關上門，坐到他身邊來。

「我很好奇我每天走的路的另一邊有什麼？下了電梯，如果不走左邊，而是轉向右邊的話；早上上班，如果換成在馬路對面搭乘同一條路線公車的話……」

他的眼睛，一說話就好像在深思似的；他的語言，就像一條剛從思緒中躍出的魚，在光線照射下閃閃生輝。我像揪住活蹦亂跳的魚尾巴，開口說話。

「我見過你，在戰爭紀念館。」

「……在電梯裡碰到妳的時候，就從妳身上聞到一股嗆人的火藥味。我每天都聞著火藥味，聽著砲彈聲，有時為了聽轟炸機的聲音還跑到有顯示器裝置的房間，坐在那裡閉上眼睛感受風聲，就是從B29轟炸機像一縷縷風一樣，砲彈落下來的聲音。」

「為什麼要聽到轟炸聲？」

「我喜歡戰爭，戰爭很強大，強大來自於力量，世界上最美麗的東西就是力量。」

「這裡沒有戰爭。」

「我知道妳在做什麼，也知道偶爾會有男人來找妳，得按兩次門鈴妳才會開門。碰上星期天送報生或推銷員只按一次門鈴的，妳就絕對不會開門。」

10 明清時代在官服前胸或後背上織綴的一片方形或圓形織物。

「你打探過我嗎？還知道什麼？有關我的？」

男人嘴角露出一絲似有若無的微笑。

「從妳家出來的男人比進去時表情顯得更有自信，我知道他們為什麼會有那種表情。上個月從妳家出來的男人給我看了他手臂上紋的長刀，那個人也很清楚武器擁有的力量。」

「我不會給長得像你這麼漂亮的人紋身。」

「漂亮嗎？看看我的樣子，看看我這白得像死人一樣的皮膚！我的皮膚天生就太白了，不容易晒黑，為了把皮膚弄成古銅色，我還曾經晒了一整天的太陽。可是頂多紅腫而已，睡一覺起來，又恢復原狀。我看起來就是一副脆弱膽小的模樣，我討厭這個樣子！」

他瞪大眼睛盯著我看，臉上再也找不到剛才那淡淡的笑容。他淡棕色的眼睛恰似貓眼，充滿了懷疑，就像少女獻出貞節前的眼睛。他像是暴露出了長久以來的恥辱，帶著小心翼翼和絕望的表情繼續說下去。

「我入伍的時候，老兵經常因為我長得好看而對我進行嚴厲的體罰，我卯起來堅強地克服了。可是有一天，我發現睡在我旁邊的老兵正在脫我的褲子，我卻束手無策……」

「……」

「那時我就知道，要想活下來只有兩種辦法，不是去勢，就是變強……妳覺得我還有什麼選擇的餘地嗎？只能變強。妳可以讓我變強呀！用最強大的武器填滿我全身吧，不管是刀、弓箭，還是巡弋飛彈，什麼都好！」

「這東西就像處女膜一樣，一旦破了口就無法縫合，到死都會一直附在你身上。那你還是要紋嗎？」

他伸手抓住我的手，他的手就像剛煮出來的肥肉一樣又熱又軟。

把厚厚的牛肉放在烤盤上，冰冷的肉質一接觸火熱的烤盤就吱吱作響蜷縮起來。給已經煎熟一面的肉塊翻面時，心裡就想起了奶油餡麵包，那種柔軟香甜讓人吃了忍不住嘆息的奶油麵包。電話就在這時響起。

通知我法師死訊的文警官喊了我的名字，他像是要做出重大決定似地停頓下來。我把一塊肉放進嘴裡，等著文警官說話。就在我用臼齒嚼斷韌筋的時候，文警官轉告了我母親的死訊。母親自殺了，屍體在金井山溪谷下游被發現。文刑警吶吶地說，要我把存放在停屍房裡的屍體領回去，話筒裡的聲音如同正看著生死簿的冥差。

放下電話，我在嘴裡又放了一塊肉，再把切得薄薄的大蒜放在肉塊上。油滴落在火上，整個房間都瀰漫著一股蛋白質的焦味。把吸收了肉汁的蒜片放進嘴裡，半熟的大蒜辣得舌頭發麻。我一面嚼著大蒜，一面想像母親在岩石上支離破碎的模樣，但我的腦中只浮現一個女人全身傷痕累累的白皙裸體，卻想不起母親長什麼樣子。

我找出從彌勒庵帶回來的母親的針囊和針包，從那裡回來之後就一直塞在褲子口袋裡，我根本忘得一乾二淨，可能也是因為看到針囊裡母親的頭髮會讓我想起她吧。解開針囊的繩子，我把針囊倒過來拿，掏出裡面的東西。短短的髮絲和針從針囊中紛紛落下，那些髮絲要說是母親的，似乎太短太粗了。我用食指蘸點口水，把落到地上的髮絲黏起來，這是法師的頭髮。

我想像拿著剃刀給法師剃頭的母親——跪在地上，一手輕按法師肩膀，一手剃髮的母親。剃刀過處，法師的頭髮簌簌飄落的樣子，在我腦海中被描繪成一道寧謐的風景。還有母親細心地把掉在地上的髮絲一根不漏地聚攏起來，放進針囊裡的纖纖玉手也清晰地呈現在腦海，就如同我回憶中，隔著茶几沉默不語喝茶的母親和法師。

母親明明沒有殺害法師，為什麼會說是她殺的呢？又為什麼會自殺呢？我打開母親最珍愛的日本製針包，一號到二十號插在針包裡的針，成排鍍金針頭閃閃發亮。我用指尖感覺那十分細微的曲線觸感，拔出了一根針，突然間我所有的神經細胞都一下子集中到針尖上。我睜大眼睛盯著針看，二十根針的尖細針尖全都被剪斷了，針失去了尖銳感，變得像鐵絲一樣短短禿禿。母親是故意把針尖剪下來的。

「把針剪得碎碎的，放進每天喝的蔬菜汁裡，又細又尖的碎針就會在內臟裡游來游去，造成致命的傷口。如果沿著血管到達心臟的話，就會讓脈搏停止跳動，招致死亡，卻沒有一點外傷。」

母親的聲音清晰地響徹四周。

他每天傍晚出了電梯後都會向右轉，不用再長按兩次電鈴，我就知道他正朝著我走來。我可以感覺到他輕盈的腳步聲和在門前深吸一口氣後吐出的聲音。我在他的胸前紋了一根小拇指大小的針，用鈦染色的針怎麼看都像一條小縫隙，小女孩生殖器般的細縫，連宇宙似乎都會被吸入這條縫中。

他的胸口上懷抱著當今世上最強大的武器，一根最細，也最強大、最柔軟的針。

女性主體的發言人

千雲寧，一九七一年出生於首爾，畢業於漢陽大學新聞廣播學系和首爾藝術大學文藝創作系，並在高麗大學國語國文學系研究所進修韓國近現代文學。二〇〇〇年，以短篇小說〈針〉入選東亞日報「新春文藝獎」後，正式進入文壇。千雲寧小說中的女性形象，與一九九〇年代後進入韓國文壇，其他女性作家所描繪的女性大相逕庭。當代大多數女性作家筆下的女性多為中產階級的都會女子，主題大都描述女性在面臨浪漫愛情、婚姻和不倫戀時產生的煩悶和苦惱。而千雲寧則大膽以身體受損、年老色衰或是醜陋的女性作為小說中的主角，並赤裸地呈現她們的原始欲望。因此她的作品風格曾被其他評論家評為是「怪誕（grotesque）的寫實主義」，因而也被譽為新女性文學美學的先驅。

主要作品有短篇小說集《針》、《明朗》和《她的眼淚的使用法》和《媽媽也知道的》，以及長篇小說《再見，馬戲團》和《生薑》。曾在二〇〇三年獲得申東曄文學獎，二〇〇四年獲得年度藝術獎。

韓國文學年表（新增二〇〇〇年後）

許景雅　編製

一八七六年　朝鮮與日本簽訂「江華島條約」〈朝日修好條規〉，朝鮮實施開港，就此結束鎖國狀態。

一八九四年　一月，朝鮮爆發東學農民運動。
七月，朝鮮朝廷實施甲午改革。
八月，中日爆發甲午戰爭。

一八九五年　明成皇后遭到日本軍人殺害。
朝鮮近代啟蒙運動的先驅俞吉濬（一八五六—一九一四）發表《西遊見聞》。此書主要介紹了俞吉濬前往日本、美國留學，以及到歐洲各地遊覽時體驗到的近代經驗，為韓國第一本介紹西方近代文物思想的書。

一八九七年　大韓帝國成立。

一八九八年　純韓文日報《帝國新聞》開始發行。

一九〇四年　韓漢並用報《大韓每日申報》創刊。

一九〇五年　大韓帝國與日本簽署「韓日協商條約」〈第二次韓日協約，乙巳條約〉。大韓帝國就此成為日本的保護國。

一九〇六年　李人稙（一八六二—一九一六）開始連載新小說〈血的淚〉。「新小說」為韓國古典小說逐漸轉型成近代小說的過渡期出現的形式。新小說的出現主要受到開化期國語國文運動的提倡、近代出版制度的登場、新聞文藝欄的出現，以及開化思想的鼓吹等當代社會背景的影響。其內容主要立基於啟蒙主義式的文學觀，鼓吹民族自主意識、風俗改良、自由戀愛思想。

一九〇七年　《大韓每日申報》開始發行純韓文版。

一九〇八年　崔南善（一八九〇—一九五七）發表新體詩〈海——給少年〉。新體詩為韓國新文學運動初期出現的新式詩歌形式，被視為韓國現代詩的出發點。申采浩（一八八〇—一九三六）發表英雄傳記《乙支文德》、《李舜臣傳》。這些英雄傳記皆以傳統漢文學的傳記形式來回應面臨邁向轉型期的朝鮮社會現實。此外，當時的朝鮮文人也積極翻譯、介紹《義大利建國三傑傳》、《愛國夫人傳》、《華盛頓傳》等大量國外的愛國英雄傳記。此類文學作品主要鼓吹朝鮮民族意識，並強調對外來勢力的抵抗以及獨立自主意識。其精神正反映了當時在國際上

一九〇九年　受到西方各國和日本的覬覦，因而面臨存亡危機的弱小國朝鮮的困境。朝鮮義士安重根（一八七九—一九一〇）在哈爾濱槍殺當時日本的內閣總理大臣伊藤博文（一八四一—一九〇九）。

一九一〇年　日韓合併。朝鮮就此成為日本的殖民地。

一九一四年　日本東京朝鮮留學生學友會發行機關誌《學之光》。

一九一六年　李光洙（一八九二—一九五〇）發表文學評論〈何謂文學？〉。在這篇文章中，李光洙首次將西方的文學概念「Literature」翻譯成韓文，就此確立韓國近代「文學」的概念，並將文學的核心價值定義為「情」。

一九一七年　李光洙從一月到六月在《每日申報》上連載長篇小說〈無情〉。此小說為韓國最初的近代長篇小說。此作品描寫了徘徊在代表封建倫理的舊時代女性英彩，和代表文明開化和發展的新時代女性善馨之間，持續無法做出抉擇的男性知識分子李亨植的苦惱和掙扎。在這部小說中，李亨植內心的苦惱正代表了一九一〇年代，面臨轉型期的朝鮮須回頭擁抱傳統，或是要邁向現代的兩種價值觀之間的衝突。朝鮮爆發三一運動。此後，朝鮮總督府將統治方針從原先的武斷統治改成文化統治。

一九一九年　金東仁（一九〇〇—一九五一）、朱耀漢（一九〇〇—一九七九）等日本留學生在東京創辦最初的文藝同人誌《創造》。此雜誌力圖與其他當代其他綜合型雜誌

一九二〇年　做出區別，標榜純文藝性質。
《朝鮮日報》、《東亞日報》創刊。
廉想涉（一八九七—一九六三）主導的純文藝雜誌《廢墟》創刊。此雜誌的同人們被稱為「廢墟派」，主要引介十九世紀後半葉，西方象徵主義思潮和頹廢派作品。

一九二一年　金素月（一九〇二—一九三四）發表詩〈杜鵑花〉。

一九二二年　玄鎮健（一九〇〇—一九四三）和羅稻香（一九〇二~一九二六）主導的文藝同人誌《白潮》創刊，其中收錄的作品大都屬於唯心主義傾向的文學作品。

一九二三年　日本發生關東大地震。許多朝鮮人在地震過後遭到日本軍隊、警察、民眾屠殺。

一九二四年　玄鎮健發表具有寫實主義色彩的短篇小說〈走運的日子〉。此小說主要描寫了日本殖民統治下底層朝鮮民眾的生活。作者在此小說中巧妙地運用了西方文學中的反諷（irony）技巧，絲毫不流露出一點受到西方文學影響的痕跡。
廉想涉發表中篇小說〈萬歲前〉。此小說原先的題目為「墓地」，主要描寫了「萬歲」運動之前，也就是一九一九年發生三一運動之前，朝鮮的社會現實。
李光洙主導的文藝雜誌《朝鮮文壇》創刊。

一九二五年　金東仁發表自然主義色彩濃厚的短篇小說〈馬鈴薯〉，此小說奠定了他在韓國文學史上自然主義作家的地位。

金素月出版詩集《杜鵑花》。

朝鮮無產階級文學家同盟（卡普〔KAPF〕）成立。此文藝團體主要推動了文學、戲劇、電影、音樂、美術等各領域的無產階級文藝運動。其會員人數曾達到兩百人。

一九二六年 朝鮮爆發六一〇萬歲運動。此運動發生在一九二六年六月十日，是以大韓帝國最後一位皇帝純宗的國葬為基礎所引發的民族獨立運動。

韓龍雲（一八七九—一九四四）出版詩集《你的沉默》。

一九二七年 大眾綜合雜誌《三千里》創刊，此雜誌與另一雜誌《別乾坤》同時被譽為大眾雜誌的雙璧。

一九三一年 滿洲事變爆發。

發生第一次卡普檢舉（拘捕）事件。

一九三三年 李箕永（一八九五—一九八四）發表長篇小說〈故鄉〉。此小說深刻描繪了殖民地朝鮮農民的現實生活，以及農民與資本家之間的對立。此作品被譽為殖民地時期韓國寫實主義文學的最高峰。

朝鮮語學會制定、發表〈韓語拼寫法統一案〉。

鄭芝溶（一九〇二—一九五〇）、金起林（一九〇七—？）、朴泰遠（一九〇九—一九八六）等人組成純粹文學團體「九人會」。此團體追求純粹藝術，奠定了韓國現代主義文學的基礎。

一九三四年

李箱（一九一〇—一九三七）發表詩〈烏瞰圖〉。

朴泰遠發表中篇小說〈小說家仇甫氏的一天〉。此小說擺脫了以事件為中心的既有小說形式，描寫了小說家仇甫在一天之內，漫步在一九三〇年代京城（首爾）的過程，以及資本主義都市的日常風景，並不時佐以意識流的手法描繪主角突如其來湧上的各種思緒。此作品與李箱的〈翅膀〉被譽為韓國近代文學中最具代表性的現代主義作品。

姜敬愛（一九〇七—一九四三）發表長篇小說〈人間問題〉。此小說描寫了原為農民的主角與資本家產生對立後，最終不得不成為勞工的過程，以此呈現了資本主義入侵了殖民地朝鮮的農村後，原先以農業為基礎的農村如何逐漸變成以工業為中心的樣貌。

發生卡普第二次檢舉（拘捕）事件。

一九三五年

朝鮮總督府下令各級學校實施神社參拜。

沈薰（一九〇一—一九三六）發表長篇小說〈常綠樹〉。此小說當選了《東亞日報》創立十五週年的特別徵文文學獎，其內容主要描寫了兩個青年學生投入農村啟蒙運動後，所發生的一連串故事。此作品與李箕永的〈故鄉〉被譽為韓國近代文學史上最具代表性的農民文學。

卡普解散。

一九三六年 李箱發表短篇小說〈翅膀〉。此小說透過描寫一個殖民地知識分子的消極生活態度，以展現現代人分裂的自我意識和孤獨。

一九三七年 中日戰爭爆發。

一九三八年 李光洙等二十八名朝鮮知名人士提交思想轉向書。
朝鮮總督府下令禁止韓文教育。

一九三九年 第二次世界大戰爆發。
文藝雜誌《文章》、《人文評論》創刊。

一九四〇年 朝鮮總督府實施創氏改名，要求朝鮮人將原先的姓氏改成日本式姓名，並推行一連串的皇民化運動。
《朝鮮日報》、《東亞日報》等大型報刊遭強制停刊。

一九四一年 日本空襲珍珠港，太平洋戰爭正式爆發。
日本首相東條英機宣布建設大東亞共榮圈。
《文章》、《人文評論》遭強制停刊。
《國民文學》創刊。此雜誌為殖民地末期最具代表性的戰爭協力（Wartime Collaboration）文藝雜誌。

一九四二年 朝鮮語學會的機關誌《韓文》遭強制停刊。

一九四三年 親日文人出席大東亞文學者大會。
親日作家組成親日團體——朝鮮文人保國會。
一九四四年 朝鮮總督府下達徵兵制和學兵制。
朝鮮總督府公布女子挺身隊勤務令。
一九四五年 八月十五日，日本天皇向聯合軍宣布無條件投降，朝鮮從日本殖民統治中解放。
九月八日，美軍從仁川登陸，開始進駐韓半島三十八度線以南。
九月十九日，蘇聯軍隊從元山港登陸，開始進駐韓半島三十八度線以北。
一九四六年 三十八度線的通行遭禁止。
李泰俊發表中篇小說〈解放前後——一個作家的手記〉。此小說以作家「玄」的手記為基礎，以紀實的形式記錄了一九四五年八月十五日前後劇烈變化的朝鮮社會的樣貌。此外，此作品中也充滿了作家「玄」對解放之前，自己寫過的作品和消極態度的反省。
一九四八年 四月三日，濟州島發生四三事件。
八月十五日，三十八度線以南成立大韓民國。
九月九日，三十八度線以北成立朝鮮民主主義人民共和國。
十月，蔡萬植發表短篇小說〈民族的罪人〉。此小說以第一人稱的視角，訴說自己為了存活，因而不得不走上親日道路的過程。此類文學作品在解放後的朝鮮文壇相當盛行，反映了日本的殖民統治結束後，要求清算殖民渣滓，以及要求文人們對過去自己的親日行為進行徹底批判的新生朝鮮的社會氛圍。

十月十九日，南韓發生麗水—順天事件（又稱麗順事件）。

一九五〇年

六月二十五日，韓戰爆發。

一九五三年

四月，張俊河（一九一五—一九七五）創辦綜合教養月刊《思想界》。

七月二十七日，南北韓簽署休戰協定。

孫昌涉（一九二二—二〇一〇）發表短篇小說〈下雨天〉。此小說以六二五韓戰爆發後，下著雨的釜山為背景，描寫了遠離北方的故鄉，來到南方避難的東旭兄妹的慘澹生活。此作品精準地捕捉了韓戰過後，南韓社會中的人們因戰爭後遺症所產生的陰鬱心理和虛無意識，因而被選為韓國戰後文學的代表作品。

一九五五年

文藝月刊《現代文學》創刊。

吳尚源（一九三〇—一九八五）發表短篇小說〈猶豫〉。此小說描寫了在韓戰中，被北韓人民軍俘虜的南韓士兵在等待槍決前，不時浮現在腦海中的戰場記憶和自我意識。而小說題目〈猶豫〉指的正是這段等待死亡的過程。

一九五七年

鮮于輝（一九二二—一九八六）發表中篇小說〈火花〉。此作品以三一運動到六二五韓戰為止，長達三十多年為背景，描寫這段動亂期間，從祖父、父親到孫子的家族三代所歷經的苦難。此小說強烈批評了人們面對歷史時的消極心態，並且相當正面地刻畫了孫子積極面對歷史事件的行動和態度。

一九六〇年　南韓發生四一九革命（又稱四月革命）。第一共和瓦解。總統李承晚（一八七五—一九六五）下台，流亡到夏威夷。

八月十三日，第二共和國成立，尹潽善（一八九七—一九九〇）為總統，張勉（一八九九—一九六六）為國務總理。

十一月，崔仁勳（一九三四—二〇一八）在雜誌《黎明》連載中篇小說〈廣場〉。此小說描寫一九四五年朝鮮解放到韓戰期間的歷史動盪，一名為了追求理想生活、來往於南北韓之間的哲學系大學生的苦惱。對南、北韓體制都幻滅的男主角企圖到第三國重新展開人生，卻意識到所謂新的生活也不過是自己的幻想，最終還是選擇了自殺。此作品直接探討了南北分裂和意識形態對立的問題，作者還以「密室」和「廣場」暗喻當時南韓和北韓的政治體制，指出唯有「密室」和「廣場」彼此相通才能成為人類理想的社會，藉此表達作家本人對南北統一的期望。

一九六一年　五月十六日，南韓發生五一六軍事政變，第二共和國瓦解。朴正熙（一九一七—一九七九）上台執政，第三共和國成立。

一九六四年　金承鈺（一九四一—）發表短篇小說〈霧津紀行〉。小說主角是一位藉著娘家背景才得以進到首爾大型製藥公司的社員。縱使擁有令人欽羨的職業背景，仍感到內心空虛的主角選擇遠離首爾，回到故鄉霧津展開一段短暫的假期。然而故鄉霧津對主角而言並非是個溫暖、令人感到放鬆的休憩地，反倒讓主角想起了韓戰期間，自己曾經逃避兵役的恥辱記憶。主角在此遇見了與自己個性相合的音樂女教師，並承諾將帶著女教師到首爾一同生活。然而在午夜接到妻子的電話後，主角最終還是帶著羞恥的心情拋下了女教師，再次回到首爾以及原先的日常。作者在此作品中正面揭露六〇年代南韓的社會現實，並以細膩的意識流手法呈現主角虛無的內心意識，因而此作品可謂帶領了南韓文學脫離五〇年代的戰後文學，邁向一九六〇年代「感性革命」的重要作品之一。

一九六五年

六月二十二日，南韓與日本簽署「韓日基本條約」（又稱韓日協定）。日本給予韓國三億美元的損失賠償金、兩億美元的有償借貸，以及三億美元的企業貸款。

韓日外交正常化。

一九六六年

白樂晴（一九三八—）主導的文藝雜誌《創作與批評》創刊。此雜誌主張文學須介入社會現實，並積極鼓吹寫實主義的寫作技巧。

一九七〇年

南韓推動新鄉村運動。

南韓發生全泰壹（一九四八—一九七〇）自焚事件。

八月文藝雜誌《文學與知性》創刊。相較於高舉現實意識的《創作與批評》，《文學與知性》則較強調文學的形式美學，固守純粹文學的範疇。

一九七二年　七月四日，南北韓政府發表七四南北共同聲明。
十月二十七日，南韓政府通過「維新憲法」，第四共和國成立。
北韓頒布新憲法，公布主席制和唯一體制。

一九七三年　黃晳暎（一九四三—）發表短篇小說〈去森浦的路〉。此小說描寫了離開家鄉到大都市尋找工作機會，卻又無法適應都市生活，企圖返回故鄉的底層勞工的旅程。對小說中的人物而言，假想空間「森浦」是他們的故鄉，也是使他們能脫離痛苦的都市生活、獲得心靈慰藉的理想空間。但在急速的產業化和都市化的過程中，故鄉「森浦」也逐漸失去原本的樣貌，這使得異鄉遊子不得不感受到連最後一塊淨土也都失去的的徬徨感。
崔仁浩（一九四五—二〇一三）發表短篇小說〈他人的房間〉。此小說描寫了妻子外出，獨自留在公寓房間裡的主角發現，房間的物品竟然開始動了起來，變得不像自己以前的房間。主角面對如此陌生的房間，一開始顯得徬徨，但隨著時間的流逝，自己的身體也逐漸麻痺，最終竟變成了物品。作者以非現實的手法來暗喻大都市的生活導致人與人之間的疏離，以及人性和主體性喪失的問題。

一九七六年　趙世熙（一九四二—）發表中篇小說〈侏儒射上的小球〉，並於一九七八年與其他十一篇中短篇小說共同集結，以連作小說的形式出版。這些短篇小說各自具有獨立性，在情節上卻又彼此環環相扣，可作為一本長篇小說來閱讀。故事描寫原先的家遭到拆遷的侏儒一家與高樓企業資本家之間的對立，以此探討一九七〇年代南韓社會在歷經產業化的過程中，南韓都市產生的貧富差距、階級對立，以及居住正義的問題。

一九七九年

十月二十六日，朴正熙遭到部下金載圭（一九二六—一九八〇）槍殺，史稱十月二十六事件。

十二月十二日，全斗煥（一九三一—）發動政變，史稱雙十二政變，維新體制宣告瓦解。第五共和國成立。

一九八〇年

五月，光州發生光州事件（又稱光州民主化運動）。

南韓政府公布第五共和國憲法。

一九八七年

六月，南韓爆發六月抗爭（又稱六月民主抗爭）。

六月二十九日，第五共和國發布六二九宣言，同意總統直選，並採取民主改革措施。

一九八八年

二月二十五日，盧泰愚（一九三二—）就任總統，實施第六共和國憲法。第六共和國成立。

五月，《韓民族新聞》創刊。

七月十九日，南韓政府解禁越北作家的作品和資料。

九月，南韓舉辦首爾奧運。

一九八九年　方賢石（一九六一—）發表短篇小說〈黎明出征〉。此小說以勞工示威現場的夜晚為背景，描寫在黎明時刻即將與資本家展開激烈鬥爭的預感下，勞工的焦慮心境。雖然這些留守現場的勞工明知抗爭大抵會失敗收場，仍然堅信成功總有一天會到來。因此這場等待黎明出征的過程可說是充滿了相當悲壯的氣氛。此作品為南韓一九八〇年代文學中相當具有代表性的勞工文學作品。

一九九一年　南、北韓同時加入聯合國。

一九九三年　申京淑（一九六三—）發表短篇小說〈風琴聲起的地方〉。此小說以書信體的形式，描寫一小女孩運用其纖細的「感覺」，即視覺和聽覺來區分生母和繼母的故事。此小說強調視覺和聽覺等「感覺的形象化」，以及這些感覺帶給人的主觀情感。在一九八〇年代過後，高舉意識形態和理念的文學形式沒落後，這股注重個人日常生活和主觀情感的文學作品開始興起。此作品即為相當具代表性的一篇。

一九九七年　發生亞洲金融風暴，南韓陷入經濟危機。金大中（一九二四—二〇〇九）當選總統。

二〇〇〇年　二〇〇〇年的六月十三至十五日，大韓民國總統金大中和朝鮮民主主義人民共和國的國防委員長金正日在平壤展開為期三天兩夜的南北頂上會談。會談結束後發表「六一五南北共同宣言」。在「南北共同宣言」簽署後，南北韓之間的交流逐漸頻繁。雙方政府促進離散家屬的互訪，北韓政府開放南韓民眾到北韓的金剛山觀光，而南韓政府也邀請北韓選手參加南韓主辦的運動賽事，南北韓關係可說是就此產生歷史性的變化。日後的韓國總統盧武鉉（一九四六—二〇〇九）即宣稱「『六一五南北共同宣言』是改變韓半島命運的歷史轉折點」。

二〇〇一年

金薰（一九四八—）出版長篇歷史小說《刀之歌》。這部小說的時空背景是十六世紀後半葉，日本的豐臣秀吉入侵朝鮮，因而爆發的壬辰倭亂。其小說的主角正是被韓國國民視為抗日民族英雄的名將李舜臣。雖然這本小說的主要情節還是在描繪李舜臣的英雄事蹟，強調即使他處於劣勢，仍能以非凡的戰術重挫日本軍隊，但他的出眾表現並非來自於對君主的忠誠和對朝鮮民族的熱愛，而是來自他對於自身生命的省思。這本書更花費相當多的篇幅，透過第一人稱的方式，道出李舜臣對自身存有的問題所產生的苦惱。這使得這部作品有別於過去的歷史小說，不至於被收編於以往只強調忠君愛國的傳統國族敘事。

二〇〇二年

金英夏（一九六八—）發表短篇小說〈哥哥回來了〉。這篇作品以「我」這一名少女的第一人稱視角來陳述在資本主義社會下，韓國傳統家庭的權力配置和既有價值的轉變。四年前因受不了父親施加的家庭暴力，憤而離家出走的哥哥這次以二十歲成人的身分返家。這次重返家庭的哥哥不僅擁有足夠的力量得以反擊以往父親施予的暴力，更以穩定的職業和穩定的收入等條件堂堂正正地將身為家長的父親排除於家庭之外。作者藉由這個家庭中權力掌握的轉換來暗喻在資本主義為基準的韓國社會中，金錢已經取代了過去家父長制占據的絕對位置。

二〇〇三年　盧武鉉當選總統。

二〇〇四年　朴玟奎（一九六八—）發表短篇小說〈是嗎？我是長頸鹿〉。朴玟奎原先就擅長書寫在韓國資本主義社會中遭到疏離，位居底層階級、身處邊緣位置的貧困青年的苦惱。在這篇作品中，朴玟奎透過創造出長頸鹿這一不具現實性的角色，企圖藉此越過牢不可破的資本主義高牆，並提出能夠超越既有現實的可能性。

二〇〇八年　李明博（一九四一—）當選總統。在李明博任職大韓民國總統後，開始對北韓採取相當強硬的態度。不只推翻了二〇〇〇年簽署的「南北共同宣言」，也取消了前兩屆政府對北韓實施的優惠政策——陽光政策。從此之後，原先逐漸邁向和解方向的南北韓關係又再度惡化。

金呂玲（一九七一—）出版長篇小說《小子萬得》。這本小說透過名為萬得的少年的視角，以相當誠實坦率的語氣訴說一位十多歲的青少年在成長過程中經歷的酸甜苦辣。此外，藉由萬得這個充滿正面能量的角色，這篇作品得以用較為輕鬆的敘事手法來探究貧困、身心障礙、外籍移工等當代韓國社會中較沉重的議題。

申京淑出版長篇小說《請照顧我媽媽》。這部作品始於住在鄉村的母親前來首爾探望在都市打拚的兒女，卻意外在首爾站失蹤。對母親的失蹤感到焦急的兒女們不僅積極透過各種手段打聽母親的行蹤，這起事件更是個契機，使得兒女們在尋找母親的過程中逐漸回憶起自身與母親的關係，也使兒女重新省思因繁忙的都市生活，早已忽視、淡忘的固有傳統家庭價值。這篇小說不只在韓國國內受到廣泛回響，更在二〇〇九年被翻成英文，受到英語圈讀者的好評，後來也被翻譯成多國語言，總共在二十二個國家出版。後來更在二〇一二年榮獲英仕曼亞洲文學獎。

GREAT! **誰能說自己看見天空**
韓國小說大家經典代表作（戰後篇）

主　　編	崔末順
譯　　者	游芯歆
作者小傳 年表協力	許景雅
封面設計	莊謹銘
編輯協力	沈如瑩　呂佳真
責任編輯	巫維珍
國際版權	吳玲緯
行　　銷	蘇莞婷　吳宇軒　陳欣岑
業　　務	李再星　陳紫晴　陳美燕　葉晉源
副總編輯	巫維珍
編輯總監	劉麗真
總 經 理	陳逸瑛
發 行 人	涂玉雲
出　　版	麥田出版 地址：10483台北市中山區民生東路二段141號5樓 電話：(02)2500-7696　傳真：(02)2500-1967
發　　行	英屬蓋曼群島商家庭傳媒股份有限公司城邦分公司 地址：10483台北市中山區民生東路二段141號11樓 網址：http://www.cite.com.tw 客服專線：(02)2500-7718｜2500-7719 24小時傳真專線：(02)2500-1990｜2500-1991 服務時間：週一至週五09:30-12:00｜13:30-17:00 劃撥帳號：19863813　戶名：書虫股份有限公司 讀者服務信箱：service@readingclub.com.tw
香港發行所	城邦（香港）出版集團有限公司 地址：香港灣仔駱克道193號東超商業中心1樓 電話：+852-2508-6231　傳真：+852-2578-9337
馬新發行所	城邦（馬新）出版集團【Cite(M) Sdn. Bhd. (458372U)】 地址：41-3, Jalan Radin Anum, Bandar Baru Sri Petaling, 57000 Kuala Lumpur, Malaysia. 電話：+603-9056-3833　傳真：+603-9057-6622 讀者服務信箱：services@cite.my
麥田部落格	http://ryefield.pixnet.net
印　　刷	前進彩藝有限公司
初　　版	2021年2月
售　　價	350元
I S B N	978-986-344-847-1

國家圖書館出版品預行編目資料

誰能說自己看見天空：韓國小說大家經典代表作（戰後篇）／崔末順主編；游芯歆譯. −−初版. −−臺北市：麥田出版：英屬蓋曼群島商家庭傳媒股份有限公司城邦分公司發行, 2021.02
面：　公分. −−（Great!）
ISBN 978-986-344-847-1（平裝）

862.57　109018069

城邦讀書花園
www.cite.com.tw

Printed in Taiwan.